L'HONNEUR DU MARCHAND,

PAR

MICHEL MASSON.

I.

La conversation languissait. Tout à coup, on ne saurait dire dans quelle intention, cette question étrange : — qu'est-ce que l'honneur ? — fut jetée au milieu du silence.

Il y eut soudain une vive émotion dans l'assemblée, et aussitôt ces mots ramassés par les assistans devinrent une arme que tous, en même temps, dirigèrent contre celui qui venait de les laisser tomber.

Une telle question, en effet, n'était-elle pas de nature à soulever un murmure général ? De combien aussi devait descendre dans l'estime des autres l'imprudent qui avait osé se l'adresser tout haut ! Comment et où donc avait-il vécu, celui-là, si, parvenu comme il l'était à âge d'homme, il lui fallait encore se demander :—qu'est-ce que l'honneur ?—Il ne s'était donc jamais avisé d'interroger sa conscience soit sur un fait accompli, soit sur la conduite à tenir dans une circonstance délicate ?

Quiconque examine franchement sa vie, ne fût-ce qu'un moment, trouve bientôt matière à se répondre sur ce point ; car, juge alors de ses actions, il voit tout de suite où doit aller le blâme et ce à quoi l'éloge peut à bon droit se prendre.

Or, le respect pour les engagemens contractés, le sentiment du devoir que notre condition nous impose constituant l'honneur, demander quel il est, n'est-ce pas déclarer ouvertement qu'on a pris peu de souci de ces engagemens, et que, sans scrupule, on croit pouvoir manquer à ce devoir ?

En un tout autre jour que celui-là, cependant, le questionneur eût bientôt vu cesser le murmure improbateur et les amères railleries que ses imprudentes paroles avaient provoquées.

Mais comme, après quelques heures de pluie continue, l'horizon se chargeait encore de nuages menaçans, ceux qu'un simple intérêt de plaisir avait réunis dans le même salon virent avec regret qu'il fallait décidément renoncer à la promenade convenue dès la veille. Alors, profitant de l'occasion qui leur était offerte, ils se lancèrent, pour tuer le temps dans l'abîme des considérations philosophiques et morales.

Le premier mouvement d'indignation passé, la scandalisante question devint un merveilleux prétexte pour ranimer l'entretien jusque alors languissant.

Comme le cri de réprobation avait été unanime, quelques mots, pensera-t-on. devaient suffire à la définition de ce qui, après tout, n'a pas besoin d'être expliqué, et l'honneur une fois défini par l'un ou par l'autre des membres de l'assemblée, on pourrait croire que tous, adhérant à l'explication donnée, allaient se trouver d'accord sur la forme aussi bien qu'ils l'étaient sur le fond.

Nulle controverse donc ne pouvait s'élever dans cette réunion d'honnêtes gens qui comprenaient si bien l'honneur, qu'en faire le sujet d'une question leur semblait être un crime. Mais le comprenaient-ils de même ?

Dans cette circonstance, comme en mille autres, l'événement prouva que les hommes jugent des choses selon le point de vue qui leur est propre, et seulement d'après leurs rapports de situation avec elles.

C'est pourquoi le même objet que, tout d'abord, ils s'accordaient à déclarer doué de l'unité dans l'espèce, et de la stabilité dans la forme, devient un être multiple et d'aspect singulièrement variable aussitôt que chacun à part se perd à dire de quelle façon il l'envisage.

Il y avait dans ce salon des gens de conditions diverses ; aussi il y eut tant de diversité dans la façon dont l'honneur fut défini et par ceux-ci et par ceux-là, que, véritablement, c'était à supposer qu'il en peut exister plusieurs.

Si l'on nous y autorise, nous dirons un jour comment le prêtre, le magistrat, l'artiste, le soldat, l'homme politique et le médecin entendirent ce mot.

Au fond, c'était bien toujours de l'accomplissement d'un devoir qu'il s'agissait ; mais les professions différentes faisant les devoirs différens, il résulta de tout ceci un tel conflit d'opinions, qu'on eût bientôt fini par ne plus s'entendre. si celui qui avait pris parti pour l'honneur d'un marchand ne se fût emparé de la parole et n'eût commandé le silence par l'autorité de son âge et de son nom.

— « L'honneur du marchand, dit-il, n'en parlons pas à la légère.

» Je crois que d'autres aussi ont parfois à soutenir des luttes terribles ; mais c'est journellement que celui-là est soumis aux plus rudes épreuves. Il ne lui suffit pas de résister à toutes les attaques et de demeurer debout au milieu de ses assaillans terrassés ; il faut que cet honneur sorte de l'arène calme et sans tache comme il y est entré. Bien que triomphant, on le déclare vaincu s'il porte sur lui la moindre trace du combat.

» Aussi, pour le conserver pur, notre honneur si précieux et si difficile à garder, l'homme qui le possède et qui en comprend bien le prix, doit se sentir capable de tout, même de s'exposer s'il le faut à être pendu. »

Celui qui parlait de la sorte, il est bon qu'on le sache, a su mériter dans le haut commerce une réputation si solide de probité que, dans les deux mondes, son nom glorifié équivaut au titre d'honnête homme.

Les convenances nous défendent de le nommer; mais le masque est transparent, on le reconnaîtra.

La sévérité bien connue de ses principes, la gravité de son âge, enfin le soin qu'il prend sans cesse de mesurer ses paroles et de rayer de son vocabulaire l'expression exagérée qui pourrait conduire l'esprit de ses auditeurs au delà de ce qu'il a voulu dire, doivent nécessairement donner une puissante autorité à ses discours.

Quand ce bon juge de l'honneur eut fait clairement entendre que l'intérêt d'une honorable réputation peut pousser un homme à des actions coupables; bien plus, quand il eut ajouté qu'il comprenait parfaitement cette déplorable extrémité, et que, dans sa conscience, le courage lui manquait pour condamner ceux qui ne reculent pas devant la pensée d'une infamie secrète commise au profit de l'honneur apparent, ce ne fut pas le doute, c'est l'étonnement, c'est une sorte d'effroi qui se peignirent sur le visage des assistans.

Voyant l'effet produit par ces premiers mots, le marchand, — c'est ainsi que nous le désignerons,—le marchand augmenta de beaucoup l'émotion de surprise que chacun avait manifestée en poursuivant de la sorte :

— « Moi qui vous parle, je suis un exemple vivant des mauvais desseins que fait parfois concevoir le besoin impérieux de ne rien perdre de la confiance qu'on s'est acquise.

» Veuillez entendre et pardonner au sérieux de mon récit, dit-il en s'adressant particulièrement aux dames de l'assemblée, veuillez m'entendre et vous conviendrez avec moi que, chez nous autres commerçans, l'honneur est un maître inflexible qui peut même commander le crime. »

A ces mots, le cercle se resserra autour du discoureur. Tous les regards se croisant semblaient demander, en présence de ce vieillard, objet de tant de considération et de respect : « Qui donc est pur, si ce n'est pas là un homme sans reproche? »

Il avait réclamé l'attention,—un murmure flatteur témoigna du désir que chacun éprouvait de l'écouter religieusement. Le marchand commença :

— « Je n'ai pas toujours été l'homme riche, l'heureux millionnaire, comme on se plaît à me nommer aujourd'hui. J'ai vu des jours difficiles, et plus d'une fois, au commencement de ma carrière, j'ai désespéré du lendemain.

» Au temps où mes souvenirs me ramènent d'abord, je n'avais pas encore conçu la pensée d'ouvrir une maison de banque dans le quartier le plus fastueux de Paris; je tenais modestement boutique dans un faubourg, et toute mon ambition, alors, se bornait à continuer dignement l'honorable réputation acquise par mon père à notre enseigne des *Trois Marteaux d'argent*.

» J'avais environ vingt-quatre ans quand je succédai à cet excellent homme : il y a maintenant près d'un demi-siècle de cela.

» Avant de se retirer du commerce et de réaliser le plan de bonheur qu'il avait caressé durant sa longue carrière de marchand, c'est-à-dire avant de quitter pour toujours Paris, afin d'aller passer ses derniers jours sous les frais ombrage dus village où il était né, mon père voulut absolument me marier.

» Notre établissement était solide, mais d'un faible produit, de sorte que nous ne pouvions pas nous montrer fort exigeans, quant à la dot, dans le choix d'une alliance.

» Pour ma part, je n'avais aucune prévention contre le mariage, mais, en même temps, je ne me sentais aucun penchant pour lui.

» Je laissai donc à mon père le soin de me chercher une femme. Il s'en occupa si activement, qu'en quelques semaines il me proposa, je crois, au moins vingt partis différens et tous également sortables.

» Comme je n'éprouvais pas plus de répugnance pour l'un que de sympathie pour l'autre, à chacune de ces nouvelles propositions je répondais : « — Soit ! ce sera comme il vous plaira. »

» Bien qu'il fût pressé d'accomplir enfin le vœu de son cœur, mon père, qui avait fait, lui, un mariage non de fol amour, mais de bonne et vive inclication, ne se trouvait nullement satisfait de ma docile indifférence, et lorsque je lui parlais, ainsi que je vous l'ai dit, il hochait la tête, levait les épaules ! et répliquait en murmurant :

— » Il me semble que cette affaire t'intéresse encore plus que moi ; donc il ne suffit pas que la demoiselle me plaise, il faut aussi que tu éprouves mieux que de l'indifférence pour elle. Puisque celle que je viens t'offrir aujourd'hui ne te convient ni plus ni moins que les autres, n'en parlons plus et cherchons ailleurs.

» Il se remettait en quête d'une autre fille à marier, tout en m'engageant à chercher aussi de mon côté ; je promettais de m'en occuper, et je n'en faisais rien.

» Quant à mon père, pressé comme il l'était de me voir à la tête de son établissement, et ne comprenant pas qu'un marchand pût rester célibataire, il redoublait d'activité dans ses démarches et s'épuisait en sollicitations auprès de ses amis pour qu'on l'aidât à trouver enfin celle qui devait être sa bru.

» Un jour, ce bon père, ayant fait une découverte plus heureuse que toutes les autres, et d'ailleurs bien déterminé à ne pas continuer plus long-temps son rôle de coureur de dots, rentra chez nous tout glorieux du succès de sa journée. Il était positivement gonflé de joie.

» Quoiqu'il eût très chaud et qu'il parût essoufflé d'une longue course, il ne voulut se donner le temps ni de s'asseoir, ni même de sécher son front d'où partait la sueur :

— » Allons, vite, Eugène, prends ton chapeau et suis-moi, me dit-il, en tenant entr'ouverte derrière lui la porte du magasin. Cette fois, j'ai trouvé juste la femme qu'il te faut; mais il n'y a pas un instant à perdre.

» Comme la jeune personne est très bien et qu'elle sera grassement dotée, nous avons à craindre les prétendans. Aujourd'hui même on doit présenter quelqu'un de fort convenable à ses parens ; tâchons d'arriver les premiers. J'ai le meilleur ami de la maison pour introducteur; il m'a promis de m'appuyer chaudement; mais, je te le répète, dépêchons-nous, il s'agit de gagner de vitesse notre concurrent.

» Cette fois je ne répondis pas à mon père :

— » Ce sera comme il vous plaira.

— » Au lieu de ma facilité habituelle à me laisser guider, c'est une résistance opiniâtre qu'il devait rencontrer en moi ; il ne m'était plus possible de plier mon cœur à sa volonté, attendu que depuis une heure, pas davantage, j'étais irrévocablement fixé dans le choix d'une épouse.

» Oui, il y avait une heure environ qu'un moment d'entretien avec notre demoiselle de boutique m'avait révélé que j'étais amoureux, mais réellement amoureux, et cela, même depuis fort long-temps.

— » Riez, mesdames, riez tout haut, dit le marchand, interrompant ici sa narration pour s'adresser aux dames qui essayaient d'étouffer, à bas bruit, l'accès d'hilarité qu'il venait de provoquer par son naïf aveu.

» Je vous dis les choses comme elles sont, continua-t-il, ce n'est pas par celles d'amour que j'ai la prétention de me poser devant vous.

» Je ne sais si c'est ou non un malheur; mais je n'eus jamais l'esprit romanesque. D'ailleurs, ma profession ne m'aurait pas permis de céder à mon penchant, si la nature m'eût doué de cette surabondance de sensibilité qui fait les âmes faciles à s'éprendre.

» Il faut plus d'heures de loisir qu'on ne m'en accordait, pour avoir le temps de se promener au pays des chimères. Quand la tête est pleine des mille détails du commerce, le cœur a beau être occupé, si quelqu'un ne prenait pas la peine de nous montrer ce qu'il renferme, je vous promets qu'on serait fort long-temps avant de le savoir.

» Mademoiselle Juliette Blanceny, ainsi se nommait notre demoiselle de boutique, mademoiselle Juliette, dis-je, qui avait plus de temps à elle et sans doute aussi plus de pénétration que moi, voulut bien avoir l'obligeance de m'éclairer sur mes propres sentimens.

» Il était temps que l'occasion lui vînt de m'apprendre que j'étais -moureux d'elle; un jour plus tard, j'aurais fait quelque sot mariage, faute d'avoir pu juger assez tôt, par moi-même, de l'état de mon cœur.

» Je ne vous décrirai pas au long la scène, bien que le souvenir en soit encore aussi présent à ma mémoire que s'il s'agissait d'un événement arrivé hier. Je vous dirai seulement qu'interrompant tout à coup une conversation insignifiante, comme nous nous trouvions, elle et moi, chacun d'un côté du comptoir, Juliette laissa échapper involontairement un soupir; je relevai la tête, et dans ses yeux je vis briller deux larmes.

» Depuis plus de cinq ans qu'elle demeurait chez nous, c'était la première fois que je l'entendais soupirer et jamais sur son visage, si attristé en ce moment, je n'avais vu d'autre expression que celle de l'enjouement qui lui était naturel.

» Je m'informai avec inquiétude de son chagrin; pour toute réponse, Juliette tira une lettre de la poche de son tablier, puis l'ayant ouverte, elle dit en me la présentant :

— » C'est ma mère qui m'écrit; voyez ce qu'elle me propose, et décidez vous-même si je dois accepter.

» Comme Mlle Blanceny avait pour habitude de nous consulter, mon père et moi, aussi bien pour les choses importantes que pour celles qui n'étaient que futiles, je n'eus pas lieu de m'étonner de cette marque de confiance. Je pris donc la lettre et je me préparai à en peser froidement les termes pour remplir, ensuite, auprès de Juliette, mon office ordinaire de conseiller; mais à peine en avais-je lu les premières lignes, que mon cœur se serra, je fus pris d'un éblouissement subit, et mes regards restèrent un moment voilés comme si un nuage se fût arrêté sur mes yeux.

» Que renfermait donc cette lettre? Eh! mon Dieu, une nouvelle fort simple, l'annonce d'un événement qui n'aurait dû me toucher que bien peu ou ne m'affecter qu'agréablement : il n'était question que d'un mariage fort avantageux proposé à notre demoiselle de boutique.

» Tant que chez nous on s'était borné à parler de chercher une femme pour moi, je n'avais, vous le savez, éprouvé ni empressement ni antipathie; mais, pour la première fois, c'est de marier Juliette qu'il s'agissait et je ne pus rester indifférent à l'idée qu'elle devait un jour quitter notre maison.

» La bonne fille, qui venait de me rendre l'arbitre de son sort, attendait avec anxiété ma réponse; mais cette réponse, bien qu'elle fût déjà dans mon cœur, malgré tous mes efforts, ne parvenait pas jusqu'à mes lèvres; oui, quoique je le voulusse, je ne pouvais parler.

» Tremblant d'une émotion nouvelle et que je ne cherchais pas à cacher, je repliai la lettre et la tendis à Juliette. Ma main agitée rencontra la sienne, je la pressai si affectueusement et en même temps mes yeux lui dirent avec tant de franchise ce que ma bouche n'aurait su exprimer, que la chère enfant, laissant le sourire percer à travers ses larmes, s'écria avec un inexprimable accent de bonheur :

— » Ah! je savais bien que vous m'aimiez! Allons! monsieur Eugène, ajouta-t-elle de l'air le plus encourageant, n'ayez pas de chagrin à votre tour; voilà qui est décidé, je ne me marierai pas.

» L'arrivée très inopportune de quelques acheteurs mit fin à notre tête-à-tête.

» Tandis que Juliette s'occupait du soin de répondre à nos pratiques, je me mis à repasser dans mon esprit tout ce que j'avais instinctivement, et sans m'y arrêter, remarqué de bon et d'aimable dans notre demoiselle de boutique.

» Oh ! que le cœur est riche quand il interroge ses souvenirs, et même à son insu, que de trésors il tient en réserve !

» Vraiment je m'étonnais d'avoir tant de choses à me dire de Juliette; il me parut en ce moment que je m'étais sans cesse occupé d'elle.

» Une foule de circonstances que je n'avais pas cru si bien enregistrées dans ma mémoire me revenait tour à tour à la pensée, de même que si autrefois je me fusse fait un devoir de ne les point oublier.

» Me trouvant si plein de tout ce qui avait rapport à cette charmante fille, me rappelant avec tant de fidélité et ce qu'elle avait dit, et ce qu'elle avait fait de beau et de bien depuis cinq ans, je ne pouvais mieux me comparer, vu mon passé avec elle, qu'à un meuble qui garde religieusement ce qu'on lui a confié, sans se douter des choses précieuses qu'il renferme.

» Les acheteurs étaient partis, Juliette écrivait à sa mère, et moi je feuilletais encore mes souvenirs, quand mon père rentra tout ému de la rapidité de sa course, et de l'heureuse nouvelle qu'il avait à m'annoncer. Vous comprenez maintenant pourquoi je n'accueillis pas comme les autres cette proposition de mariage qui flattait tant son orgueil.

» Au lieu de prendre mon chapeau et de me disposer à le suivre comme il le voulait, j'avançai un siége, je le priai de s'asseoir, puis j'allai fermer la porte que, dans son empressement à m'emmener avec lui, mon père avait laissée entr'ouverte.

—» Mais, me dit-il, tu ne m'as donc pas bien entendu ? les parens de la jeune personne peuvent prendre aujourd'hui même un engagement sérieux. Nous en serions donc pour nos frais de politesse. Et puis à recommencer de plus belle à te chercher une femme, ce qui, soit dit sans reproches, m'a causé assez de peines et de fatigues pour que je ne sois plus soucieux de me mêler de ces choses-là.

— » D'accord, repris-je, vous n'avez plus qu'à vous reposer, cher père ; car mon choix est fait.

» Il me regarda de l'air le plus plaisant du monde ; il ne pouvait comprendre comment, de moi-même, j'avais pu me résoudre à prendre une telle résolution.

— » Ah bah ! s'écria-t-il, laissant du même coup tomber sa canne et son chapeau.

» Je les ramassai, et je fus les replacer en leur lieu habituel, autant pour me donner le loisir de préparer mes paroles que pour faire comprendre à mon père que toute démarche auprès de sa demoiselle à marier était désormais inutile.

— » Vous serez moins surpris de ce que je viens de vous dire, mon père, poursuivis-je en revenant près de lui, quand je vous aurai avoué que j'aime, et de toute mon âme, la seule femme à qui je veuille donner mon nom.

» Mon bon père fut comme foudroyé de cette subite déclaration ; il me croyait si fermement insensible à l'amour ! — Pourquoi non ? — Une heure auparavant je partageais encore son erreur.

» Juliette était là, dans le comptoir, pendant que je parlais ainsi; elle paraissait seulement occupée de sa réponse à la lettre de sa mère; mais aux regards qu'elle dirigeait furtivement de mon côté, regards que je surprenais au passage, il m'était facile de deviner que l'inquiétude et l'espérance l'agitaient en même temps.

— » Il devient fou ! dit alors mon père. Comment ! je le quitte ce matin lui sachant le cœur parfaitement libre et disposé à épouser celle que je voudrais lui donner, je reviens après deux heures d'absence pour lui annoncer une excellente affaire, et je trouve monsieur éperdument amoureux, et amoureux depuis long-temps encore!

— » Comprenez-vous quelque chose à cela? continua-t-il en s'adressant à Juliette.

» Celle-ci baissa vivement les yeux et rougit si fort que mon père, s'il eût été moins étourdi de mon aveu, aurait, du premier coup d'œil, compris de qui venait l'étrange métamorphose qui s'était opérée en moi.

» Voulant mettre un terme au tourment toujours croissant de ma jeune amie et lui épargner l'embarras d'une réponse si difficile à faire, je courus à elle, je la pris par la main, puis, l'amenant à mon père, je dis :

— » C'est aussi dans le comptoir de votre patron qu'autrefois vous avez été chercher ma regrettable mère pour la conduire devant vos parens. Je ne suis encore ici que ce que vous y étiez en ce temps-là, c'est-à-dire un simple commis.

» Ainsi que ma mère, poursuivis-je, Juliette est la demoiselle de confiance de la maison. Vous savez, mon père, si votre mariage a été heureux; le nôtre ne pourra l'être moins quand vous l'aurez béni.

» Les souvenirs que je venais d'évoquer suffirent pour décider mon père à accueillir favorablement mon projet d'union avec Juliette; le digne homme n'opposa aucune difficulté au mariage qui me paraissait à bon droit si désirable; seulement il me fit observer, mais en souriant, qu'il y aurait eu charité de ma part, à lui épargner les fatigantes démarches qu'il avait faites pour aller me chercher au loin ce que j'avais sous la main.

— » Que ne m'avouais-tu ton amour pour elle? me dit-il.

— » Ne lui en veuillez pas pour cela, répondit malicieusement Juliette; il ne pouvait vous en rien dire, puisqu'il m'aimait sans le savoir.

» Un mois après cette charmante journée, mon père partait pour son village, et moi j'étais l'heureux époux de Mlle Juliette Blanceny.

» Il n'est pas inutile de vous dire ici que ce mariage ne satisfit que très médiocrement la mère de Juliette; c'était une femme dure, intéressée jusqu'à l'avarice. Veuve et possédant assez de fortune pour vivre honorablement avec sa fille, elle avait voulu que celle-ci, comme elle le disait : « gagnât son pain, » et c'est pourquoi elle avait placé Juliette dans le commerce.

» Le tendre attachement que notre demoiselle de boutique avait conçu pour moi chagrina fort Mme Blanceny, attendu que dans cette lettre, qui détermina l'aveu de Juliette, il s'agissait pour elle d'un sort beaucoup plus brillant que celui qu'il m'était possible de lui offrir.

» La mère opposa donc quelque résistance à notre union; mais elle dut céder aux prières de sa fille, et Juliette devint ma femme.

» Si le ciel me l'eût conservée, reprit le narrateur après un moment d'interruption, je n'aurais pas aujourd'hui l'honneur de vous entretenir de ces simples événemens de ma jeunesse; car je n'eusse point été placé dans une condition qui devait me rapprocher de vous.

» Timide et peu ambitieuse comme elle était, Juliette n'aurait jamais voulu consentir à me laisser échanger notre modeste sort contre une existence plus brillante, et, à moi-même, la pensée de m'élever au dessus de ma profession de petit marchand ne serait pas venue, j'en suis certain.

» Ce fut pour me distraire du sombre chagrin que me causa la perte de ma femme, que je me jetai dans cette carrière des spéculations commerciales où j'ai trouvé la fortune. Le succès a couronné mes efforts; pourtant je n'ai pas besoin de vous dire qu'il n'a pu me rendre cette part de mon bonheur que Juliette emporta avec elle.

» Mais je m'aperçois, un peu tardivement peut-être, que j'ai discouru bien long-temps sans en arriver encore à ce que vous attendiez de moi; je vous ai raconté l'histoire de mon mariage. Cette histoire, pleine d'émotions pour mon cœur, n'est, j'en dois convenir, qu'insignifiante et puérile pour vous; aussi je vous demande de l'indulgence pour mes souvenirs.

» Et, maintenant, laissez-moi vous dire comment le soin de son honneur peut inspirer à un honnête homme le besoin de commettre même une action infâme. »

Le respect qu'inspirait celui qui venait de parler avait suffi pour captiver l'esprit des assistans, et son récit, sans doute par suite de ce même respect, ne leur avait pas paru aussi complétement dénué d'intérêt qu'il le voulait bien dire. Cependant, lorsqu'il annonça que décidément il allait entrer dans la voie où l'on avait hâte de le suivre, il y eut alors redoublement d'attention.

Le marchand continua en ces termes :

« Ceci se passa dans l'une de ces dures années de crises commerciales qui signalèrent la dernière période du gouvernement impérial.

» Bien que mon établissement parût être, grâce à son peu d'importance, à l'abri de ces sinistres qui renversèrent tant de hautes et de glorieuses maisons, l'orage qui se déplaçait sans cesse, mais qui soufflait et toujours, et partout, finit par atteindre aussi le modeste magasin fondé par mon père.

» J'avais soutenu avec assez de bonheur les premiers chocs, et, au prix de sacrifices secrets, de privations courageusement supportées par Juliette et par moi, je me flattais de pouvoir demeurer debout, alors qu'autour de nous tant d'autres tombaient vaincus par les malheurs du temps

» Je voudrais ne toucher aux adorations de personne; c'est chose si sacrée qu'une religion !

» Cependant, lorsque je me reporte à cette époque magnifiquement désastreuse, je ne puis me défendre, marchand prosaïque que je suis, de mesurer notre gloire à l'aune de nos infortunes, et, faut-il vous l'avouer? l'ayant payée si cher cette gloire, je n'y trouve pas mon compte.

» Mais il ne s'agit point ici de discuter si celui qui fût la plus prodigieuse personnification du génie militaire n'a pas cru qu'il faisait assez pour notre bonheur quand il a tant fait pour notre vanité.

» Entre la chute de la dynastie napoléonienne et l'ébranlement de mon petit magasin du faubourg, il n'y a nulle comparaison à établir. Or, puisque c'est de ce dernier seulement qu'il doit être question ici, laissons crouler le trône impérial que le soldat couronné avait voulu trop élever peut-être, et revenons aux *Trois Marteaux d'argent*.

» Je n'ai jamais eu qu'une sorte d'orgueil : celle-là que je tiens de mon père, je l'ai poussée jusqu'au fanatisme. Je veux parler de l'orgueil du nom.

» Notre signature, bien que peu répandue dans le commerce, était partout favorablement accueillie ; on l'acceptait comme argent comptant, et ce n'est pas, en vérité, lui faire trop d'honneur que de vous assurer qu'elle valait réellement son dire.

» Il arriva une époque cependant où cette signature, acceptée avec tant de confiance, devait manquer au crédit qu'on lui avait accordé, et ne plus représenter qu'un mensonge.

» Nous étions alors la veille d'un jour d'échéance. Durant les deux mois qui venaient de se passer, les faillites, de toutes parts, s'engendrant l'une de l'autre, et se succédant avec une rapidité ainsi que dans une proportion effrayantes, m'avaient frappé sur tous les points.

» Les remboursemens non prévus firent tant de saignées à ma caisse pendant le cours de ces deux terribles mois, que la veille du jour dont je vous ai parlé, je me vis à mon tour menacé de déposer mon bilan.

» Moins sensible que moi, peut-être, à l'idée de notre prochain désastre, mais alarmée du déplorable état où me mettait la perspective de ma propre faillite, Juliette fut admirable de dévoûment. Tout ce dont elle pouvait se faire une ressource pour retarder l'heure du sinistre, elle le vendit, elle l'engagea.

» Enfin, l'époque fatale des grandes échéances étant arrivée, comme ce que nous possédions en caisse ne pouvait point balancer ce que j'avais à payer le lendemain, ma femme voyant mon désespoir, et sachant bien aussi que je ne voulais point m'adresser, pour sortir d'embarras, à des étrangers qui auraient pu divulguer ma fâcheuse situation, ma femme conçut la généreuse pensée de braver le mauvais vouloir d'une mère avare et qui ne voulut jamais pardonner à sa fille la préférence que celle-ci m'avait accordée sur l'autre prétendant à sa main.

» Je vous l'ai dit, mes amis, M. Léon D..., le demandeur en mariage dont notre demoiselle de boutique avait refusé l'alliance, était alors beaucoup plus riche que moi. Juliette, en m'épousant, fit positivement un sacrifice, sinon du côté du bonheur, du moins du côté du bien-être.

» Mme Blanceny, sa mère, n'avait donc consenti qu'avec une sorte de contrainte à notre union, et malgré le temps écoulé depuis ce jour, son ressentiment contre nous ne s'était pas affaibli.

» La rancuneuse femme, qui, au temps même où notre commerce était le plus prospère, saisissait avec un empressement cruel l'occasion de témoigner du regret que lui causait le choix de sa fille, laissa violemment éclater son antipathie pour moi quand elle put pressentir que la ruine des autres allait aussi m'atteindre.

» Un nom que, par respect pour le repos de mon intérieur, elle aurait dû taire, lui revenait sans cesse à la bouche : c'était celui de l'homme qu'elle eût voulu nommer son gendre.

— » Celui-là, disait-elle, n'a rien à craindre, il ne tombera pas : au contraire, chaque jour sa maison gagne en importance; on citera bientôt M. Léon D... pour le plus riche négociant du quartier, et cela devait être : le bonheur s'attache à ceux qui le méritent le plus.

» Indigné du soin que ma belle-mère prenait de me mettre sans cesse en parallèle avec son protégé éconduit, je m'emportai, nous nous brouillâmes complétement, et Mme Blanceny nous défendit de reparaître à l'avenir chez elle.

» Nous vivions à distance et sur ce pied de guerre déclarée quand Juliette, émue de mes tourmens, prit la résolution d'aller implorer sa mère en notre faveur.

» Ses prières, ses larmes finirent par amollir ce cœur endurci et lui arrachèrent ce qui nous manquait pour compléter la somme nécessaire aux paiemens du lendemain.

» Toute glorieuse du succès de sa démarche, ma femme revint près de moi, et après avoir étalé sur une table les fruits précieux de sa pénible récolte, elle me dit en se jetant à mon cou :

— » Sois heureux, Eugène, ma mère m'a fait acheter ses bienfaits par de cruelles humiliations, mais qu'importe, tu ne souffriras plus ; nous sommes sauvés!

» Malgré le magnifique résultat qu'elle avait obtenu, malgré le sourire de bonheur dont j'aurais dû récompenser son courage, je ne pus ni la remercier de la voix ni lui montrer un visage moins attristé.

» Une blessure nouvelle venait de m'être faite, et, de cette blessure, mon cœur saignait encore quand Juliette rentra.

— » Sauvés? lui dis-je, hélas non! pas encore! s'il reste un seul billet en souffrance demain, c'est en vain que tous les autres auront été payés, ma signature n'en sera pas moins protestée, mon crédit compromis, mon honneur suspecté, et malheureusement, ma pauvre amie, ce que je te prédis arrivera, car il nous manque mille franc!

— » Pour une misérable somme de mille francs, repris-je, le nom que j'ai signé sera flétri par un exploit d'huissier!

» Juliette ne comprenait pas comment l'événement dont je me disais menacé pouvait arriver ; nous avions si bien compté ensemble ce qu'il nous fallait d'argent pour satisfaire à tous les engagemens de ce jour d'échéance ! Les effets de commerce étaient scrupuleusement inscrits à leur date respective sur mon livre, et, avant de partir pour se rendre chez Mme Blanceny, ma femme en avait encore une fois additionné la somme.

» Aussi, rassurée par cet examen, Juliette me répondit :

» — Tu te trompes, mon ami, nous n'avons rien oublié, et pour me parler de ces mille francs qui, selon toi, nous manqueraient, il faut que tu n'aies pas bien compté ce que j'ai rapporté de chez ma mère.

— » Si fait, répliquai-je l'âme navrée; mais tu ne sais pas, toi, ce qu'on m'a emporté durant ton absence.

» Aussitôt je lui montrai un billet à ordre de la somme de 1,000 fr. souscrit à mon profit trois mois auparavant et que le signataire n'avait pu payer le matin même. Il m'était revenu, à moi, l'endosseur de ce billet, et c'est sur l'argent que je destinais à mes créanciers du lendemain qu'il m'avait fallu le rembourser.

— » Tu le vois, ajoutai-je, le sort ne se lasse pas de déranger toutes nos prévisions; il a résolu que demain je devais être insolvable envers quelqu'un. Grâce à toi, je pourrai m'acquitter presque avec tout le monde ; mais, je le répète, ma pauvre amie, si je ne paie pas intégralement jusqu'au dernier billet, pour celui dont je resterai le débiteur, ce sera, vois-tu bien, comme si je n'avais rien fait.

» Se briser en tombant, soit de mille pieds d'élévation, soit seulement de la hauteur d'un étage, c'est toujours périr de la chute.

» Ne dis donc plus que nous sommes sauvés, ajoutai-je, car à moins de trouver le moyen de combler le vide nouveau qui vient d'être creusé dans ma caisse, il faudra que demain je fasse tort à quelqu'un.

» Le malheur rend injuste et cruel ; loin d'admirer la persistance qu'il avait fallu à Juliette pour obtenir cet argent de sa mère, je lui reprochai de n'avoir pas sollicité une somme supérieure à nos besoins connus et j'osai lui dire :

— » Retourne chez Mme Blanceny.

» Si vous eussiez vu à ce mot le regard douloureux et découragé qu'elle attacha sur moi, vous auriez maudit alors celui qui, tout à ses intérêts de commerce, pouvait avoir la pensée de lui faire renouveler une pareille démarche.

» A peine avais-je parlé à Juliette d'aller de nouveau solliciter sa mère, qu'elle tomba accablée sur un siége et me répondit avec la voix pleine de larmes :

— » Retourner chez ma mère après ce qu'il m'a fallu subir de sa colère tandis que je l'implorais à genoux ? Oh ! non, Eugène, tu ne peux pas exiger cela de moi ; on n'a pas, deux fois en un jour, assez de force et de courage pour une semblable lutte.

» D'ailleurs, toute tentative serait inutile maintenant; car elle m'a dit, en me jetant son argent comme un morceau de pain à un mendiant qui importune : « Ne ne me demandez plus rien, et ne remettez les pieds ici que pour me rapporter ce que par pitié je vous prête aujourd'hui, »

» Si j'avais pu prévoir, continua Juliette, à quel prix elle devait me vendre ses secours, je t'aurais dit, moi : « Fais faillite, s'il le faut, mais ne m'expose pas à être si cruellement humiliée. »

» Vous comprenez bien que je n'insistai pas pour que ma femme me donnât une nouvelle preuve de son dévoûment ; mais je ne renonçai pas non plus à avoir, de rechef, recours à la bourse de ma belle-mère ; car tout mon espoir était en elle, et la pensée que je pourrais, le lendemain, ne pas me trouver en mesure de payer mes billets échus me donnait le transport au cerveau.

— » Soit ! dis-je à Juliette, demeure en repos maintenant, c'est à moi de trouver ce qui nous manque ; je vais frapper à d'autres portes, et, je te le jure, je ne reviendrai pas sans avoir réussi.

» Je ne vous dirai pas qu'il y avait alors un projet sinistre roulant dans mon esprit, projet que je fusse bien déterminé à mettre à exécution en cas de non succès; mais Juliette comprit ainsi mes paroles, car elle se leva précipitamment en poussant un cri de terreur, et elle s'élança pour me retenir.

» Mais j'avais pris mon chapeau et j'étais loin déjà. Je ne me retournai pas pour la rassurer.

» Ce fut chez madame Blanceny que je me rendis d'abord; c'était à elle seule même que je pensais à m'adresser ; car, je crois vous l'avoir dit, ma vanité de marchand se faisait un scrupule de mettre quelqu'un qui me fût tout à fait étranger dans la confidence de ma gêne momentanée; c'eût été dévoiler au grand jour que je n'avais plus par devers moi les moyens de faire honneur à ma signature.

» La mère de Juliette me reçut de telle façon que je compris encore mieux que ma courageuse compagne n'avait pu me l'expliquer, à quelle pénible épreuve l'avait exposée son amour pour moi.

» Madame Blanceny, repentante du mouvement de commisération auquel elle avait cédé de si mauvaise grâce, donna à sa fille et à moi les noms les plus odieux ; puis se ravisant elle me dit :

— » Auriez-vous plus de cœur que je ne le pensais ? N'est-ce pas pour me rapporter mon argent que vous avez pris la peine de venir ici?

» Je courbai la tête, car je n'avais rien à répondre.

— » Si ce n'est pas là ce qui vous amène, reprit la cruelle femme, pourquoi y êtes-vous venu?

— » Pour vous remercier de vos bienfaits, répliquai-je, et pour vous dire que je m'empresserai de vous témoigner ma reconnaissance par une prompte restitution, car il en coûte trop à qui a le malheur d'être votre obligé.

» Mme Blanceny me jeta encore une fois à la face le nom du gendre objet de ses regrets, comme une injure, et je sortis.

» Trompé dans cette espérance, mon unique ressource, il ne me restait plus qu'à choisir parmi mes créanciers celui qui devait être victime de mon malheureux sort, et à aller supplier celui-là d'accepter le renouvellement de sa créance.

» Mais la pensée que l'homme à qui j'allais m'adresser pouvait repousser ma prière, et que le jour suivant il serait publiquement pris acte de mon insolvabilité, cette pensée se posait comme un épouvantail devant mes yeux, et je me faisais un tel supplice de la honte qui allait s'attacher à mon nom, que ma raison en fut réellement attaquée.

» Je marchais sans me rendre compte du chemin que j'avais à parcourir et de la route que je devais suivre.

» Je me disais bien : J'ai quitté Juliette effrayée de mes paroles ; c'est auprès d'elle que je veux me rendre pour la rassurer.

» Et j'allais toujours, sans savoir où, et, instinctivement, je sentais qu'à chaque pas en avant je m'éloignais davantage de mon faubourg. Je voulais rebrousser chemin ; mais trop peu maître de moi, je ne pouvais revenir sur mes pas.

» J'étais bien loin de chez moi, lorsque me faisant enfin violence, pour calmer mon esprit, je m'arrêtai brusquement afin de consulter le nom de la rue où je me trouvais alors.

» J'avoue que j'éprouvai un mouvement de terreur quand je pus mesurer en imagination l'espace que je venais de franchir dans le sens opposé de ma demeure.

» Oh ! me dis-je, inquiet du trouble que l'attente de l'événement dont j'étais menacé avait mis dans mon cerveau, si je ne rentre pas chez moi avec la certitude de pouvoir satisfaire demain à tous mes engagemens, ceci n'est pas douteux, je deviendrai fou ! mais à qui m'adresser ?

» Telle était la question que je me faisais pour la dixième fois peut-être et toujours sans succès, quand un nom me revint à la mémoire : c'était celui d'un camarade de classe, bon garçon, avec qui j'avais entretenu long-temps des rapports d'intimité ; mais que depuis mon établissement j'avais singulièrement négligé.

» Moi, continuant le commerce de mon père ; lui, suivant la carrière administrative, nous nous étions totalement perdus de vue.

» Je ne connaissais pas bien sa position financière ; mais j'étais certain de sa discrétion, et, soit qu'il me rendît ou non le service que j'avais à lui demander, je n'avais pas à craindre avec lui que mon secret ne fût divulgué.

» C'était justement non loin du quartier où cette course au hasard m'avait conduit, que demeurait mon ancien compagnon d'études. Je n'hésitai pas à aller le trouver.

» Il était chez lui ; je dis mon nom à la femme qui le servait.

» Il vint à moi ; mais avec si peu d'empressement, mais il prit un ton si glacial en m'invitant à passer de l'antichambre dans son cabinet, que je commençai par me repentir de la confiance qui m'avait attiré vers lui.

» Cependant ma perplexité était telle que je ne pouvais reculer, il me fallait un refus positivement exprimé pour que je me décidasse à renoncer à la lueur d'espérance qui avait, une fois encore, ranimé mon courage.

» Lorsque je me vis tête-à-tête avec lui, je triomphai du sentiment de honte qui embarrassait mes paroles et je lui exposai franchement le motif de ma visite.

» A mesure que je parlais, le visage de mon ami perdait de son expression sévère, son regard se fixait sur moi avec un intérêt croissant, et quand j'eus fini de lui esquisser le triste tableau de ma situation, de froid et de sec que ce bon garçon s'était montré d'abord, il devint affectueux, empressé.

» Il m'avoua que l'accueil fâcheux qu'il m'avait fait ne venait que du chagrin qu'il avait ressenti en songeant au peu de désir que je lui témoignais depuis long-temps de continuer nos relations fraternelles d'autrefois.

— Véritablement, me dit-il, j'ai cru que c'était seulement le hasard ou un caprice passager qui vous avait conduit ici, et je ne me faisais pas faute, comme vous pouvez le voir, de laisser percer mon mécontentement ; mais c'est une preuve d'amitié que vous venez me demander : comment ne croirais-je pas toujours à la vôtre puisque vous comptez encore sur la mienne ?

» Votre attente n'aura pas été vaine, mon ami ; il ne m'est pas possible de vous donner ce soir ce que vous désirez de moi ; mais demain matin, demain dès qu'il fera jour je serai chez vous avec la somme qui vous est nécessaire.

» Vous avez eu raison de ne point chercher dans le commerce les moyens de sortir d'embarras ; dans ce temps de défiance générale, le moindre soupçon de la vérité eût ébranlé votre crédit.

» Je pleurais de joie en lui pressant la main.

— » Ce que je fais pour vous, dans l'occasion vous me le rendrez ; c'est à charge de revanche bien entendu ; j'aurai peut-être un jour besoin de votre obligeance, me dit-il. Quant à votre affaire de demain, n'ayez nulle inquiétude, ni pour l'argent, ni pour le secret ; je vous apporterai l'un et je garderai fidèlement l'autre.

» Le cœur soulagé de ce poids écrasant, je me laissai aller à une reconnaissance si verbeuse, que mon ami me fit observer que je prolongeais outre mesure l'entretien.

— » Il faut que je sorte pour votre affaire, et la soirée est déjà fort avancée. Quittons-nous donc, et allez bien vite rassurer votre femme qui a grande hâte, je le présume, de connaître le résultat de notre entrevue; ensuite dormez en repos, nous nous reverrons demain matin.

» Je quittai cet obligeant jeune homme et je m'empressai de retourner chez moi.

» Cette fois, je ne me trompai pas de chemin j'avais... une si heureuse nouvelle à reporter à Juliette. Chère âme, à quelles affreuses pensées je l'avais livrée par ma brusque sortie!

» J'eus remords de ma conduite, quand je la vis au retour dans un état d'accablement tel que je ne pourrais le décrire.

» Je ne lui parlai pas de ma nouvelle tentative auprès de sa mère, c'eût été inutilement envenimer ses blessures; mais je la remerciai comme je le devais pour tout ce qu'elle avait souffert de Mme Blanceny dans l'intérêt de notre honneur.

» Cette émotionnante journée avait épuisé mes forces; il était temps qu'elle finît. Ne doutant pas de la bonne volonté de mon ami et de son exactitude à remplir la promesse qu'il m'avait faite, je dis en souriant à Juliette :

— » C'est maintenant que nous pouvons nous écrier : « Nous sommes sauvés ! » — Et l'esprit dans un doux état de quiétude, je m'endormis sans crainte pour le jour suivant. »

Le narrateur fit une légère pause, autant pour reprendre haleine que parce qu'il éprouvait quelque hésitation à poursuivre son récit ; mais les regards de l'assemblée le sollicitant, il continua :

« C'est ici, chers auditeurs, dit-il, que va commencer la plus saisissante période de l'histoire de ce malheureux jour.

» Tout ce que j'avais enduré de tortures depuis le matin n'était que le prélude de celles qui m'attendaient au moment où je croyais n'en avoir plus à souffrir.

» A peine avais-je clos les yeux qu'on vint frapper chez moi.

» J'allai ouvrir, saisi d'un funeste pressentiment, mais sans faire part de mon inquiétude à Juliette, qui, par bonheur, en ce moment, était profondément endormie.

» Je descendis donc, car les coups redoublaient à ma porte, et je craignais que ma pauvre femme n'en fût réveillée.

» La personne qui heurtait ainsi, c'était un commissionnaire; il me remit une lettre et disparut sur-le-champ en me disant qu'on ne demandait pas de réponse.

» Cette lettre était de l'ami qui avait ramené en moi le calme par l'assurance de sa visite pour le lendemain.

» J'ouvris en tremblant le message, et je demeurai comme frappé d'hébêtement, après avoir parcouru des yeux les quelques lignes qu'il renfermait.

» Le dernier fil auquel ma vie était comme suspendue venait de se briser.

» Mon ami, en me promettant son secours, avait compté, non sur lui-même, mais sur une personne qui ne voulait ou ne pouvait pas l'aider à tenir l'engagement qu'il avait pris envers moi ; il s'empressait de m'envoyer cet exprès, afin que je pusse, s'il en était temps encore, chercher ailleurs un appui qu'il ne pouvait plus m'offrir.

» Comment vous dire ce qui se passa en moi quand j'eus recouvré la faculté de penser et de mesurer de nouveau l'abîme d'où je m'étais cru retiré par la main secourable de mon camarade de classe ?

» Comme si, à force de toucher l'argent que j'avais en caisse, il m'eût été possible d'en augmenter la somme, je courus à mon bureau, et par dix fois je comptai et recomptai mes valeurs ; par dix fois aussi je consultai mon carnet d'échéances, espérant que je finirais par établir la balance entre le total des premières et le compte fait des autres.

» Mais toutes mes opérations de calcul arrivaient toujours à cette solution déplorable : il me manque mille francs!

» Les yeux fixés sur ce lendemain redouté, je ne voyais rien que ma signature protestée et mon crédit ruiné.

» En ce moment, un papier, que je n'avais pas aperçu d'abord et qui se trouvait placé cependant d'une très visible façon sur mon bureau, vint frapper mes regards. Je reconnus l'écriture de Mme Blanceny.

» C'était un billet qu'elle adressait à sa fille. Je n'eus pas besoin de le déplier : il s'était présenté tout ouvert devant moi. Je lus :

« Sachez, Juliette, que si demain, comme c'est le bruit public, votre » mari ne peut pas payer intégralement tous les effets qu'il a signés, il » se verra en butte au mépris de l'homme auprès de qui sa vanité avait » le plus d'intérêt à ne pas être compromise.

» M. Léon D..., qui avait bien prévu l'événement fatal, est porteur » d'un billet de mille francs, souscrit par celui que je ne consentirai ja- » mais à nommer mon fils, M. D... s'est promis de ne se présenter » pour toucher ce billet qu'après que tous les autres auront été ou ac- » quittés, ou renvoyés sans paiement.

» Ce n'est pas le dernier coup que sa vengeance réserve à votre mari, » car il ne lui suffira pas de l'avoir vu rougir, il veut encore le poursui- » vre avec toute la rigueur qu'il peut puiser dans son droit.

» Voyez à quoi vous expose votre sotte préférence. Ne vous plaignez » pas, c'est justice. »

» Ainsi ce n'était plus à un créancier ordinaire que j'allais me voir contraint d'avouer mon insolvabilité. C'est à la discrétion d'un rival désireux de ma perte que je devais livrer mon honneur de marchand : c'est devant lui qu'il me fallait m'humilier et sans espoir de le trouver indulgent, car il s'était promis de tirer vengeance de la préférence que Juliette m'avait accordée.

» Ce billet, dont ma femme s'était fait un devoir de me cacher la venue, et que, seulement par mégarde, sans doute, elle avait laissé sur mon bureau, ce billet qui me brisait le cœur, je m'estimais heureux de l'avoir trouvé, car je pouvais au moins me préparer au coup qui devait me frapper.

» Mais encore je pouvais le détourner, peut-être! Je n'avais plus maintenant à me demander quelle était celle de mes dettes que je n'acquitterais pas le lendemain; Mme Blanceny écrivait à sa fille : « Il se présentera le dernier. » Donc il fallait ou mettre mon rival dans l'impossibilité de se présenter ou le payer.

» Oh! si quelqu'un eût voulu de tout mon sang pour cette somme de mille francs, je l'aurais donné sans regret; car il m'eût été doux de mourir avec la certitude que je ne laissais pas à cet homme le droit de dire en montrant ma signature : « Celui qui a souscrit ce billet est mort insolvable! »

» — Insolvable, ai-je dit? Non, je ne pouvais, je ne devais pas l'être avec lui.

» Concevant aussitôt un abominable dessein, je résolus d'empêcher M. Léon D... de pouvoir dire que je ne payais pas toujours mes billets au jour de l'échéance.

» L'expédient que je trouvai ce fut,—ne marchandons pas avec les expressions,—ce fut le vol!...

» Je ne voyais que ce moyen, il n'en existait pas d'autre; car je ne voulais plus livrer à personne le secret de la situation de ma caisse.

» Vous vous étonnez de la franchise de mon aveu ; vous supposez que je m'arrêtai long-temps devant cette coupable pensée et qu'il me fallut combattre beaucoup avant de l'adopter : nullement.

» Dès que j'eus l'idée du crime, je me sentis la force nécessaire pour l'exécuter. Le besoin que j'éprouvais d'en finir avec une intolérable appréhension du lendemain, parlait trop haut pour qu'il me fût possible d'entendre les scrupules de ma conscience.

» Je vous l'ai dit en commençant, il est des heures maudites, des cas désespérés où l'honnête homme, pour conserver sa bonne réputation, doit être capable de tout, même de mériter d'être pendu ; d'ailleurs, je me trouvais doublement intéressé à cette mauvaise action ; car j'avais en même temps à sauver et ma dignité de mari et mon crédit de marchand.

» J'adoptai donc le vol. Mais où ? mais qui voler ? me demanderez-vous.

» L'inspiration ne m'était pas venue seule, incertaine et incomplète ; elle m'avait à la fois dicté l'action, enseigné les moyens et montré le but.

» Ce n'était pas de l'argent que je devais dérober, mais bien mon propre effet de commerce ; il fallait que je parvinsse à m'en emparer cette nuit même, pour que le jour suivant mon rival dédaigné se trouvât forcé de renoncer à son projet de vengeance contre moi.

» Oui, c'est chez M. Léon D... que je résolus de m'introduire furtivement.

» Et me voilà parti sans déguisement, sans armes.

» Je marche cherchant l'ombre, me glissant le long des murailles et choisissant les rues les plus désertes.

» J'arrivai au terme de ma course aussi rapidement que si, pour franchir l'espace, Dieu m'eût donné des ailes.

» Une seule voie m'était offerte pour pénétrer chez l'homme qui se faisait une joie de me déshonorer publiquement. Je n'avais que ce choix dans mon alternative : ou, au risque de me tuer, escalader le mur élevé d'un jardin, ou revenir sur mes pas et attendre que M. Léon D... accomplît, comme il l'avait résolu, la menace que renfermait le billet de Mme Blanceny.

» Je n'hésitai pas ; j'invoquai deux noms : celui de mon père et celui de Juliette, et le mur fut franchi comme l'avait été la distance.

» De cette extrémité du jardin à la maison habitée par le gendre regretté de ma belle-mère, il y avait un long chemin à parcourir, encore fallait-il marcher sur un lit de sable qui criait sous les pieds. J'avançai résolument.

» Comme j'étais aux deux tiers de l'allée sablée , le chien de garde , attiré par le bruit de mes bas, vint à moi. J'allais être découvert : j'étais perdu ! Non, l'animal s'arrêta tout à coup , et , sans aboyer, il me regarda passer ; puis il s'éloigna.

» Je parvins à un péristyle donnant entrée dans un vestibule fermé par de hautes persiennes ; j'appuyai seulement la main sur l'espagnolette, les deux battans s'ouvrirent.

» La lumière d'une lampe éclairait l'escalier ; tout le monde dormait dans la maison ; je parvins au premier étage, et je ne fus pas long-temps, je vous le jure, arrêté par la porte, solidement verrouillée cependant , sur laquelle étaient écrits ces mots : *Bureaux et caisse*.

» Vous dire si j'étais ému en me voyant parvenu avec tant de bonheur dans cette maison où la pensée d'un crime m'avait conduit , vous vous l'imaginez sans peine ; mais, sachez-le bien, ce n'était pas un sentiment de terreur qui soulevait ma poitrine et précipitait les battemens de mon cœur ; il ne me semblait pas qu'on pût venir me surprendre. Je n'étais préoccupé que de l'idée de rentrer en possession de mon billet.

» La Providence me favorisait vraiment.

» A travers un grillage qui divisait en deux la pièce dans laquelle je me livrais à mes recherches clandestines, j'aperçus un large portefeuille qui portait, imprimé en lettres d'or, le nom de mon ennemi. Je poussai le guichet pratiqué dans ce grillage et j'étendis le bras.

» Tout à l'heure il me semblait que je ne pourrais atteindre jusqu'au portefeuille, et pourtant je parvins à le saisir aussi facilement que s'il se fût de lui-même rapproché pour venir à la portée de ma main.

» Je ne doutais point que ce portefeuille ne renfermât les effets de commerce que M. Léon D... devait toucher le lendemain ; mais il était cadenassé. D'un coup de canif j'enlevai la couverture, et mes yeux aussi bien que mes doigts purent plonger dans ce meuble où étaient mon espoir, mon honneur, ma vie.

» Je n'eus pas long-temps à interroger le contenu du portefeuille pour trouver enfin ce que j'étais venu chercher.

« Non, me dis-je en m'emparant avec une joie furieuse du billet qui portait ma signature, non je ne suis point un voleur ; car si je détruis le titre, je n'oublie pas la dette. Un jour, bientôt sans doute, je viendrai moi-même dire à mon créancier : Voilà la somme, donnez-moi quittance du billet que vous n'avez pu retrouver ; mais demain, du moins, demain ce billet ne me sera pas présenté.»

» En cet instant, une main se posa sur la mienne, et je poussai un cri.

— » Qu'as-tu donc ? me dit Juliette : c'est moi, je viens pour te réveiller, il fait grand jour et ton ami t'apporte les mille francs qu'il t'a promis hier au soir.

» Tout ceci, depuis mon retour auprès de Juliette, lorsque je vins lui rapporter la promesse que je tenais de mon compagnon d'études, tout ceci n'était qu'un rêve.

» Non, mes amis, Mme Blanceny n'avait pas écrit à sa fille ; non, M. Léon D... n'était pas au nombre de mes créanciers.

» Mais quoique le crime ne fût qu'une illusion de mon esprit tourmenté, son souvenir ne s'est point effacé de ma mémoire, et bien souvent j'en ai frémi ; car j'ai pensé qu'en une situation semblable à celle que je viens de vous exposer, il était possible que le désespoir poussât à une telle extrémité même le plus honnête homme.

» J'avais besoin, ajouta bientôt après le marchand, de vous préparer, par le récit de cette fable, à une histoire qui n'est que trop positivement vraie.

» Peut-être pensez-vous que j'aurais pu faire ma préface moins longue ; mais les vieillards sont si causeurs !

» Quant au fait que je veux vous raconter maintenant, vous pourrez l'écouter en toute confiance, ce n'est plus d'un rêve qu'il s'agit. »

Ainsi parla le mari de Juliette Blanceny, et nous qui répétons ses paroles, nous qui nous préparons à joindre à son récit certains développemens qu'il nous a été donné d'y introduire, nous ajouterons :

Quand la série des événemens se présente à nous comme une chaîne continue, c'est par le premier anneau qu'il faut commencer pour compter ensuite tous ceux dont la chaîne se compose.

Qu'on ne s'étonne donc pas si nous remontons un peu haut dans l'histoire.

D'ailleurs, plume qui marche aurait tort de se hâter ; car pour atteindre sûrement son but, ce n'est pas le chemin le plus court, mais le mieux plaisant qu'elle doit prendre.

C'est un pesant fardeau que le sentiment de son mérite personnel quand on est seul à le porter.

Plus d'un est mort succombant sous cette charge écrasante, faute d'avoir pu trouver quelqu'un qui voulût bien la partager avec lui ; mais, en fait de mérite, au rebours des choses matérielles, c'est celui que nous nous attribuons à tort, c'est l'apparence, c'est l'illusion qui pèsent.

A voir comme ils marchent droit et facilement ceux-là que le ciel a doués d'une valeur réelle, on peut dire de tant de malheureux qui sont tombés épuisés sous leur soi-disant génie méconnu, qu'ils n'ont fait que céder au poids d'un fantôme... Les fantômes sont lourds!

Ce malheur si commun de la vanité sans écho, Onésyme Chauvière n'en souffrit que bien tard. Jeune, comment eût-il pu le connaître?

Sa mère, dont il était l'idole, sa mère, crédule à l'avenir qu'il se promettait, n'avait pas balancé à sacrifier son modeste bien-être pour le pousser, le plus avant possible, dans la carrière où il devait s'illustrer un jour.

II

Le Fils et la Mère.

Fière d'une espérance à qui il ne manquait que le temps, pensait-elle, pour devenir une réalité, cette bonne mère allait partout répé tant après le grand artiste futur :

— « Celui-là sera l'orgueil de sa famille et l'une des gloires de son pays.

» Un jour,—ce jour viendra bientôt,—il écrira de son pinceau d'artiste le nom d'Onésyme Chauvière au bas d'une si belle page de peinture, que la foule, dédaignant tous les autres, n'aura plus des yeux que pour son tableau.

» Alors ses rivaux, frappés d'admiration, ses rivaux eux-mêmes s'avoueront vaincus. Alors la voix publique le proclamera le plus grand d'entre tous les grands peintres dont s'honore l'école française. »

Un résultat si glorieux, et en même temps si certain, méritait bien qu'on s'imposât quelques privations pour l'obtenir. La mère d'Onésyme l'achetait, jour par jour, au prix de tous les sacrifices auxquels on puisse se condamner quand il s'agit de rendre plus facile à un fils bien-aimé le chemin où sa vocation l'entraîne impérieusement.

Mais aussi Onésyme avait tant de reconnaissance et d'amour pour cette tendre mère, qu'en vérité, n'eût-il eu que cela à défaut du talent supérieur, que, dans sa naïve confiance, la bonne femme se plaisait à lui accorder, n'eût-il eu que cela, le cher enfant, que Mme Chauvière n'aurait pas pu regretter un dévoûment dont les douces caresses d'Onésyme la payaient si bien.

C'était un charmant ménage que celui de la mère et du fils.

Cependant, ce joli ménage, les besoins journaliers le démeublaient peu à peu; car la petite rente et le modique produit du travail de Mme Chauvière ne pouvaient pas suffire à tout.

Qu'importe! D'une part et de l'autre, le dévoûment et la tendresse grandissaient toujours, et cela, en raison du vide que la nécessité creusait journellement chez le jeune artiste.

Nécessité cruelle, vide effrayant qu'il fallait bien subir avec courage pour arriver enfin à ce temps désiré de l'illustration et, par conséquent, de la fortune.

Oui, chaque jour emportait un meuble, un ustensile.

Des objets dont on pouvait, à la rigueur, se passer, on en était venu à se dessaisir peu à peu de ceux qui étaient rigoureusement nécessaires. A la gêne supportable avait succédé le dénument qui ne se peut supporter; qu'importe encore!

Tel était fait ce cœur de mère, tel était cet amour filial, que Mme Chauvière et Onésyme, après avoir compté leurs pertes du jour, se trouvaient espérant mieux encore que la veille, et s'aimant, s'il se peut, davantage.

Ainsi, à la suite d'une privation nouvelle, ils auraient pu se dire, en regardant leur mobilier amoindri, que rien n'était changé chez eux, seulement ils avaient un peu plus d'amour l'un pour l'autre, partant, un peu plus de bonheur qu'auparavant.

La pauvreté a ses joies.

Si le travail assidu, si le besoin extrême de réussir, si la soif ardente d'une glorieuse renommée suffisaient pour faire un peintre de génie, quel admirable artiste c'eût été que notre Onésyme Chauvière!

Véritablement il méritait que Dieu dirigeât vers lui le souffle divin sous lequel l'inspiration se dégage en jets de flammes du cerveau qui la recèle.

Mais d'abord il eût fallu douer le cerveau d'Onésyme de la matière qui se manifeste au dehors brûlante et lumineuse.

Or, le volcan qu'il portait en lui ne renfermait hélas! qu'une vile poussière; tous les efforts du jeune artiste pour en faire jaillir les gerbes étincelantes ne pouvaient aboutir, enfin, qu'à produire quelques tourbillons de cendres refroidies.

Et cependant il croyait à sa puissance. En ceci, il était d'une foi si robuste, que le doute, fût-il venu même de sa mère, n'aurait point ébranlé sa solide conviction.

Pauvre femme, qu'elle était loin de douter de son fils!

Jusque alors Onésyme Chauvière s'était contenté de n'interroger que lui-même à chaque fois qu'il avait voulu se rendre compte de sa véritable valeur.

Elève de la nature, comme il le disait, il n'avait fait que passer rapidement dans les ateliers de deux ou trois maîtres fameux, afin, seulement, de se rendre compte de leurs procédés et de surprendre le secret de la réputation dont ils jouissaient; puis il s'était affranchi des entraves de l'école et des distractions du monde.

Retiré dans sa mansarde, où il travaillait sans relâche auprès de sa mère, il s'était flatté de pouvoir vaincre seul les difficultés de son art.

Jaloux qu'il était de ne devoir qu'à lui-même sa célébrité, il eût dédaigné les conseils de l'expérience, repoussé les critiques du talent le mieux consacré par des œuvres fameuses.

Il ne faut donc pas s'étonner si le malheureux se heurtait à tous les obstacles sans en apercevoir aucun.

Onésyme s'avançait en aveugle dans la voie des erreurs, et parce qu'il n'y avait là personne pour lui crier: « Halte! tu cours à ta perte! » l'imprudent vaniteux, tout fier du trajet qu'il avait parcouru sans guide, s'imaginait, se voyant si avant dans une route fatale, qu'il avait dépassé ceux qui suivent le bon chemin.

Mais le jour d'une épreuve sérieuse allait enfin se lever pour le jeune artiste. On touchait à l'époque où s'ouvre annuellement le concours pour le prix des beaux-arts.

S'il eût été libre de ne consulter que son propre désir, Onésyme Chauvière aurait encore attendu toute une année avant de se produire aux applaudissemens de la foule.

Non qu'il ne fût bien certain de les obtenir, ces applaudissemens; mais, aussi timide de cœur qu'il était audacieux d'esprit, il redoutait l'instant où il lui faudrait attirer sur sa personne et les regards de l'envie et les attaques de la haine, que provoque toujours un succès éclatant.

L'envie et la haine, il les avait vus s'acharner avec tant de persistance sur des ouvrages simplement estimables. — Que sera-ce donc, pensait-il, quand il s'agira des miens?

L'âme de ce jeune homme, il faut qu'on le sache, inclinait vers les sentimens doux, et ceux-ci s'accordaient, mieux qu'on ne pourrait le supposer d'abord, avec son excessif amour-propre d'artiste.

La conscience de sa supériorité l'avait rendu indulgent pour les autres; il s'intéressait à leurs efforts, comme le soldat robuste s'intéresse à ceux de l'enfant qui essaie de soulever la lourde épée faite seulement pour le bras vigoureux.

Onésyme, se plaçant hors de ligne, du haut de sa sphère élevée, rendait volontiers justice à ceux qui luttaient plus bas, dans la mesure de leurs forces et dans la limite circonscrite de leur puissance.

Inconnu des artistes comme rival, car jusque alors il n'avait voulu confier qu'à l'admiration de sa mère les trésors supposés de son génie, il était apprécié par ses jeunes confrères comme amateur éclairé, comme juge consciencieux.

Tous l'aimaient, et, bien qu'aucun d'eux ne fût admis dans son intimité, bien qu'on ne fût pas tout à fait certain de son nom et qu'on ignorât complétement sa demeure, tant il avait pris soin de cacher sa vie, on le rencontrait avec plaisir dans les musées, et c'est avec empressement que les artistes le recevaient dans leurs ateliers.

Est-il nécessaire d'ajouter que celui qui se faisait fort de les éclipser tous avait pour eux une amitié vraiment fraternelle ?

C'est justement ce bon échange de vive affection qui faisait reculer Onésyme devant la pensée de mettre au jour son premier ouvrage.

Ce qu'il voulait en se révélant au monde, c'était à la fois et conquérir l'admiration générale et conserver l'amitié de chacun.

Pour résoudre ce grand problème du succès qui n'éveille ni l'envie ni la haine, il avait résolu de débuter par un chef-d'œuvre si complétement irréprochable, que le génie humain ne pût rien concevoir au delà.

— On continuera à m'aimer, se disait-il, car je ne serai pas moins affectueux pour les autres ; on ne pensera pas à me faire subir les attaques de l'envie, car la jalousie est sans prise contre celui qui s'est placé à un point d'élévation où nul ne peut espérer d'atteindre.

Ainsi, rêvant depuis long-temps la perfection, il cherchait encore ce chef-d'œuvre incontestable, quand arriva de nouveau l'époque du concours annuel.

Pour la première fois, après tant d'années de résignation, Mme Chauvière osa concevoir la pensée d'imposer à son tour sa volonté à son fils.

Comme il lui demandait encore qu'elle le laissât poursuivre la recherche de ce chef-d'œuvre sans cesse promis et toujours retardé, elle répondit :

— Tu auras bien plus de liberté dans l'esprit pour le trouver, ton chef-d'œuvre, cher enfant, quand nous ne serons plus tourmentés par les craintes du lendemain.

» Le prix de Rome, c'est une existence assurée pour quelque temps, vois-tu, et il faut d'abord songer à vivre. »

L'artiste voulut opposer quelques objections à ces sages paroles ; sa mère, malgré son droit chèrement acquis, ne revint pas sur tout ce qu'il lui avait fallu souffrir jusqu'à ce moment pour laisser à Onésyme le loisir de se livrer, comme il l'entendait, à l'art qui devait le faire grand et riche ; mais après qu'elle eût ajouté deux ou trois mots afin de le décider à tenter les chances du concours, elle parcourut d'un regard si désolé leur chambre à peu près nue, que l'excellent fils comprit qu'il n'avait plus de temps à perdre pour devenir un homme illustre.

— Je vous entends, lui dit-il avec un douloureux serrement de cœur ; nos ressources sont épuisées ; nous n'avons plus rien, et il faut, au plus tôt, remplacer tout ce qui nous manque.

» Allons, soyez tranquille, bonne mère, j'espérais mieux sans doute, pour mon début, qu'un prix de peinture disputé à des élèves comme en font nos maîtres d'aujourd'hui ; mais puisque vous le voulez, je l'aurai ce prix. »

Et à l'instant même, abandonnant, non sans regrets, les ébauches que, depuis si long-temps il recommençait toujours sans jamais rien achever, il se mit à travailler avec ardeur dans le but de se faire admettre prochainement parmi les candidats destinés à concourir pour les prix de peinture.

Ce fut avec des larmes d'attendrissement que Mme Chauvière vit son fils se résigner à réclamer la palme qu'il ne pouvait manquer d'obtenir.

— Heureuse! dit-elle en suivant d'un œil passionnément attentif les traces du crayon aussi rapide qu'aventureux de l'artiste, oh! oui, je serai bien heureuse si le ciel m'accorde la grâce de pouvoir vivre jusqu'au jour de ton triomphe.

C'était un pénible mais juste pressentiment de sa fin prochaine qui la faisait parler ainsi.

Il y avait bien des mois déjà qu'elle luttait en silence contre le mal dont elle se sentait minée lentement.

Veilles excessives, chagrins muets, angoisses du besoin tout bas dévorées; toutes ces choses dont elle ne pouvait se plaindre sans manquer, se disait-elle, à son devoir de mère, avaient peu à peu ruiné sa santé.

Tant qu'Onésyme, résistant à l'idée de se faire sitôt une fortune de son talent, lui avait montré une ressource nouvelle dans la vente de quelques effets de leur mobilier; tant que son propre cœur, ingénieux à s'imposer des privations, avait découvert à madame Chauvière un sacrifice de plus qu'elle pouvait faire en faveur de son enfant chéri; tant que ce dernier lui avait dit : — Mon chef-d'œuvre n'est pas encore complet dans ma pensée; je ne dois point arriver pas à pas comme le vulgaire des artistes; il faut que du premier bond je m'élève au premier rang! — aussi long-temps enfin, qu'il lui avait répété : — Attendez! attendez! ce mot désespérant à entendre pour qui se sent mourir, — madame Chauvière, demandant à Dieu des forces nouvelles, s'était bien gardée de laisser soupçonner à son fils le mal dont elle souffrait.

Onésyme aimait tant sa mère! Une si cruelle révélation eût suffi pour le préoccuper de telle sorte que le travail lui aurait été impossible, et il fallait que l'artiste travaillât pour que le feu sacré qu'elle supposait en lui ne vînt pas à s'éteindre.

Mais ce talent trop long-temps ignoré se déterminait enfin à prendre la place qui lui était due. Savoir que son fils ne dédaignait plus de se mettre sur les rangs pour lutter contre des rivaux, c'était pour la bonne mère comme s'il eût déjà triomphé.

« Qu'il se montre, il vaincra, » se disait-elle. Et voilà pourquoi, madame Chauvière, rassurée enfin sur l'avenir d'Onésyme, ne craignit plus de placer dans son invocation au ciel l'aveu de son triste pressentiment de la mort.

Cependant à peine ces mots furent-ils tombés de ses lèvres, qu'elle se repentit de sa demi-indiscrétion.

— En vérité, dit Onésyme avec une secrète inquiétude qu'il cherchait à dissimuler, vous êtes bien avisée, ma mère, de mêler des idées de deuil à nos belles espérances.

» Comment, vous me voyez disposé à faire ce qu'il vous plaît, et vous pouvez parler de mourir!

» Mais voyons, dites-moi, est-ce que vous-même n'avez pas assez fait pour mériter de jouir, non seulement de mon premier succès, mais encore de tous ceux qui doivent le suivre?

» Ce n'est point, je l'espère, l'émotion de mon triomphe prévu qui vous tuera. Il y a assez long-temps qu'il vous est promis, et nous l'aurons payé assez cher pour qu'il ne nous étourdisse pas au point de nous faire mourir de joie.

» Quand une chose est si bien attendue, il n'y a pas à craindre de saisissement dangereux pour le jour où elle arrive. On se dit : C'était justice; on est content, on s'embrasse un peu plus ce jour-là, et tout finit là. »

Ce n'était pas, nous le savons, par l'annonce d'un événement heureux que la mère devait être enlevée à son fils.

Pourtant, comme celui-ci déguisait mal l'inquiétude que lui causaient les paroles de Mme Chauvière, la bonne femme craignit qu'Onésyme ne se mît de lui-même sur la voie de la vérité; de plus, supposant bien que cette fatale lumière devait paralyser subitement l'élan de son génie, elle s'empressa de rappeler le jeune artiste au travail qu'il avait tout à coup abandonné.

— Continue, cher enfant, lui dit-elle, et ne fais pas attention à ce que je dis.

» Les vieilles gens ont toujours peur, tu le sais, ajouta-t-elle en souriant; parce qu'on a beaucoup vécu, on se forge des chimères; on s'imagine que l'on n'a plus que quelques jours à vivre.

» C'est une folie, c'est une faiblesse; mais il faut bien que nos enfans nous pardonnent les infirmités de notre âge. »

Elle lui donna mille autres raisons plus ou moins bonnes pour le distraire des pensées sérieuses qu'un mot imprudent avait provoquées.

Mais comme l'émotion de sa voix et la tristesse involontaire de son sourire ne s'accordaient pas avec ses paroles, Onésyme cherchant à s'expliquer tout cela, en vint à se rappeler le douloureux regard que Mme Chauvière avait promené tout à l'heure sur leur pauvre ménage. Il reprit :

— Je vous ai devinée, ma mère; vous vous dites : Ce n'est que dans six mois qu'il sera donné, ce prix de peinture, et comment ferons-nous pour arriver au terme de notre temps d'épreuve?

» N'est-ce pas que c'était bien là votre pensée? »

Mettant alors la main sur son cœur pour éteindre la souffrance qui, depuis quelques jours, revenait à chaque instant plus vive, la mère d'une voix affaiblie, répondit timidement :

— Oui, mon fils, c'est aussi à cela que je pensais.

— En ce cas, répartit Onésyme gaîment et rassuré, calmez vos craintes, ce n'est pas six mois que je vous demande, c'est six jours; dans six jours, ce travail que je prépare sera terminé; dans six jours, je subirai la première épreuve des loges et je sortirai le premier, vous n'en doutez pas, dans l'ordre des candidats.

» Comme un succès certain vaut de l'argent comptant, je vous réponds qu'à compter du moment de ma réception parmi les concurrens au grand prix, nous aurons, vous et moi, cessé de souffrir; je trouverai sans peine à me faire escompter par quelqu'un ma part de mon prochain avenir de gloire. »

« D'ailleurs, poursuivit Onésyme crayonnant toujours, je dirai à tout le monde quelle a été notre existence depuis tant d'années. Quand on saura ce que vous avez fait pour moi, il n'est personne, j'en suis sûr, qui ne tienne à honneur de venir au secours de la meilleure des mères. »

Il eût dit volontiers — de la mère du meilleur des peintres, — mais le sentiment filial l'emporta cependant sur sa vanité d'artiste.

Pourtant, quand Mme Chauvière, qui l'écoutait parler sans espoir pour elle, mais avec confiance pour lui, quand Mme Chauvière eut, de la façon que nous venons de le dire, redressé la phrase de son fils, Onésyme lui sourit d'un air d'assentiment, comme s'il eût applaudi à cette correction qui s'accordait si bien avec l'opinion qu'il s'était faite de son mérite.

Il n'avait pas trop présumé de la fécondité de son imagination et de la facilité de sa main; cinq jours après cet entretien avec sa mère, Onésyme était prêt à se présenter devant les chefs de l'école.

Ces cinq jours de grande misère pour Mme Chauvière, le jeune artiste n'en sentit pas le poids.

Absorbé dans un travail opiniâtre, il ne s'informa pas des obstacles que la pauvre femme avait dû vaincre pour qu'à chaque repas il touvât son couvert mis et la table suffisamment fournie.

Ce fils, si tendrement attaché à sa mère, ne remarqua même pas quels progrès effrayans le mal avait fait durant ces cinq jours si difficiles à parcourir. Tout à son œuvre, il ne voyait absolument qu'elle.

C'est seulement le matin du sixième jour, lorsque, inscrit en temps utile au palais des Beaux-Arts, il se disposait à aller subir la première épreuve : celle de l'esquisse, qu'il regarda sa mère avec attention.

— Mon Dieu ! dit-il, comme vous paraissez fatiguée, auriez-vous donc passé la nuit au travail ?

— Non, répondit-elle, mais je me sens aujourd'hui plus faible que de coutume.

» Cependant, que cela ne t'inquiète pas, mon ami ; ne pense qu'à ton esquisse ; mais quand tu seras libre, reviens, reviens bien vite m'apporter une bonne nouvelle. »

Il partit, nous ne dirons pas le cœur plein d'espoir, mais bien avec la certitude inébranlable du succès.

A son retour, le soir, il y avait sur la physionomie d'Onésyme une expression de douleur profonde. Cette douleur s'expliquait facilement.

Au moment où il sortait du palais des Beaux-Arts, après une journée consacrée à l'exécution de l'esquisse dans le sévère secret de la loge, il trouva, appuyé contre la grille de la rue et guettant sa venue, un brave homme, son voisin, qui lui dit :

— Voilà une heure que je vous attends, monsieur Onésyme ; hâtez-vous de retourner à la maison, il y a du nouveau et du nouveau bien triste, même : ma fille vient de courir chez le médecin, votre mère est au plus mal.

Le jeune artiste oublia en ce moment ses projets de gloire et de fortune à venir pour ne plus songer qu'à la courageuse femme qui s'était dévouée pour lui.

Aussitôt, et sans attendre l'obligeant voisin qui était venu lui apprendre cette déplorable nouvelle et presser son retour, Onésyme prit sa course, et, heurtant dans la rue tout ce qui ne se rangeait pas pour lui livrer passage, en quelques minutes il arriva à sa mansarde.

Un médecin était auprès de Mme Chauvière. Comme s'il ne se fût pas attendu à trouver sa mère en un si fâcheux état, l'artiste, pris d'un saisissement subit, s'arrêta au milieu de la chambre, n'osant ni avancer vers la malade, ni interroger le docteur.

— Ne vous tourmentez pas, dit ce dernier à la bonne femme, quand il eut achevé d'écrire ses prescriptions ; je vous assure que demain vous souffrirez beaucoup moins... D'ailleurs, je reviendrai.

Ensuite, ayant pris son ordonnance et s'étant approché d'Onésyme sous prétexte de lui expliquer avec plus de détails les soins que réclamait l'état de la malade, il ajouta à voix basse :

— Oui, je reviendrai : à moins cependant qu'un événement qu'il faut bien prévoir ne rende inutile ma seconde visite.

Le fils désolé regarda en face l'homme qui lui présageait malheur. — Le visage de celui-ci était calme, mais il n'avait pas une expression rassurante.

— Je vous dis cela, poursuivit le docteur, parce que, s'il est généreux de tromper ceux qui souffrent, il est de la loyauté du médecin de ne pas abuser, par une fausse espérance, les personnes qui ont intérêt à savoir la vérité.

» Si l'événement dont je vous parle arrivait, continua-t-il, vous voudriez bien me faire savoir que ma présence n'est plus nécessaire ici. »

— Oui, monsieur, balbutia Onésyme en jetant à la dérobée un regard d'amour et de pitié du côté de sa mère.

Le docteur, prêt à partir, adressa encore quelques mots d'encouragement à la malade ; ensuite il pressa la main du jeune homme en murmurant :

— Du courage, mon ami !

Le médecin était loin déjà, et Onésyme, toujours fixé à la même place, l'ordonnance à la main, demeurait immobile, sans voix, sans larmes, frappé pour ainsi dire d'insensibilité devant le malheur immense et imminent qui le menaçait.

Ce fut un mot de sa mère qui détermina l'explosion des sanglots amassés sur son cœur.

— Cher enfant, dit-elle, il faudra donc nous quitter. Je l'avais bien pressenti, continua Mme Chauvière; c'était trop exiger de Dieu que de lui demander la grâce de me laisser vivre jusqu'au jour où tu seras couronné.

Onésyme tressaillit et courba la tête.

— Cependant, dit encore sa mère, je méritais bien de le voir, ce beau jour!

Attiré, quelques secondes après, par le regard et par la voix de la malade, Onésyme, chancelant sous le poids de sa douleur, s'était approché du lit de souffrance. Il s'assit sur le bord, à la place que, de la main, Mme Chauvière lui désignait.

Les pleurs où se noyaient les regards du jeune artiste coulaient si abondans que ses yeux, à travers leur voile humide, ne pouvaient juger des ravages causés en une seule journée par ce mal dévorant.

— Mais rien n'est désespéré, ma mère, essaya-t-il de dire à la malade; pourquoi donc me parlez-vous de notre séparation prochaine?

— Parce qu'il ne m'est plus possible de te dissimuler mes souffrances; parce qu'il y a long-temps que je ne me fais plus illusion sur mon état, et parce que, enfin, cher enfant, il ne faut pas que la mort vienne me surprendre avant que nous ayons eu le temps de nous bien dire adieu.

A ces mots, cédant à un transport fiévreux, Onésyme se leva; il essuya rapidement les larmes qui faisaient obstacle à sa vue, et, se penchant vers sa mère pour la contempler, il s'écria avec un sentiment de révolte contre cette mort impie qui venait de lui prendre la moitié de lui-même :

— Non, jamais! non, mon Dieu! c'est impossible! ma mère ne peut pas mourir!

Il avait dévoilé ses regards, ainsi que nous venons de le dire, et il s'était avancé vers la malade.

A peine l'eut-il entrevue, qu'il se rejeta en arrière, tout saisi de terreur.

Les paroles commencées avec force et comme une sorte de négation contre la volonté du destin expirèrent sur ses lèvres à l'aspect de la terrible réalité. Après ce qu'il venait de voir, le doute ne lui était plus permis.

— Eh bien! reprit Mme Chauvière, qui ne s'abusait pas sur la cause du mouvement de recul et du silence de son fils, eh bien! Onésyme, crois-tu que je me sois trompée, quand je t'ai dit : il faudra nous quitter?

« Mais à présent que tu m'as bien regardée et que ton effroi me dit comment je suis, helas! que l'horreur de mon déplorable état ne t'éloigne pas de moi avant le temps de notre éternelle séparation sur la terre; détourne de moi tes regards, ne cherche pas à retrouver mes traits dans un visage qui ne me ressemble plus déjà mais écoute-moi te parler et tu verras que je suis toujours ta mère. »

De nouveaux sanglots d'Onésyme répondirent à ces touchantes paroles.

— Reviens là, près de moi, mon ami, poursuivit la malade, en rappelant par un geste le jeune artiste à la place qu'il avait quittée un instant auparavant. Reviens et fais un effort sur ta douleur pour pouvoir m'entendre.

» Tu me pleureras, Onésyme, quand je ne serai plus; mais aujourd'hui ne perdons pas, en larmes impuissantes à me sauver, le peu de temps que nous avons encore à demeurer ensemble. »

Ainsi sollicité par sa mère, Onésyme, s'assit de nouveau sur le bord du lit.

Il promit de vaincre ses larmes et de prêter à la malade l'attention qu'elle réclamait de lui; mais, en l'écoutant, il oubliait sa promesse : les souvenirs continuaient à gonfler sa poitrine, et, malgré lui, les pleurs inondaient toujours ses yeux.

Ménageant ses forces pour prolonger le dernier entretien, Mme Chauvière repassa lentement sur les temps difficiles qu'ils avaient eu l'un et l'autre à subir.

— Je ne regrette rien de tout ce que m'a dicté ma tendresse pour toi, disait-elle; je me fais une joie, un orgueil, au contraire, des nombreux obstacles que nous avons rencontrés dans cette pénible route, puisque tu es au but maintenant.

» Un peu moins de gêne eût été à désirer, sans doute ; mais si je n'eusse pas fait pour toi autant de sacrifices, peut-être serais-tu en droit de m'aimer moins aujourd'hui, et, moi-même, je me sentirais moins contente de moi, moins fière de l'avenir que nos privations et tes travaux ont su te préparer. »

Alors, mais avec hésitation et comme si elle eût craint que son fils ne prît sa question pour un doute offensant, alors la malade ajouta :

— Je n'ai pas besoin de te demander si tu es le premier sur la liste des élèves désignés pour le concours; mais dis-moi l'étonnement, dis-moi l'admiration de ceux qui ont vu ton esquisse.

— Ne parlons que de vous, ma mère, reprit vivement Onésyme, pour qui ces paroles étaient cruellement importunes. Chute ou succès, tout n'est-il pas indifférent à mon cœur dans un moment comme celui-ci? J'ai tout oublié pour ne penser qu'à vous. Devant le malheur de votre perte est-il une joie possible pour moi? est-il une douleur que celle-là n'efface?

Ce n'était pas répondre d'une manière positive à la question que Mme Chauvière venait de lui adresser.

Cependant la mourante se contenta de cette réplique ambiguë, et comme elle ne doutait pas plus du mérite de son fils que de la probité des juges auxquels il avait soumis son travail, elle tendit de rechef ses deux mains à Onésyme, et dit avec confiance et bonheur :

— Oui, tu as été bien accueilli, cela devait être, toi, mon grand artiste! toi, l'homme de génie!

» En ce cas, mon ami, revenons sur ce que tu m'as dit l'autre jour de la possibilité où tu vas te trouver d'obtenir quelques emprunts, à compte sur tes succès futurs.

» Cette avance d'argent que tu pensais à solliciter pour moi, je n'en aurai pas besoin, mon ami; cependant demande-la toujours, elle te servira à acquitter les petites dettes que j'ai le regret de te laisser.

» Ah! si ma vue ne s'était pas trop tôt affaiblie, j'aurais tant travaillé que tu serais aujourd'hui à l'abri du besoin.

» Je n'ai pas pu faire davantage, cher enfant : j'ai été même au delà de ce qu'on peut exiger d'une mère âgée et infirme; mais je suis heureuse de te le dire, mon Onésyme, ce n'était pas trop, ce n'était pas même assez pour un fils tel que toi. »

Après un moment donné à la souffrance qui ne lui laissait plus le loisir d'oublier que la mort était proche, moment pendant lequel Onésyme prodigua à sa mère les soins les plus empressés, les consolations les plus touchantes, la malade lui fit cette recommandation :

— N'oublie jamais, mon enfant, tout ce que tu as d'honneurs et de richesse à demander à cet art pour qui ta pauvre mère s'est dévouée.

Il faut qu'il te paie dans l'avenir ce qu'il t'enlève aujourd'hui ; il ne te fera jamais trop grand pour prix du cœur que tu vas perdre.

» Si tu ne m'avais pas sans cesse répété : Je serai le premier de tous, mais c'est à la condition que je ne commencerai pas par avilir mes crayons et mes pinceaux en les employant à des œuvres vulgaires ; accordez-moi le temps et je saurai bien conquérir l'immortalité ; si tu ne m'avais pas dit cela, mon Onésyme, je me serais fait un devoir d'user de mon autorité pour te contraindre à user de ton talent comme le font tous ceux qui ne sont pas illustres, mais qui vivent dans une honnête aisance ; nous aussi nous eussions mieux vécu et je ne serais pas aujourd'hui sur mon lit de mort.»

Onésyme quitta brusquement la main de sa mère et il se frappa le front avec désespoir.

— Ce n'est pas un reproche, mon enfant ; non, ce n'est pas un reproche que je t'adresse, dit madame Chauvière. Il fallait ou sacrifier le présent ou tuer ton avenir, je n'ai pas dû hésiter un moment.

« Oh ! mon Dieu ! interrompit-elle comme éclairée par une illumination soudaine, je ne sais pas si j'ai agi conformément à la raison en me montrant docile à la volonté de mon fils et confiante dans la destinée qu'il se promet. — Cela doit être, poursuivit la bonne mère en s'efforçant de chasser le doute qui venait de s'emparer de son esprit, oui, cela doit être, puisque j'ai suivi l'impulsion de mon cœur. »

Quels eussent été la douleur et l'effroi de cette pauvre femme qui mourait victime de son propre aveuglement et de l'illusion d'un fou, si quelqu'un se fût subitement présenté devant elle et lui eût dit :

« Mère crédule, au lieu du chemin des honneurs et de la richesse, c'est la voie des déceptions et de la misère que, par ton ignorance et ta faiblesse, tu as ouverte à ton fils.

» Tout ce qui s'attachera à lui tombera comme toi victime de ta funeste erreur, jusqu'à ce que lui-même il succombe à son tour.

» Son orgueil le défendra long-temps contre la déplorable conviction de son infériorité ; mais il faudra bien qu'un jour cette conviction lui arrive, et alors, quand, atterré sous la réalité accablante, il reportera ses regards vers le passé, quand il pourra comprendre qu'il n'a vécu que comme la plante parasite et nuisible, qui dévore la substance de tout ce qui l'entoure et ruine le sol au lieu de le féconder, alors qui sait s'il ne maudira pas celle qui la première a partagé ses vaniteuses espérances ? »

Voilà pourtant ce qu'on aurait pu dire à la mourante qui allait s'endormir sans crainte, dans l'éternel repos.

Et pourtant, le but si péniblement cherché ne venait-il pas d'être atteint ? Onésyme avait fait la première démarche pour se produire dans le monde. Quelqu'un avait pu apprécier ce qu'il possédait d'imagination et de talent.

Oui, son esquisse avec celles des autres concurrens avait été placée sous les yeux des juges naturels du concours, et, de notre grand artiste aux autres candidats, quelle énorme distance ne devait-il pas exister ? Distance incommensurable, il est vrai, car, au premier aperçu de son travail, les examinateurs déclarèrent unanimement le jeune Onésyme Chauvière indigne d'entrer en lutte avec ceux qui devaient se disputer le prix.

Ainsi il s'était vu inexorablement repoussé de ce concours, son premier échelon pour monter à la plus haute fortune.

Cet échec auquel il était bien loin de s'attendre l'avait beaucoup étonné, mais non pas affecté d'une manière pénible.

C'est seulement pour ceux qui doutent d'eux-mêmes qu'un tel refus peut être une désespérante révélation ; mais Onésyme avait confiance en ses forces, et s'il éprouva quelque chagrin de se voir exclu de la lice, ce fut seulement pour sa mère qui lui avait dit le matin : — Reviens avec une bonne nouvelle ; car nous ne pouvons plus attendre.

Quant à ses juges, il ne les maudit pas ; c'est sans colère qu'il accueillit la nouvelle de l'arrêt qu'ils avaient prononcé contre lui.

— Pauvres gens ! se dit-il, il faut les plaindre et non leur en vouloir. J'aurais dû m'attendre à ce résultat ; moi qui connais si bien la portée de leur esprit et la profondeur de leurs vues. Ils seraient trop au dessus de l'estime que j'accorde à leur talent s'ils avaient pu comprendre le mien.

N'eût été le besoin qui se faisait impérieusement sentir chez lui, Onésyme se serait réjoui de la mésaventure qui le rendait à lui-même et qui lui permettait de se livrer, sans autre préoccupation, à la recherche de son chef-d'œuvre ; mais les paroles, mais les regards de Mme Chauvière se représentaient encore à la pensée de l'artiste éconduit ; et en traversant les cours du palais des Beaux-Arts, il se demanda comment il lui serait possible de faire comprendre à la bonne femme que l'insuccès de sa démarche était peut-être l'événement le plus heureux qui pût lui arriver.

Sa rencontre avec le voisin, la situation désespérée dans laquelle il trouva sa mère, le dispensèrent du soin difficile de raviver un dévoûment qui ne s'était arrêté que devant l'impossible.

Onésyme laissa donc la mourante lui parler autant qu'elle le voulut de son triomphe assuré au concours, sans oser apprendre à celle-ci qu'il ne devait pas même participer à cette lutte.

En cela il fit bien, et pour lui et pour elle ; car, à ses derniers momens, madame Chauvière aurait peut-être douté de l'avenir glorieux de son fils ; et que sa mort eût été douloureuse alors !

Qu'un voyageur ayant usé ses forces à marcher, tombe expirant de fatigue au terme de sa route, il peut encore mourir content, puisqu'il se dit, avec la conscience d'une tâche dignement accomplie : — Du moins je suis arrivé.

Mais, après un long et épuisant voyage, quand le courage est vaincu et qu'on est à bout de sa puissance, que quelqu'un vienne dire à celui qui croit avoir atteint le but : « Tu as pris une direction contraire, il faut revenir sur tes pas, » alors à l'épuisement se mêle le désespoir. Les yeux tournés vers la route qu'il aurait dû suivre, l'imprudent qui s'est ainsi fourvoyé maudit son erreur : il demande à Dieu la force nécessaire pour se remettre en chemin, et Dieu lui répond : — Il est trop tard !

Par un pieux mensonge, le jeune artiste entretint la douce illusion de sa mère. Celle-ci, fermement persuadée que le nom de son fils était inscrit sur la liste des candidats, bénit le lauréat futur ; car dans son cœur elle lui donnait le prix.

Ainsi que le docteur l'avait prévu, il n'eut point à faire une seconde visite à la malade. Vers le milieu de la nuit, un prêtre fut appelé auprès d'elle, et, ses devoirs religieux accomplis, elle expira sans agonie.

Quand elle se vit sur le point de fermer pour toujours les yeux, la pauvre femme fit promettre à Onésyme de venir déposer sa première couronne sur la tombe où elle voulait qu'on écrivît seulement ces mots :

« ICI REPOSE LA MÈRE D'ONÉSYME CHAUVIÈRE. »

III

Les Voisins.

Bien que la vanité ait des entretiens séduisans, la trompeuse finit presque toujours par donner de désastreux conseils, surtout lorsqu'elle parle en un lieu où déjà la misère a élu domicile.

L'isolement eût donc conduit comme tant d'autres le jeune artiste au désespoir; mais, par bonheur pour lui, par malheur pour elle, une jeune fille qui habitait dans son voisinage avait été la confidente de Mme Chauvière, comme la bonne femme était celle de son fils.

Cette jeune fille, enfant de dix-sept ans, en recueillant le dernier soupir de la tendre mère, retint de son âme ce qu'elle renfermait de confiance en Onésyme et de bon vouloir pour lui.

On la nommait Charlotte Ménars; son père, c'était le brave homme qui était venu attendre l'artiste à sa sortie du palais des Beaux-Arts pour lui dire : — Hâtez-vous, voisin, votre mère est au plus mal.

Jusqu'à ce jour fatal, Onésyme, toujours absorbé dans sa méditation, ou livré au travail incessant de ses ébauches, avait à peine remarqué cette rondelette jeune fille, un peu haute en couleur, à la taille passablement épaisse, et dont les traits n'étaient ni fort délicats, ni très réguliers, mais qui avait un regard si bon, un sourire si bienveillant, une voix si douce, qu'en la regardant sourire, qu'en l'écoutant parler, on se surprenait à la trouver mieux que jolie.

Son père, quand il était en pointe de gaîté, l'appelait Gros-Charlot.

Or, comme le laborieux ouvrier avait journellement recours au surexcitant qui le poussait au travail aussi bien qu'à la joie, il s'ensuivit qu'à force de répéter à tout venant l'épithète amicale par laquelle il désignait sa fille, mademoiselle Charlotte Ménars ne fut bientôt connue dans le quartier que sous le nom assez peu féminin de Gros-Charlot.

Ce sobriquet, en apparence disgracieux, ne nuisait nullement aux succès de la jeune fille auprès des galans du voisinage, et quand Gros-Charlot venait à passer dans la rue, il se trouvait toujours quelque jeune commis, voir même quelque riche marchand, attiré sur sa porte par l'espoir de recueillir au vol un de ces doux regards, un de ces doux rires dont nous avons parlé.

Et puis encore qui n'aurait été jaloux d'admirer un instant le pied le plus élégant et la plus charmante petite main qui se pussent voir ?

En ceci, la fille de l'ébéniste avait été royalement partagée. La coquette le savait bien, aussi était-il impossible de trouver quelqu'un qui fût chaussé de meilleure façon qu'elle, avec des bas plus fins, plus blancs et mieux tirés, avec des souliers plus mignons et d'un noir plus brillant.

Quant à ses mains, dont à juste droit l'enfant était fière, c'était faveur insigne que de les voir nues.

Ainsi que feu sa mère, — Harriet l'Ecossaise, qui avait conservé à Paris la mode en usage parmi les femmes du peuple de la bonne ville de Glascow où elle était née, — ainsi que sa mère, Charlotte Ménars ne sortait jamais que convenablement gantée.

Mais ces gants, qui cachaient la blancheur de ses mains, n'en dissimulaient pas la forme toute gracieuse, et l'on devinait facilement le joli modèle de ses doigts et la teinte rosée de ses ongles coquettement arrondis, sous le gant souple et de couleur tendre qui ne faisait d'ailleurs aucun pli.

Si, depuis deux ans que le père Ménars et sa fille demeuraient dans cette maison, Onésyme Chauvière n'avait rien remarqué de tout cela, certes, ce n'était pas la faute de Gros-Charlot, ou, si vous l'aimez mieux, de la gentille Charlotte.

Naturellement communicative, elle n'eût pas mieux demandé que de se mettre en rapport de bonne amitié avec le jeune artiste; car, dans l'ingénuité de son cœur et dans la franchise de son éducation, il lui semblait tout aussi facile, tout aussi convenable d'attirer l'intimité du fils que de recevoir les confidences de la mère.

Pour Mme Chauvière, le plus doux passe-temps, après le bonheur d'aimer et d'admirer Onésyme, c'était de parler de lui; aussi, dès qu'elle avisait dans son voisinage une oreille de bonne volonté, elle ne se faisait point faute de l'assourdir de ses joies maternelles et de ses glorieuses espérances.

Tout nouveau voisin lui devait, au moins pour une fois, le tribut de son attention, quitte ensuite, pour lui, à se dérober par la ruse, ou par une volonté positivement exprimée, au bavardage de la mère idolâtre.

L'arrivée de l'ouvrier ébéniste et de sa fille dans le logement voisin avait été une bonne fortune pour Mme Chauvière; elle pouvait parler tout à son aise de ce fils tant aimé aux nouveaux locataires de sa maison.

Le bonhomme Ménars comprenait si bien l'enthousiasme pour les arts!

Ce n'était pas, hâtons-nous de le dire, que, personnellement, il eût au moindre degré le sentiment artiste; mais, après vingt ans passés, il se souvenait encore de sa sœur Eulalie, toute jeune fille, morte en ce temps-là de consomption, parce que leur père n'avait pas voulu qu'elle apprît la musique et qu'elle se fît chanteuse.

Ce triste événement causa un tel remords à ce père opiniâtre jusqu'à la cruauté, il y eut après la mort de la pauvre Eulalie un si long deuil dans la maison, que Ménars, qui était fort jeune alors, jura, en invoquant le nom de sa sœur, de ne jamais contrarier la vocation des enfans que Dieu lui accorderait.

Aussi quand la mère d'Onésyme eut, pour la première fois, entretenu son nouveau voisin et du talent de l'artiste, et des sacrifices qu'elle faisait chaque jour pour lui assurer un glorieux avenir, Ménars répondit à cette confidence par l'histoire de sa sœur, puis il ajouta :

— Vous avec raison, la voisine, d'en agir ainsi avec ce jeune homme; il ne faut pas empêcher nos petits de suivre leur chemin, attendu qu'il y y a des idées qui tuent quand on veut les étouffer.

» Je n'ai qu'un enfant, moi; c'est mon trésor aussi, je tiens à le garder. Eh bien! malgré cela, si Gros-Charlot avait l'intention de n'importe quoi, pourvu cependant que la chose fût honnête, je ne la gênerais en rien, même quand ça devrait nous éloigner l'un de l'autre. « Mais, s'empressa-t-il d'ajouter, ma boulotte n'a jamais eu qu'une vocation : celle d'être bonne fille; et à vous dire vrai, j'aime encore mieux ça. »

Quant à Charlotte, elle aussi approuvait la conduite de Mme Chauvière envers Onésyme; mais ce n'était pas absolument par suite des considérations que son père avait fait valoir.

A force d'entendre parler du jeune artiste, Mlle Ménars avait conçu un vif désir de le voir.

Pourtant, le rencontrer, même par hasard, n'était pas chose facile. Onésyme sortait fort rarement, à moins que ce ne fût le soir, après la tombée de la nuit.

Si quelquefois il lui arrivait de sortir au grand jour, alors il passait si rapidement devant la porte ouverte de ses voisins, que bien que Charlotte eût sans cesse l'œil et l'oreille au guet, à peine avait-elle eu le temps de l'entendre, qu'elle l'apercevait seulement comme une ombre qui glisse et s'efface aussitôt.

Ceci ne faisait pas le compte de la jeune fille, et pour en venir à ce qu'elle voulait, Charlotte imaginait mille prétextes.

Tantôt elle courait demander à Mme Chauvière du feu ou de la lumière dont elle n'avait nullement besoin, tantôt elle lui rapportait la carafe d'eau que le même attrait de curiosité l'avait engagée à aller emprunter la veille, alors que chez son père la fontaine était pleine jusqu'aux bords.

Et comme la malicieuse enfant savait bien choisir ses heures pour faire ses visites intéressées à la voisine! Toujours lorsque Charlotte arrivait chez celle-ci, elle trouvait Onésyme assis à sa place accoutumée et s'exerçant du crayon ou du pinceau.

De coups d'œil en coups d'œil dirigés furtivement vers celui qui, tout à son travail, n'avait jamais pensé à lever les yeux sur elle, la fille de l'ouvrier ébéniste en était venue à s'intéresser vivement au jeune artiste, mais beaucoup moins, bien entendu, d'après les éloges que la mère donnait à son talent, qu'à cause du bien qu'elle-même pensait de sa personne.

Sans contredit, elle eût voulu Onésyme un peu plus facile à distraire de sa préoccupation habituelle; mais cette persistance même à s'isoler, à se renfermer inexorablement dans son œuvre, tout en dérangeant les naïfs projets de coquetterie de Charlotte, lui faisait concevoir une haute estime pour un art qui s'emparait ainsi de toutes les facultés du cœur et de l'esprit.

En effet, il fallait que le pouvoir absorbant de cet art fût bien grand, puisqu'il ne permettait pas à un beau jeune homme d'environ vingt-quatre ans de s'apercevoir qu'une charmante fille venait là tout exprès pour le contempler, et que celle-ci, malgré la honte pudique qui la faisait parfois se repentir de sa témérité, n'eût pas mieux demandé que d'avoir à rougir d'un regard indiscret qui se serait attaché sur elle.

Charlotte avait beau faire pour essayer d'attirer l'attention d'Onésyme, il ne la remarquait pas.

Aussi, chaque fois que la pauvre enfant sortait de chez Mme Chauvière, après une tentative renouvelée tous les jours et tous les jours inutile, elle emportait avec un peu plus de dépit contre l'indifférence du grand artiste, beaucoup plus de tendre intérêt pour les beaux yeux du jeune voisin.

Donc, la bonne mère n'avait pas à craindre que chez les Ménars on se lassât de l'entendre parler de son fils. L'ébéniste et Charlotte, loin de se plaindre de son abondance à ce sujet, étaient les premiers à solliciter des paroles qui ne demandaient d'ailleurs qu'à se faire jour.

Ignorans, eux aussi, des qualités nécessaires à un peintre pour qu'il lui soit accordé de sortir de la foule, ils adoptaient, sans contrôle, l'espoir que madame Chauvière avait fondé sur l'impérieuse vocation d'Onésyme, et quoiqu'ils n'eussent pas été admis à l'honneur de voir ses importantes esquisses, Charlotte et le bonhomme Ménars donnaient de confiance leur admiration à l'auteur de ces chefs-d'œuvre inconnus, et, comme la mère, ils répétaient :

— Oh ! certes, celui-là sera un grand maître !

On ne sait pas assez, au delà des classes moyennes, ce qu'il y a d'utile, de précieux même dans les rapports de bon voisinage.

En haut, on se borne à faire participer ses voisins à des fêtes, à des parties de chasse et de cheval; ce sont les distractions que, mutuellement, on se procure, qui établissent les liaisons entre voisins; mais, tout en dehors et fragiles comme le choix du caprice, ces relations, qui n'ont point de limites dans la vie extérieure, s'arrêtent invariablement au seuil de la vie intime. Or, c'est là justement que commencent pour le pauvre les droits et les devoirs du voisinage : l'intimité est leur domaine.

En bas, ces rapports obligés naissent des services que tous les jours et à toute heure on se rend; en bas, ce n'est pas le plaisir, c'est le pain qu'on partage.

Personne ne savait mieux que le bonhomme Ménars remplir scrupuleusement les devoirs que le titre de bon voisin impose. Maintes fois Mme Chauvière eut la preuve de sa franche obligeance.

Aussi, quand à sa dernière heure la mère d'Onésyme parla à son fils des quelques dettes qu'elle avait le regret de laisser après elle, ce fut son voisin qu'elle nomma le premier dans la liste de ses créanciers.

Sans se piquer d'un tact fort délicat, Ménars, cependant, ne laissait presque jamais à Mme Chauvière le temps d'exposer jusqu'au bout son cruel embarras, quand la nécessité, venant à se faire plus rudement sentir, contraignait la pauvre femme à avoir de nouveau recours à la bourse de l'ébéniste. Dès les premiers mots de la mère d'Onésyme, il comprenait le besoin, pressentait la demande, et, clignant de l'œil à sa fille :

— Gros-Charlot, lui disait le bonhomme, va au tiroir et passe en revue notre fortune ; si nous sommes assez riches, donne à la voisine tout ce qu'il lui faut ; autrement, si les eaux sont basses, fais deux parts de notre petit avoir ; tu en garderas une, c'est dans l'ordre, et tu donneras l'autre.

Charlotte, on le pense bien, s'empressait d'obéir, et sa joie était grande quand, par chance heureuse, la visite journalière de son père au cabaret avait laissé au fond du sac de cuir, le coffre-fort du ménage, une somme assez ronde pour qu'il lui fût possible d'offrir à Mme Chauvière plus qu'elle n'avait demandé.

Il n'en était pas toujours ainsi ; mais alors la jeune fille, allant au delà des généreuses intentions de son père, oubliait, à dessein, de faire absolument égales les deux parts dont il avait parlé, et nous n'avons pas besoin de dire que, dans le partage, ce n'était pas pour elle-même que Charlotte réservait le côté le plus lourd de la balance.

Les choses allaient de la sorte entre les deux voisins, quand, un jour, Mme Chauvière vint encore pour réclamer les services du père Ménars.

La bonne femme ne pouvait être que la bien mal venue dans ce malheureux jour : l'ébéniste avait subi une grosse perte d'argent.

Un fabricant pour lequel il travaillait étant tombé en faillite avait, par suite de ce coup fatal, fait perdre à l'ouvrier le prix de deux mois de travail.

Ménars, instruit le matin même de la ruine du fabricant, s'était empressé de courir chez celui-ci dans l'espoir de tirer à lui quelques planches du naufrage où venaient de s'engloutir ses seules économies.

Il arriva trop tard : le sinistre était complet, rien ne devait surnager.

Le cœur serré, les bras cassés par ce déplorable événement, le père de Charlotte ne voulut pas revenir auprès de sa fille avant d'avoir essayé de raffermir, par une pose au cabaret, son courage qu'il sentait ébranlé.

— Il faut réparer nos pertes, se dit-il, et le seul moyen de boucher l'énorme trou qui vient d'être fait à notre bourse, c'est de travailler avec plus d'assiduité et de faire nos journées plus longues que par le passé. Donc, je me dois à moi-même, et dans l'intérêt de mon enfant, de me donner des forces; car autrement, les bras aussi bien que le cœur finiraient par me manquer tout à fait.

Par suite de ce beau raisonnement, et pour réfléchir mieux à l'aise sur sa fâcheuse position, le père Ménars se campa devant la table d'un marchand de vin.

Mais, au contraire de ce qu'il avait espéré, les réflexions n'adoucirent pas le regret de la perte qu'il venait de subir ; plus la bouteille, entamée avec l'espoir d'y puiser un encouragement, approchait de sa fin, moins il avançait dans cette résolution philosophique à laquelle il s'était flatté d'atteindre au bout du second ou du troisième verre.

Comme la pose commençait à se prolonger outre mesure, sans fruit pour le calme de l'esprit et au grand dommage de la bourse, l'ouvrier ébéniste se décida à rentrer chez lui. Charlotte, tout en continuant son ouvrage de broderie, attendait avec impatience le retour de son père.

— Eh bien! lui demanda-t-elle aussitôt qu'il parut, qu'avez-vous obtenu chez le marchand ?

— Le droit d'envoyer à tous les diables les scélérats qui se font un jeu de ruiner le pauvre monde.

— Ainsi, il n'y a plus d'espoir ; nous perdons tout. C'est un grand malheur, mon père.

— Ah bah ! répartit Ménars d'un air insoucieux et s'efforçant de dissimuler à sa fille le chagrin que sa station au cabaret n'avait fait qu'irriter davantage, il ne faut pas prendre le deuil pour ça, Gros-Charlot.

» Mettons que je me suis entré un éclat de bois dans la main droite, et que ça m'a tenu pendant deux mois le bras en écharpe.

» Tu vois qu'à ce compte-là, cette diable de faillite nous revient encore à meilleur marché ; car, si j'ai travaillé pour le roi de Prusse, du moins je n'ai eu ni drogues, ni médecin à payer. »

Cela dit, et afin de mettre un terme aux plaintes de sa fille, il se disposa à travailler en fredonnant, comme s'il n'avait pas eu le cœur blessé par un coup de la mauvaise fortune.

Mais une triste réflexion le faisait à chaque instant s'arrêter. Alors il apostrophait ses outils, il maudissait son rabot, injuriait sa varlope, et s'en prenait à tout ce qu'il avait sous la main pour donner le change à Charlotte sur le véritable motif de sa colère.

Ce fut juste au milieu de l'un de ces temps d'arrêt pendant lesquels le bonhomme donnait carrière à sa chagrine humeur, que Mme Chauvière entra chez lui pour lui confier son embarras du moment.

Cette fois, contre son habitude, l'ébéniste la laissa parler jusqu'au bout, quoiqu'il eût parfaitement compris tout de suite où voulait en venir la pauvre femme.

Charlotte attendait avec anxiété la réponse de son père; car elle soupçonnait bien qu'il était peu disposé, ce jour-là, à se montrer sensible et généreux envers qui que ce fût.

Ménars, doublement en peine et pour lui-même, et du refus par lequel il lui fallait répondre à une demande de sa voisine, Ménars ne se pressait pas de parler, il continuait à travailler sans avoir l'air de prêter la plus légère attention aux doléances de Mme Chauvière.

Celle-ci attendait toujours qu'il se prononçât dans cette pénible occurrence, et, comme il s'obstinait à demeurer muet, les regards de la bonne femme allaient de la fille au père, étonnée qu'elle était d'un accueil auquel ses voisins ne l'avaient pas habituée.

La jeune fille partageait l'embarras de l'ouvrier, elle savait bien que ce silence avait pour motif le triste état de leur bourse commune.

Elle aussi travaillait ou feignait de travailler, elle n'osait détourner la vue de sa broderie ; car elle craignait que dans ses yeux la mère d'Onésyme ne lût le refus qui devait suivre sa prière.

Cependant, comme Ménars se taisait toujours et que la voisine semblait stupéfiée du silence de tous deux, Charlotte allait se décider à lui avouer le malheur qui venait de les frapper, lorsque son père, encore embarrassé de la réponse qu'il avait à faire, mais impatient enfin de parler, prit le parti de se fâcher.

C'est la ressource des bonnes âmes qu'irrite l'impuissance de faire le bien.

— Bon ! vous êtes encore dans la peine, dit-il, ça ne m'étonne pas : avec vous, voisine, ce sera toujours la même chanson.

» Voilà ce que c'est : une mère se tue le corps et l'âme pour son enfant, et, au bout du compte, ça ne lui rapporte que des chagrins et de la misère.

» Il est juste, sans doute, qu'on fasse des sacrifices pour les siens; mais non d'un petit bonhomme ! c'est à la condition que ceux-là aussi y mettront un peu du leur.

» Que diable ! M. Onésyme est un homme, un grand homme même, à ce que vous dites ; c'est possible ; mais, en tout cas, ça n'est pas un bon fils ! Il doit bien s'apercevoir que vous manquez de tout, et s'il avait du cœur, ce monsieur qui a tant de génie, il le prouverait en ne laissant pas sa mère dans l'état où vous êtes. »

Charlotte voulut interrompre son père, mais il était lancé dans la voie des vérités dures, et sa franchise également excitée par l'événement du jour et par sa longue pause au cabaret, ne lui permettait plus de s'arrêter maintenant.

— On dira ce qu'on voudra de ma manière de voir, poursuivit en grommelant l'ouvrier ébéniste, mais je soutiens, moi, qu'il vaudrait mieux, pour vous et pour lui, que votre fils fût tout simplement un honnête peintre en décors, au lieu d'avoir dans la main un talent qui ne peut servir qu'à vous ouvrir à tous deux les portes de l'hôpital.

» Quand ma sœur Eulalie, ajouta le brave homme, voulut se faire chanteuse, ce n'était pas à seule fin de roucouler dans la solitude et pour son agrément personnel : c'était dans l'intention de nous rendre tous riches et heureux. Quand la pauvre fille se réjouissait de la réputation qu'elle devait avoir un jour, elle pensait d'abord au bien qu'il pourrait en revenir à sa famille.

» A la bonne heure ! un amour des arts comme celui-là, ça se comprend, c'est respectable.

» Mais ne vouloir rien faire, ni pour soi-même ni pour les autres, quand on a le pouvoir d'assurer le bien-être de sa mère, c'est plus que de l'égoïsme, c'est de l'ingratitude !

» Croyez-moi, voisine, car je vous le dis du fond de mon cœur, il n'y a de beau et d'estimable que ce qui est utile ; et, aux yeux des honnêtes gens, l'art superbe qui ne donne pas de pain à celui qui l'exerce, est au dessous du simple métier qui fait vivre son maître. »

L'ébéniste aurait pu continuer long-temps encore sa sévère boutade contre l'artiste impuissant à briser les entraves du besoin ; il ne devait être interrompu que par lui-même.

C'était en tournant autour de son établi, tête baissée, qu'il apostrophait ainsi la mère du jeune artiste ; car pour les dire en face à Mme Chauvière, ces cruelles paroles, le brave homme n'en aurait pas eu le courage. Donc, il allait, il venait, tantôt frappant du marteau, tantôt faisant machinalement jouer la scie, comme si le bruit et le mouvement avaient dû atténuer l'âpreté de son langage.

Enfin, effrayé de ce qu'il avait osé dire à cette tendre mère si confiante dans l'amour de son fils ; alors, se reprochant sa rudesse, et jugeant aussi, par l'effet d'un bon retour sur lui-même, que c'était mal aborder la difficulté d'un refus que de reprocher sa misère à celle qui venait solliciter un secours qu'il se voyait dans l'impossibilité d'accorder, Ménars ayant senti le besoin de se faire excuser un tel emportement, leva les yeux pour demander pardon à sa voisine de la blessure qu'il avait faite à son cœur.

A sa grande surprise, il s'aperçut que depuis un moment il ne parlait qu'à lui seul. Mme Chauvière n'était plus là, Charlotte elle-même avait disparu.

Ce qui témoignait de la précipitation avec laquelle cette dernière avait quitté sa place, c'était son ouvrage de broderie jeté à l'abandon au milieu de la chambre.

Il fallait que la jeune fille, d'ordinaire si soigneuse, eût mis grande hâte à sortir, pour qu'il en fût ainsi. Le désordre qu'elle avait laissé derrière elle montrait visiblement celui qui régnait en ce moment dans son esprit.

Le père ne s'y trompa pas ; car tout en ramassant la broderie et en la posant avec précaution sur la table à ouvrage de Charlotte, il murmura :

— Il faut avouer que j'ai bien du malheur aujourd'hui ; c'est à moi seul que j'en veux, et voilà que, sans mauvaise intention, je fais de la peine à tout le monde. Ah ! ça, je ne suis donc qu'un maladroit ?

Le père Ménars s'assit à la place que sa fille avait tout à l'heure brusquement quittée, et il se mit à réfléchir sur le moyen qu'il convenait de prendre pour se réconcilier avec sa voisine et, par suite, avec Charlotte, que sa dureté envers Mme Chauvière avait dû nécessairement affliger.

Il était dans ces bienveillantes dispositions de cœur et d'esprit quand sa fille revint. Charlotte avait encore les yeux rouges des larmes qu'elle venait de répandre.

A son arrivée, l'ouvrier se leva ; il se disposait à l'interroger et sur le motif de sa disparition, et sur l'émotion qu'il avait pu causer à leur voisine par ses paroles peu mesurées ; mais une fausse honte lui ferma la bouche.

Le père Ménars était de ceux qui, tout en s'avouant à eux-mêmes leurs torts, ne veulent pas souffrir qu'on les leur reproche.

Or, il devinait que sa fille, sollicitée par lui à parler, ne se ferait pas faute de blâmer ouvertement sa conduite, et comme il avait bien assez de son propre remords, il fit rentrer intérieurement ce qu'il aurait voulu dire, et retourna à son travail sans adresser un mot à Charlotte.

Celle-ci, de son côté, l'âme non moins péniblement affectée, garda le même silence et revint s'asseoir près de la fenêtre, à sa place accoutumée.

Comme son père, elle voulut se remettre à travailler ; mais le cœur gonflé par le souvenir de la scène dont elle avait été témoin, elle soupirait tout bas.

L'aiguille inactive dans ses doigts finit par lui échapper sans qu'elle s'en aperçût ; elle s'accouda tristement sur la table, et, appuyant sa tête dans ses mains, la pauvre enfant demeura long-temps pensive.

Tout à coup, comme poussée par l'inspiration, Charlotte se leva, elle courut à la commode qui renfermait sa belle robe des dimanches, ses fichus brodés, ses bas les plus fins, tout ce qu'elle avait de mieux, en un mot, parmi son précieux trousseau de jeune fille.

Elle prit une à une ces choses qui l'aidaient à se faire si gentille pendant les grands jours, et elle enveloppa soigneusement le tout dans un mouchoir de soie.

Elle allait encore une fois sortir sans informer son père de ce qu'elle venait intérieurement de décider, quand soudain un scrupule l'arrêta.

Aussitôt, demi-tremblante, demi-résolue, elle s'approcha de l'ouvrier qui, d'un air ébahi, la regardait aller et venir depuis un moment et cherchait à se rendre compte de son dessein.

— Sans votre permission, lui dit-elle, je ne puis disposer de rien ici, pas même de ce qui m'appartient ; mais cette permission qu'il faut que j'obtienne, je vous la demande avec confiance, mon père, car j'espère bien que vous ne me la refuserez pas.

— C'est selon ce que tu veux faire, répartit l'ouvrier jetant un coup d'œil sur le paquet enveloppé de soie, que Charlotte tenait à la main.

— Je veux, répliqua-t-elle vivement, faire oublier à la voisine le chagrin que vous lui avez causé ce matin.

— Ne dirait-on pas que j'ai été bien méchant avec elle, dit Ménars en fronçant le sourcil ; on ne peut donc plus se parler à présent ?

— Si fait, mais non pas se parler de cette façon-là.

« Si vous aviez eu le courage de lever les yeux sur Mme Chauvière au moment où vous lui adressiez tant de reproches cruels, vous auriez bien vu combien elle souffrait en vous écoutant.

» Pauvre femme ! elle est partie d'ici le cœur navré ; j'ai couru après elle jusqu'au bas de l'escalier pour qu'elle n'emportât pas de vous une trop mauvaise pensée ; mais rien de ce que j'ai essayé de lui dire n'a pu la consoler.

» Si votre père, m'a-t-elle répondu, n'avait attaqué que moi, je ne lui en voudrais pas ; d'ailleurs, il est possible que je lui sois importune ; mais il s'agissait de mon fils ; le voisin a voulu me faire entendre qu'Onésyme n'a pas pour moi la tendresse que je mérite ; voilà ce qui m'a blessée, voilà ce que je ne peux lui pardonner. »

» Vouloir qu'une mère doute de l'amour de son enfant ; oh ! c'est bien mal !

» Elle m'a dit cela, mon père, en fondant en larmes, et pui elle s'est éloignée sans m'écouter davantage.

» Eh bien ! demanderez-vous encore si vous avez été méchant avec elle ? »

— Que diable aussi, murmura le bonhomme Ménars qui cherchait une excuse, pourquoi la voisine a-t-elle besoin de moi le jour où il m'est impossible de faire quelque chose pour elle? Cela m'a contrarié ; je ne sais pas refuser sans me fâcher, moi!

— Ce n'était pas une raison, objecta la gentille enfant, pour ajouter une douleur à celle qu'elle souffre ; parce qu'on se trouve dans l'impossibilité d'obliger les gens, il ne s'ensuit pas de là qu'on doive leur faire de la peine.

— Et comment mademoiselle espère-t-elle arranger les choses? demanda le père Ménars, empressé de mettre fin aux reproches de sa fille.

— Comment? c'est bien simple, répondit celle-ci; je veux vous mettre à même de rendre à la voisine le service qu'elle vous a demandé.

« Oh ! il le faut, mon père, et pour qu'elle oublie ce qui s'est passé, et pour qu'elle ne manque pas de confiance envers nous à l'avenir.

» Après ce que vous lui avez dit, madame Chauvière n'osera plus s'adresser à nous lorsqu'elle sera dans le besoin, si nous ne lui prouvons pas, aujourd'hui même, que son malheur nous intéresse toujours ; et c'est cette preuve-là que nous allons lui donner. »

— Et pour elle tu veux vendre tes nippes ! dit l'ouvrier en arrachant des mains de sa fille le mouchoir qui renfermait ses habits de fête.

— Les vendre ? oh ! non, reprit Charlotte ; mais les engager pour jusqu'au jour où j'aurai rendu à ma maîtresse lingère ce col qu'elle m'a donné à broder.

— Un moment, s'écria Ménars, je ne veux pas que ma fille se prive de ce qu'elle a de plus beau et de meilleur, parce que j'ai été emporté, brutal avec notre voisine.

— Et moi, je ne veux pas, rispota vivement sa fille, qu'on vous croie insensible, cruel même, quand vous avez le cœur si bon.

« Que vous importe, mon père, si je suis forcée de me passer de tout ceci pendant un dimanche ou deux ? Ne vous êtes-vous pas promis ce matin de travailler sans relâche pour réparer bien vite le tort qu'on nous a fait? Il n'y aura donc pas de sortie pour moi le dimanche pendant tout ce temps ; car je dois vous tenir compagnie en travaillant aussi.

» Vous comprenez donc bien que je ne serai nullement privée, puisque mes beaux habits ne pourraient me servir ; personne ne saura qu'ils ne sont plus ici, et la voisine, voyant que vous êtes venu à son aide, ne pourra plus vous en vouloir. »

Le ton caressant que prit Charlotte en disant cela avait ému le brave homme. Il eût voulu être en situation assez favorable pour que sa fille ne réparât pas le tort qu'il avait eu auprès de Mme Chauvière, et tandis que la petite insistait, son père passait en revue toutes les autres ressources dont il pouvait user avant d'en venir à l'expédient imaginé par Charlotte,

— Gardez, lui dit celle-ci, s'obstinant à son projet, gardez pour nous-mêmes ces autres moyens de sortir d'embarras : car nous pourrons en avoir besoin à notre tour. Ne me privez pas du plaisir de faire personnellement quelque chose pour nos pauvres voisins.

» Je n'ai pas le droit de vous en vouloir de ce qui a eu lieu ; car je sais bien que c'est la faillite dont vous êtes victime qui vous a fait parler ainsi.

» Cependant vous m'avez causé beaucoup de chagrin aussi , à moi ; mais, c'est égal, je ne serai plus du tout fâchée contre vous; je vous remercierai même , si vous me dites : Fais ce que tu veux, je te le permets. »

Ces paroles qu'elle désirait tant d'entendre, le père Ménars les dit enfin. Il rendit à sa fille le mouchoir de soie dont il s'était emparé, et Charlotte l'emporta avec un sentiment de joie que l'on comprendra sans peine.

Depuis qu'un doux intérêt la faisait rêver à Onésyme, la fille de l'ébéniste avait bien souvent envié le sort de cette bonne mère qui pouvait chaque jour et à tous les instans épandre, par toutes les sources de son cœur, sa tendre sollicitude pour le jeune artiste.

Elle ne se disait pas encore : — Je compterai dans sa vie ; — mais il comptait, lui, déjà si bien dans celle de Charlotte, que, pour elle, faire un sacrifice à Onésime, un sacrifice même qu'il devait ignorer, c'était accomplir un devoir, c'était donner du bonheur à ses rêves.

Tel était le besoin qu'elle éprouvait de le savoir son obligé, même en gardant pour elle le secret de sa bonne action, que Charlotte regardait maintenant comme un heureux coup de la fortune la brutale sortie de son père contre la mère d'Onésyme. Il y avait positivement fête dans son cœur, alors qu'elle allait pour quelque temps se dessaisir de sa parure tant aimée en faveur de son jeune voisin.

— Il n'en saura jamais rien, pensait-elle; mais ce n'est pas sa reconnaissance que je veux, c'est le contentement de moi-même.

Charlotte rentra un peu moins riche qu'elle ne l'avait espéré, mais assez bien pourvue cependant pour être à même d'offrir à Mme Chauvière une somme supérieure à celle que la bonne femme était venue si malencontreusement demander au père Ménars. La voisine n'était pas de retour chez elle.

— Il faudra la guetter au passage, dit l'ouvrier ébéniste, et lorsqu'elle passera devant la porte, tu iras bien vite à elle pour lui mettre cet argent dans la main, en lui faisant entendre que je n'ai pas voulu l'affliger.

Attendre l'arrivée de la voisine, ce n'était pas là ce que Charlotte avait projeté chemin faisant. Si elle avait hâté le pas au retour encore plus qu'au départ, c'est qu'un espoir nouveau l'attirait vers sa demeure.

Elle se disait : — Puissé-je arriver à la maison avant que Mme Chauvière soit revenue. S'il n'en est pas ainsi, j'aurais manqué la meilleure part du plan que j'ai formé.

Quand Ménars lui parla de guetter Mme Chauvière, Charlotte, pressée d'accomplir un dessein secret, répondit :

— Mais vous n'y pensez pas, mon père, si nous offrons nous-mêmes cet argent à la voisine, il se peut qu'elle le repousse ; nous devons donc la mettre dans l'impossibilité de refuser notre secours, et, pour cela, j'ai trouvé un excellent moyen.

— Et lequel ?

— C'est de profiter de son absence pour aller porter chez elle ce qu'elle pourrait refuser de recevoir ; d'abord, elle ne saura pas d'où cela lui vient, et plus tard, quand Mme Chauvière apprendra la vérité, elle ne pourra plus nous en vouloir.

— Mais, objecta-t-il, il n'y a personne chez la voisine ; personne, j'entends, à qui tu puisse parler.

— Et son fils ? repartit vivement la jeune fille; il y est, lui, j'en suis sûre : sa clé est sur la porte.

— Sans doute, il y est, répondit encore le bonhomme, pourtant je ne sais pas si tu dois...

— Mais, raison de plus, mon père, s'écria l'impatiente Charlotte, qui redoutait maintenant le retour de la voisine.

— Au fait, tu as peut-être raison, lui dit son père, sans comprendre la valeur de ces mots : « raison de plus » qui trahissaient cependant assez clairement la pensée de l'audacieuse enfant.

« Il est seul, pensait Charlotte, donc il sera bien forcé de me parler aujourd'hui. »

Et puis, sans tenir compte d'un mouvement instinctif de pudeur qui vint la surprendre au moment où, l'argent en main, elle se dirigeait vers la porte de sa voisine, elle tourna aussi résolument la clé dans la serrure qu'elle le faisait d'ordinaire quand elle savait que la mère de l'artiste était là pour la recevoir.

On peut pardonner cette témérité à Charlotte, elle allait faire une bonne action, et elle pensait bien, pour prix de tant de générosité, mettre Onésyme Chauvière dans l'obligatin de lever les yeux sur elle ; charmante quêteuse, qui, depuis deux années, mendiait un regard que l'indifférent jeune homme ne pensait pas à lui accorder.

Elle est entrée enfin.

Onésyme, au bruit de la porte, ne s'est pas retourné. Les yeux fixés sur la toile qu'il s'efforce d'animer, il n'a rien entendu.

La jeune fille a fait quelques pas en avant, bien déterminée à détourner l'attention de l'artiste de l'œuvre qui l'absorbe ; mais, aussitôt retenue par la crainte de lui déplaire, par une sorte de respect religieux pour l'enfantement du génie, elle s'est arrêtée à mi-chemin, et les paroles qu'elle se préparait à adresser à l'artiste se sont éteintes sur ses lèvres muettes. Elle voudrait bien qu'Onésyme se décidât à jeter un coup d'œil de son côté, mais elle n'a pas le courage de le solliciter, ce coup d'œil désiré.

Elle se sent trembler et pâlir, et, peu à peu, elle en arrive à craindre d'être aperçue ; car s'il allait lui demander pourquoi ce tremblement ? d'où lui vient cette pâleur? Charlotte comprend bien qu'elle ne pourrait lui répondre.

Elle souhaite de demeurer là : mais elle voudrait y demeurer invisible ; c'est bien assez pour elle de le voir !

Onésyme, lui, ne voit, comme toujours, que sa peinture.

Il a bien, à travers sa préoccupation, surpris quelque bruit dans la chambre; mais il présume que sa mère est de retour, et cette vague présomption lui suffit. Ce n'est pas là un motif assez grave de distraction pour qu'un seul moment il perde de vue son précieux travail.

Charlotte, embarrassée, ne sait plus si elle doit ou rester ou sortir.

Rester serait le plus doux pour elle, mais partir est le plus prudent.

D'ailleurs, ne l'a-t-elle pas contemplé assez long-temps pour savoir combien il est beau quand l'inspiration le domine, et pour se dire que ce serait un sort désirable que de partager avec sa mère, si dévouée, le soin de lui rendre plus facile l'existence qu'il parcourt péniblement. Au prix des mêmes misères on voudrait le même bonheur.

C'est là ce que pense Charlotte, c'est ce que son regard dirait au jeune artiste s'il levait les yeux sur elle.

La pauvre petite comprend que, s'il ne lui est pas possible d'avoir ou de n'avoir point une telle ambition, elle doit au moins ne pas la laisser soupçonner à celui qui la lui a inspirée.

Discrètement, le plus bas possible, elle pose sur un meuble l'argent qu'elle apportait, et, rapide, elle s'enfuit de cette chambre, heureuse de ne pas avoir été entendue par celui à qui elle aurait dit volontiers quelques instans auparavant : — Faites-moi l'aumône d'un regard, monsieur, vous verrez bien que je vous aime.

Le bruit qu'elle a fait en s'éloignant, le mouvement de la porte qu'elle a brusquement tirée derrière elle, ont enfin distrait Onésyme de son tableau, il regarde dans la chambre et n'y voyant personne il se dit : — Je croyais que ma mère était là ; elle n'aura pas bien fermé la porte en sortant, c'est le vent qui vient de la pousser. — Et, de nouveau, il concentre ses pensées sur son œuvre.

— Qu'as-tu donc? demanda avec inquiétude le père Ménars en voyant sa fille rentrer tout émue et se jeter sur sa chaise comme si ses forces l'abandonnaient. Est-ce que le voisin Onésyme t'aurait mal reçue ? ajouta-t-il, qu'est-ce qu'il peut t'avoir dit?

— Rien, mon père, il ne m'a seulement pas regardée ! répondit Charlotte, et intérieurement elle se trouva heureuse d'avoir cette réponse à faire à l'ouvrier.

Mme Chauvière revint après avoir été vainement solliciter au loin les secours que d'habitude elle trouvait chez son voisin; elle passa devant la porte ouverte de Ménars sans tourner les yeux de ce côté : le mauvais succès de ses démarches envenimait encore la blessure qu'elle avait reçue.

Charlotte et son père échangèrent un coup d'œil de satisfaction en voyant passer la bonne femme : ils pensaient à la surprise qui l'attendait au retour.

A l'aspect de l'argent que la jeune fille avait eu soin de placer bien en vue sur le meuble, la mère d'Onésyme crut rêver, et elle interrogea son fils qui, ainsi qu'on le pense bien, ne put que lui répondre :

— J'ignore d'où cela nous arrive, je n'ai vu personne.

Mme Chauvière ne fut pas long-temps à deviner de quelle obligeante main elle tenait ce nouveau service d'argent; sans doute, sa vanité de mère eut un peu à combattre avant de se résigner à l'accepter ; mais le besoin pressait et il parla plus haut que la rancune.

Enfin, certaine qu'elle ne se trompait pas en attribuant ce secours à la bonté de son voisin l'ébéniste, elle se rendit chez lui :

— Vous m'avez bien fait de la peine, lui dit-elle ; mais je reconnais cependant que vous êtes encore mon meilleur ami, et c'est pourquoi je ne refuse pas vos dons. Mais à l'avenir, je vous en prie, continua-t-elle, n'essayez pas de me faire douter de mon fils.

— C'est convenu, madame Chauvière, dit Ménars, nous n'en parlerons plus du tout si vous voulez.

— Ah ! si fait, parlons-en toujours, répliqua Charlotte avec vivacité; et comme son père la regardait singulièrement, la petite dissimulée ajouta, en souriant : est-ce que la voisine pourrait se priver de ce plaisir-là?

La bonne harmonie étant rétablie entre les habitans des mansardes, les causeries et les bons offices de chaque jour reprirent leur train d'autrefois.

Jusqu'à l'époque, assez prochaine alors, où la mère devait être ravie à son fils, aucun événement digne d'être rapporté ne signala ces rapports de voisinage.

Charlotte continuait à admirer de confiance le jeune artiste et celui-ci demeurait encore indifférent à sa gentille voisine, ou, pour mieux dire, il ignorait toujours qu'il existât auprès de lui un cœur si bien disposé à l'aimer.

Il est un fait cependant que nous ne devons point passer sous silence : c'est d'une grave indiscrétion de Mme Chauvière qu'il s'agit. Mais la promesse seule de cette indiscrétion avait causé une si grande joie à Charlotte, qu'en vérité la mère de l'artiste ne pouvait pas se reprocher, à l'égal d'une faute, le plaisir qu'elle pouvait donner à la bonne fille qui lui témoignait tant d'amitié.

Il n'était question de rien moins, entre la mère d'Onésyme et la fille de l'ouvrier, que de livrer aux regards éblouis de la jeune fille ces merveilleuses peintures que, par serment, Mme Chauvière s'était engagée à ne laisser voir à personne.

Par exemple, le secret devait être bien gardé. Il était convenu qu'on choisirait un jour où le père Ménars ainsi qu'Onésyme seraient absens, pour passer rapidement en revue les chefs-d'œuvre du grand homme ignoré ; car il ne fallait pas que les curieuses pussent être surprises, Charlotte par le retour de son père, Mme Chauvière par le retour de son fils.

Si le bonhomme Ménars fut exclu de la précieuse communication des esquisses, ce n'était pas que la voisine doutât de sa discrétion ; mais elle ne le trouvait pas assez complétement digne d'une aussi haute faveur.

Ce n'est qu'à des cœurs croyans que les dévôts se plaisent à raconter les mystères de leur dieu, et à ce titre Charlotte seule méritait vraiment d'être initiée aux secrets de l'artiste.

Le jour propice se fit long-temps attendre ; puis enfin il arriva.

Oh ! ce jour-là, Charlotte regretta de n'avoir pas à sa disposition sa belle robe et son joli fichu des dimanches ; elle eût voulu se parer comme pour une fête, afin de faire mieux honneur aux magnifiques choses qu'elle allait voir.

Jamais, naïve et joyeuse enfant, conduite pour la première fois au bal, n'entendit chanter plus haut son cœur que notre curieuse Charlotte, quand sa voisine lui dit, la voyant seule :

— Fermez votre porte, mon enfant, et suivez-moi ; Onésyme n'y est pas, nous pourronstout voir.

Charlotte suivit Mme Chauvière en tressaillant de bonheur. Son imagination, transportée dans le vague des sphères inconnues, ne se représentait rien de fixe, rien de déterminé, et déjà elle éprouvait une admiration extatique. Ne voyant encore que les tableaux confus, que les images sans forme et sans nom qui lui traversaient l'esprit, le ravissement, d'avance, la transportait aux cieux.

L'heureuse mère, attirant l'heureuse fille, ouvrit les cartons ; elle déroula les toiles et étala tous les trésors du grand peintre devant les yeux de Charlotte. Celle-ci promena ses regards de l'une à l'autre esquisse, et quand elle eut tout vu, son enthousiasme désenchanté ne put lui faire balbutier que ces mots :

— Oh ! oui, cela doit être bien beau ! — Puis intérieurement, maudissant son ignorance qui ne lui permettait pas de comprendre le mérite de l'artiste, elle ajouta en soupirant :

— Sans doute, c'est bien beau ; mais je n'aime pas cela.

Quelque contenance qu'elle essayât de se donner pour laisser croire qu'elle partageait l'émotion de bonheur de la mère, Charlotte ne put dissimuler le peu d'effet que la vue des chefs-d'œuvre produisait sur elle. Mme Chauvière remarqua ceci, et dit en haussant les épaules :

— Pauvre petite, vous ne pouvez pas sentir ces beautés-là !

— C'est ce que je me dis, répondit la fille de l'ébéniste, et, honteuse, elle baissa les yeux et rougit. L'enfant n'accusait qu'elle de cette désillusion.

Ce que nous venons de rapporter n'altéra en rien la haute opinion de Charlotte touchant le mérite éminent d'Onésyme. Si quelqu'un descendit dans l'estime de la jeune fille, ce fut elle-même, qui ne se trouva pas douée comme elle l'aurait voulu du sentiment du beau. Mais, en se jugeant incapable d'apprécier la valeur des choses sublimes qu'on avait fait passer sous ses yeux, elle se sentit néanmoins si impérieusement entraînée à aimer leur auteur, que, de ce puissant amour pour l'artiste, s'augmenta encore sa bonne volonté d'admiration pour les œuvres de celui-ci.

Cependant, les jours se sont passés et l'heure est venue où Mme Chauvière, victime d'un aveugle dévoûment à la vaniteuse espérance de son fils, a dû aller rendre compte à Dieu du triste emploi qu'elle a fait de son autorité de mère. Onésyme est orphelin.

L'isolement dans lequel il avait vécu, et puis, aussi, l'immense douleur qui pesait sur son esprit, ne lui permettaient pas de se rendre compte des démarches qu'il fallait faire pour que la défunte fût convenablement inhumée.

Il savait seulement qu'on devait venir lui prendre sa mère, et cette idée qui révoltait son amour filial, ôtait en même temps à son esprit la faculté de penser; à son corps, celle de se mouvoir.

Le père Ménars, qui avait passé la nuit à veiller auprès de la morte avec Onésyme, lui dit quand le jour parut :

— Voisin, vous avez bien assez de votre chagrin, sans vous tourmenter encore et des embarras de la déclaration de décès, et des soins du service à l'église et au cimetière. Que cela ne vous occupe pas, je me charge de tout.

Ce fut à peine si le fils désolé entendit ce que lui dit ce brave homme; comme c'était à peine encore s'il avait remarqué sa présence, bien qu'ils eussent passé tout une nuit ensemble dans ce séjour de deuil.

Ainsi que le père de Charlotte en avait pris l'engagement envers l'orphelin, après la funèbre veillée, il s'occupa activement du soin de rendre les derniers devoirs à sa voisine. Lui-même régla la cérémonie, fit les invitations et paya la dépense; puis quand l'instant fut arrivé de conduire le corps de Mme Chauvière à la sépulture, Onésyme, qui marchait le premier derrière le corbillard, fut étrangement surpris de voir si nombreux le cortége de gens inconnus qui le suivaient.

Ménars avait recruté toutes ses connaissances, il avait convié à l'enterrement de la digne femme, et les bonnes âmes, et les oisifs du quartier, afin que Mme Chauvière fût bien accompagnée.

Charlotte, qui ne pouvait se mêler à ceux-ci, fut la première à l'église et la première au cimetière; car elle voulait répéter partout, en présence du cercueil de sa voisine, le serment qu'elle avait fait de continuer envers l'artiste le dévoûment de la mère qu'il venait de perdre.

Lorsque l'orphelin rentra avec le père Ménars, Charlotte était de retour à la maison, et sur la table devant laquelle l'ouvrier et sa fille s'asseyaient d'ordinaire tête-à-tête, ce jour-là, pour la première fois, il y avait trois couverts. Arrivé sur le palier de leur commun étage, Onésyme se disposant à prendre congé de son obligeant voisin, lui serra la main et d'une voix émue balbutia quelques mots de remerciement, puis il se dirigea vers sa porte.

— Eh! bien, dit Ménars en l'arrêtant, qu'est-ce que vous allez faire tout seul là-dedans? La voisine m'a défendu de vous y laisser entrer aujourd'hui; venez chez nous, mon ami, c'est là qu'est votre place à présent, attendu que vous n'êtes pas aussi orphelin que vous le croyez. Non; car si vous avez une mère de moins, moi j'ai un enfant de plus.

En achevant de parler, l'ouvrier ébéniste, usant de sa force contre la faible résistance que le jeune artiste lui opposait, l'entraîna chez lui.

Le premier jour, Charlotte et son père, respectant un chagrin qu'ils partageaient sincèrement, ne parlèrent pas à Onésyme des dispositions qu'entre eux ils avaient réglées pour son avenir. On le laissa se donner tout entier au souvenir de l'immense perte qu'il déplorait. Quand, par hasard, il éprouvait le besoin d'exhaler tout haut de justes regrets, aussitôt il entendait deux cœurs lui répondre; mais ceux-là même qui s'empressaient de faire écho à sa douleur, prenaient également soin de garder un religieux silence de peur de troubler par un zèle indiscret ses pieuses méditations.

Ménars, qui avait osé autrefois manifester énergiquement son peu d'estime pour l'homme incapable de trouver dans son talent des moyens de subsister, moyens qu'il n'eût pas en vain demandés à une profession vulgaire, le père Ménars ne se sentait pas disposé à comprendre la fausse dignité de l'art comme le comprenait son voisin; mais sans penchant pour l'artiste, il s'était surpris de sympathie pour celui qui donnait de si visibles témoignages de son amour pour sa mère.

Si le supposé grand peintre était moins que rien aux yeux de l'ouvrier, le jeune homme animé d'une telle tendresse filiale, avait d'incontestables droits à son admiration, et en faveur d'Onésyme bon fils, il oubliait ses griefs contre l'orgueilleux impuissant.

Durant le reste de cette journée, le voisin du jeune Chauvière et sa fille s'occupèrent d'exécuter ce qu'ils avaient projeté aussitôt après la mort de la bonne femme. Dans la mansarde où Onésyme ne devait plus rentrer, ils transportèrent, pièce à pièce et sans bruit, tout ce qui composait le mobilier de Charlotte ; la chambre de celle-ci, chez son père, devait à l'avenir être le logement de l'orphelin ; quant à la jeune fille, elle allait demeurer là où Mme Chauvière avait fermé les yeux en demandant à son fils l'hommage de sa première couronne.

L'idée de dormir seule dans une chambre qui, la veille, avait été visitée par la mort, causait bien un certain effroi à Charlotte, mais il ne fallait pas qu'Onésyme rentrât dans ce triste lieu ; d'ailleurs, pour se donner du courage, la gentille enfant n'avait-elle pas à se dire que cette mansarde était pleine du souvenir d'Onésyme, et que c'était une douce chose pour elle que de chercher le sommeil à l'endroit même où il avait fait tant de glorieux rêves et où sa mère avait puisé la force de pousser si loin une pénible tâche,

Lorsque, le soir venu, l'orphelin pensa à se retirer chez lui, le père Ménars lui apprit que désormais il ne devait plus avoir d'autre domicile que la chambrette qui lui était cédée par Charlotte !

— Et mes ouvrages? dit-il avec inquiétude.

— Vos peintures? vos dessins? nous avons tout transporté ici, répondit l'ouvrier. Oh! le déménagement n'a pas été long, quoique nous l'ayons fait double.

Onésyme voulut insister ; un mot lui ferma la bouche.

— Ceci a été convenu avec la voisine, vous ne pouvez pas refuser de vous soumettre à sa dernière volonté.

Ainsi fut installé le jeune artiste chez le père de Charlotte. Huit jours durant, on le laissa maître de ses pensées et de l'emploi de son temps, et enfin, quand cette première semaine d'existence en commun se fut écoulée, un soir, le père Ménars, après le souper de famille, dit à Onésyme :

— Mon garçon, je crois qu'il est bon de vous faire remarquer que jusqu'à présent votre peinture ne vous a conduit à rien de bon ; si vous avez cependant l'assurance qu'elle pourra vous être profitable un jour, regardez-vous comme l'enfant de la maison et continuez à travailler sans vous tourmenter du surcroît de dépense que vous nous occasionnez. Charlotte et moi, grâce à Dieu, nous pouvons y pourvoir.

» Mais si vous veniez à vous dire qu'il n'y a pas d'avenir pour vous dans votre art et que le mauvais sort ou l'injustice des hommes vous fermera toujours le chemin où vous avez voulu entrer, alors, mon bonhomme ne vous chagrinez pas encore : il n'y aura rien de désespéré ; tout le monde n'a pas du bonheur, tout le monde n'est pas venu sur terre pour réussir comme artiste, mais chacun peut être ouvrier; donc si le découragement vous prend, venez franchement me le dire. Je vous mettrai un rabot dans la main, je vous apprendrai comment on enlève des copeaux, ça vous profitera, et ce n'est pas vous seul, je vous le jure, qui aurez à m'en remercier.

Le père Ménars, en disant cela, regarda du coin de l'œil Charlotte, qui se sentit troublée. Onésyme ne répondit à cette offre pleine d'obligeance que par un triste sourire, car il voyait bien que son hôte ne partageait pas l'espérance qui l'aidait à porter courageusement son deuil.

Un mois se passa encore, pendant lequel l'artiste consacra à ses travaux accoutumés toutes ses heures ; mais la certitude qu'il devait être bien long-temps encore peut-être à la charge d'un étranger lui rendait pénible le travail auquel il se livrait naguère avec tant d'amour, quand sa mère seule avait à souffrir de ses essais infructueux.

Un jour, il pensa à quitter le brave homme qui l'avait si généreusement accueilli. Son maintien, ses regards embarrassés trahissaient sans doute son dessein; car, sans qu'il en parlât, Charlotte eut le pressentiment de ce qu'il voulait faire; elle tourna vers Onésyme des yeux qui exprimaient si bien ce que son cœur eût voulu dire, que la résolution du jeune artiste s'évanouit subitement : l'amour qu'elle ressentait, Charlotte venait de l'inspirer.

Onésyme, préoccupé du regard de la charmante fille, rentra pensif dans la chambre qui lui servait d'atelier. Après s'être consulté un moment, après avoir bien lu dans son cœur, il roula ses toiles, enferma ses dessins dans leurs cartons, il essuya sa palette, serra ses pinceaux et ses crayons, puis revenant près du père Ménars, qui restaurait un vieux meuble :

— Maître, lui dit-il avec résolution, la gloire que je cherche ne vaut pas le bonheur que j'ai trouvé; donnez-moi un rabot et commencez mon apprentissage, je veux être ouvrier.

IV

Jeune Fille, Jeune Femme.

Rendons à chacun ce qui lui appartient. On aurait tort de faire honneur au père Ménars d'une heureuse inspiration qui ne venait pas de lui. Ainsi, lorsqu'un soir après souper, il proposa à Onésyme de lui faire échanger son art infructueux contre un métier utile, ce n'était pas d'après lui-même qu'il parlait.

Depuis sa vigoureuse sortie contre Mme Chauvière, sortie que son embarras du moment eût suffi pour justifier, et qui, grâce à Charlotte avait été généreusement réparée; depuis ce moment irréfléchi de franchise, l'ouvrier ébéniste tout en continuant à déplorer la misère de ses voisins et à s'en dire tout bas la cause, se gardait bien, même auprès de sa fille, de hasarder un mot à ce sujet. Il s'était fait une loi du silence touchant ce point délicat, et il ne s'en fût pas départi si Charlotte, un jour qu'elle était seule avec son père, ne l'eût vivement sollicitée d'aborder adroitement auprès du jeune artiste cette question délicate.

Voici comment la gentille enfant amena la conversation dans la voie où elle voulait pousser le brave homme :

— Eh bien, dit-elle, nous sommes tout à fait hors de ce mauvais pas.

—Quel mauvais pas ? demanda le père Ménars en ajustant une feuille d'acajou sur le panneau d'un bois de lit.

— Je pense à cette faillite qui devait nous ruiner pour si long-temps, voilà trois mois qu'elle est tombée sur nous comme un coup de foudre; et nous n'y pensons pa plus que s'il ne nous était jamais arrivé malheur.

— C'est-à-dire qu'il a bien fallu se faire une raison et oublier cet accroc-là.

— Le moyen de se souvenir du mal quand il est si vite passé; il n'a fallu pour cela que se lever un peu plus matin et se coucher un peu plus tard tous les jours : la belle affaire ! On n'en a pas le cœur moins gai et l'on ne s'en porte que mieux : c'est tout profit.

— Il faut avouer, Gros-Charlot, que tu as furieusement travaillé.

— C'est-à-dire que j'ai travaillé pour moi, reprit-elle, et, en vérité, ce n'est pas là ce qui nous a beaucoup enrichis, puisque vous n'avez rien voulu prendre, absolument rien du produit de ma broderie avant que ma robe des dimanches fût revenue à sa place dans la commode. Elle y est depuis long-temps ; il nous a été possible d'assister la voisine jusqu'à ses derniers momens; nous avons pris son fils chez nous, et malgré toutes ces dépenses-là, j'ai compté notre argent ce matin, et je vous assure que nous sommes très à notre aise.

— Parbleu, ça ne m'étonne pas; la manivelle a beau être un peu dure à mettre en mouvement, du moment que le moulin tourne et qu'il y a du grain sous la meule, il faut que le blé devienne farine et que les sacs s'emplissent.

— Oh! c'est un bon métier que le vôtre, mon père.

— Oui, il n'est pas mauvais, quand l'ouvrier n'est pas trop maladroit; répliqua Ménars, en faisant certaine grimace qui lui dessinait un double menton, signe positif, chez lui, de la satisfaction personnelle.

— C'est mieux qu'un simple métier, poursuivit Charlotte avec intention, c'est un art aussi.

— Je crois bien que c'est un art : est-ce qu'il ne faut pas inventer tous les jours?

— De façon que personne ne peut trouver qu'il y a de l'humiliation à se faire ébéniste.

— De l'humiliation! qui est-ce qui ose dire ça? s'écria l'ouvrier en posant avec vivacité le plaqué d'acajou sur son établi; est-ce que ce serait ton barbouilleur de papier, ton faiseur de rien sur toile qui se permettrait de mépriser mon état?

— Lui? dit Charlotte; ne croyez pas cela; il ne parle de vous qu'avec estime et reconnaissance.

— Alors, qu'est-ce que tu viens me chanter avec ton humiliation?

— Ça tient à une réflexion que je faisais.

— Et laquelle, s'il vous plaît?

— Je pense qu'un ouvrier adroit, laborieux comme vous, mon père, et qui a un état comme le vôtre, peut assurer le bonheur d'une femme.

— Hein? fit le bonhomme étonné; ah! ça, est-ce que quelqu'un t'a priée de me demander en mariage.

— Non, ce n'est pas vous qui êtes à marier, c'est moi.

— Ah! on t'a fait des propositions, et c'est quelqu'un qui est dans l'ébénisterie?

— Personne ne m'a parlé de cela, je vous jure, et celui à qui je pense n'est pas absolument de votre profession, mais il pourrait en être.

— Tiens! tiens! il paraît que c'est un tout jeune, puisqu'il n'a pas encore fait son apprentissage.

Charlotte voyant son père prendre ce commencement d'aveu sur le ton de la plaisanterie, cessa de sourire, et se donnant l'air le plus sérieux possible, elle continua ainsi :

— Je me suis engagée à vous confier tous mes secrets, parce que je sais que vous ne voulez que mon bonheur. Vous devez bien vous apercevoir aux détours que je prends depuis une heure que j'ai quelque chose d'important à vous dire; ainsi, écoutez-moi, mon père, et, au lieu de tourner en moquerie mes paroles, ce qui augmente encore mon embarras, aidez-moi à parler; car, je le sens bien, il n'est pas toujours aussi facile qu'on le pense d'avoir de la franchise.

— Il paraît que ce n'est pas pour rire, interrompit le père Ménars; voyons de quoi il s'agit, ajouta-t-il en approchant une chaise de celle de sa fille, et en s'asseyant après avoir déroulé sur ses bras nus la manche de sa chemise.

— Que diriez-vous, lui demanda Charlotte, si je vous avouais tout à coup que j'aime quelqu'un?

— Je dirais : Il faut d'abord que je sache qui cela peut être, et puis après je t'apprendrai s'il me convient.

— C'est qu'il me convient tout à fait, à moi; et s'il n'allait pas vous plaire!

— Nous discuterons cela ensemble quand tu m'auras appris le nom de l'individu.

— Comment, vous ne l'avez pas deviné? Il s'agit d'un bon jeune homme, bien malheureux, bien intéressant, trop à plaindre déjà sans doute, mais qui le serait bien plus encore si nous n'étions pas venus demeurer dans cette maison : car il n'aurait plus maintenant personne pour l'aimer sur cette terre.

—Assez, je comprends, répliqua l'ouvrier, c'est d'Onésyme Chauvière qu'il est question ; il te plaît, Charlotte? c'est possible, quoique cela m'étonne un peu ; mais j'en suis fâché pour toi, ta mère ne t'a pas mise au monde pour être la femme d'un grand artiste, et moi je ne t'ai pas élevée et vue grandir jusqu'à dix-sept ans passés pour te vouer ensuite à l'état de mendiante. Arrange-toi donc, mon enfant, pour changer de sentiment à l'égard de ce jeune homme, ou, malgré la promesse que je lui ai faite de le garder chez moi, je serai forcé de le prier de chercher un gîte ailleurs, et ce sera bien difficile à dire.

Après qu'il eut parlé de la sorte, le père Ménars se leva, il retroussa ses manches et alla reprendre son panneau de lit.

— En vérité, vous me faites repentir de ma franchise, dit Charlotte à son père, après un moment de silence.

— Pardieu, je m'en repens bien autant que toi ; car si j'avais eu à choisir entre ton silence ou ton aveu, j'aurais opté pour ne rien savoir.

— Je n'en aimerais pas moins M. Onésyme depuis deux ans.

— C'est juste, mais comment veux-tu que je fasse, malheureuse enfant, pour le renvoyer à présent qu'il est installé ici?

— Je ne veux pas qu'il s'en aille.

— Je le sais bien, cependant il faudra...

— Il faudra, dit Charlotte, ou qu'il justifie les belles espérances de sa pauvre mère, ou qu'il cesse de peindre, n'est-ce pas ?

— Oui ; mais il ne voudra jamais quitter sa scélérate de palette.

— Qu'en savons-nous? quelqu'un a-t-il essayé de lui faire comprendre la nécessité de renoncer à son art.

— On aurait été bien reçu par le fils, si j'en juge d'après ce qu'il m'est arrivé pour avoir entamé cet article-là avec sa mère.

— Ecoutez, reprit Charlotte, je ne sais pas si notre voisin doit réussir un jour ; mais ce que je sens bien, c'est qu'il est impossible d'aimer quelqu'un plus que je ne l'aime.

« Ce n'est pas son brillant avenir qui me tente ; c'est à cause de son malheur présent que je me suis attachée à lui ; a-t-il vraiment du génie? Mme Chauvière en était sûre : mais moi je ne m'y connais pas aussi bien qu'elle, aussi je doute. »

— Je ne doute pas, moi, dit Ménars.

— Oh ! laissez-moi le doute, mon père ; j'avais promis mieux que cela à la voisine : j'avais promis toute ma confiance.

« Cependant il est de notre devoir de l'obliger à ne pas rester plus long-temps incertain de son sort. Donnez-lui, dès aujourd'hui, à entendre qu'il doit subvenir à ses besoins soit par son talent, soit en apprenant un métier, le vôtre, par exemple, et puis laissez-le réfléchir pendant quelques jours à votre proposition ; s'il la repousse obstinément, je ne vous promets pas de ne plus l'aimer, mais je m'engage à ne plus vous parler de lui.

— Et s'il accepte ? objecta l'ouvrier, sais-tu bien qu'on ne fait pas un ébéniste comme on fait un pape, du jour au lendemain. Et que de temps il te faudra attendre avant qu'il sache le métier !

— Vous avez déjà nommé M. Onésyme l'enfant de la maison. D'ailleurs, ce métier, vous le lui apprendrez bien plus vite, répondit Charlotte, quand il sera votre fils.

Le retour d'Onésyme fit cesser l'entretien. On sait comment, le soir même, le père Ménars remplit les intentions de sa fille, et quelle résolution un regard de Charlotte inspira au jeune artiste.

Si ceux qui usent leur temps à lire ceci avaient eu le bonheur de connaître Gros-Charlot, la charmante fille, ils ne s'étonneraient pas de la brusque révolution qui s'opéra dans l'esprit d'Onésyme.

Il ne maudit pas l'amour de l'art qui l'avait si long-temps abusé ; il ne se dit point qu'il avait eu tort de dévouer ses forces à une lutte dans laquelle il devait être toujours vaincu ; en abandonnant tout à coup ses travaux chéris, il ne fit pas, non plus, le serment de ne jamais les reprendre ; mais le seul moyen pour lui de conserver les bonnes grâces du père Ménars c'était de renoncer, pour quelque temps au moins, à sa vaine peinture, et il fallait bien qu'il satisfît le bonhomme pour avoir le droit de réclamer quelquefois un de ces ravissans coups d'œil qui lui faisaient croire maintenant à un bonheur plus doux et plus vrai que celui qu'il avait demandé à la gloire.

L'ébéniste, d'abord enchanté du parti pris d'Onésyme, n'en témoigna cependant pas toute sa joie, d'autant plus que cette joie ne laissait pas que d'être mêlée d'un peu d'inquiétude pour l'avenir.

Son gros bon sens lui disait qu'une passion enracinée au cœur comme l'était celle que le fils de la voisine nourrissait depuis tant d'années, ne pouvait se voir arrachée rien que par l'effort d'une volonté subite ; effort dû au simple raisonnement d'un brave homme qui n'avait ni éloquence pour persuader, ni autorité pour contraindre.

« Il est bien étonnant, pensait-il, que quelques mots dits un soir, entre la poire et le fromage, aient suffi pour rendre à la raison ce garçon-là, quand la mort même de sa pauvre mère ne l'avait pas fait revenir de sa folie.

Le père Ménars ne s'imaginait pas que l'amour eût causé le prodige. Il est vrai de dire qu'en fait d'amour, le bonhomme ne s'y entendait plus guère ; c'est tout au plus, encore, s'il voulait croire à celui dont sa fille lui avait fait confidence ; quant à le deviner chez un autre, c'était pour lui chose impossible.

Il faut avoir le cœur et les yeux intelligens pour surprendre de tels secrets, et par malheur l'âge, en formant un calus sur le cœur du vieil ébéniste, avait mis un voile sur ses yeux.

— Tu veux être ouvrier, dit-il à son pensionnaire, c'est bel et bon, mon garçon ; mais je ne voudrais pas user mon temps et te faire perdre le tien à t'enseigner un métier qui ne te conviendra pas peut-être. Tu renonces à la peinture, c'est déjà bien ; mais il y a d'autres professions moins dures que la mienne ; réfléchis avant d'entreprendre la chose, attendu qu'une fois que tu seras sous ma responsabilité, il n'y aura pas moyen de revenir en arrière, je te tiendrai la bride serrée ; il faudra que ça marche, et un peu vite encore. Tout ne sera pas rose pour toi, entends-tu bien ; ce n'est pas comme avec la peinture où l'on peut être un homme de génie sans que quelqu'un s'en doute. Je te forcerai d'avoir un talent qui sera au vu et au su de tout le monde ; l'apprenti du père Ménars ne peut pas être réputé une mâchoire.

— Aussi, répliqua Onésyme, suis-je bien résolu à ne point vous faire rougir de moi ; commencez dès aujourd'hui mon apprentissage ; j'ai la bonne volonté, vous me donnerez le reste.

— S'il en est ainsi, je te donnerai tout ce que tu voudras, répondit le vieil ébéniste.

Onésyme regarda Charlotte, qui souriait à ces dernières paroles de son père ; les yeux du jeune artiste, quand le bonhomme lui eut dit : — Je te donnerai tout ce que tu voudras, semblèrent demander à la gentille enfant : — Et vous, Charlotte, me faites-vous la même promesse ! — Il y eut un engagement de tout son avenir dans la réponse muette de Gros-Charlot.

Les semaines, les mois se passèrent sans qu'Onésyme pensât un seul jour à donner des regrets à l'art oublié pour une profession manuelle. Ménars était un maître quelque peu exigeant ; mais encouragé par Charlotte, l'apprenti de vingt-quatre ans supportait sans trop d'impatience la mauvaise humeur et les reproches, souvent peu mesurés, de l'ébéniste.

Les jeunes gens avaient hasardé quelques mots sur un mariage également désiré de deux parts ; mais le père de Charlotte, ne voulant pas qu'on l'en étourdit trop long-temps à l'avance, s'était formellement prononcé à ce sujet.

— Qu'il ne soit pas question de cela devant moi, avait-il dit, tant qu'Onésyme ne sera pas compagnon. Si l'on me parle encore de mariage, j'enverrai le gars finir son apprentissage dans un autre atelier.

Dument avertis, Charlotte et son ami se gardèrent bien, durant quelques mois encore, de se dire devant Ménars tous les charmans secrets du cœur qui faisaient l'objet de leurs entretiens aussitôt que le bonhomme n'était plus là.

Pourtant, au risque de s'attirer une rude semonce, la jeune fille osa dire un jour à son père :

— Quand pensez-vous que l'apprentissage d'Onésyme puisse être fini ?

— Dame ! répondit Ménars, s'il continue à mordre bravement à la besogne, ça pourra être l'affaire d'un an ou deux.

— C'est impossible, mon père.

— Comment impossible !

— Sans doute, c'est dans six semaines que tombe sa fête.

— Eh bien ! laisse-la tomber.

— Du tout, elle sera belle, au contraire, pour nous tous, cette fête ; car je lui ai promis d'être sa femme ce jour-là.

— C'est-à-dire : si j'y consens.

— Vous ne pouvez pas faire autrement ; et votre serment, vous savez, à propos de la mort de votre pauvre sœur Eulalie : vous avez juré de ne pas vous opposer à la vocation de vos enfans : la mienne est d'être la femme d'Onésyme.

Le bonhomme fit long-temps résistance ; il refusa même sérieusement, et puis, intercédé par l'un, excédé par l'autre, il céda enfin.

— Au bout du compte, se dit-il, un peu plus tôt, un peu plus tard, il faudra bien que cela se fasse. D'ailleurs, le gaillard n'est pas maladroit, il fera honneur à son maître.

Ainsi, le 20 mars suivant, Onésyme Chauvière épousa Gros-Charlot, et, en vérité, il faut le dire, jamais, dans un jour de fête, on ne reçut un bouquet plus gracieux et plus frais que celui-là.

Pauvre et regrettable fleur, deux ans de mariage ont suffi pour la flétrir.

Après ces deux ans passés, ceux qui, éloignés quelque temps du voisinage, auraient espéré, au retour, retrouver dans la mansarde du quatrième étage cette famille qui ne devait jamais se désunir, se seraient vus cruellement trompés dans leur espoir.

On ne devait plus rencontrer là qu'un vieil ouvrier, bourru, chagrin, vivant seul et se faisant un deuil de sa solitude.

Inconsolable de la perte de son enfant chéri, le bonhomme regrettait sa fille vivante encore, comme son père, à lui, avait regretté cette Eulalie que l'amour du chant fit autrefois mourir si jeune.

Oui, Charlotte vivait ; mais que son existence était douloureuse ! Elle subissait maintenant la fatalité qui l'avait enchaînée à un homme dont la destinée était d'envelopper de malheur tout ce qui s'attachait à lui.

Long-temps après son mariage avec Charlotte, Onésyme continua à travailler sous les ordres de son beau-père ; mais, peu à peu, le dégoût du métier le prit. Il lutta en silence contre le courant qui menaçait de l'entraîner vers sa ruine ; mais s'il avait grand soin de taire son chagrin, il ne pouvait défendre à son visage souvent assombri de trahir ses secrètes pensées.

Charlotte, comme elle en avait le droit, voulut les pénétrer, et ce qu'elle ne devinait pas, elle exigea que son mari le lui dît.

— Je voudrais, lui avoua-t-il, cédant à l'abandon qu'elle provoquait par des questions faites du ton le plus caressant, je voudrais, en consacrant ma journée au travail de l'ébénisterie, être libre de mes soirées.

— Mon Dieu, et où donc irais-tu alors ?

— Je resterais près de toi, Charlotte ; mais je reprendrais, dans ces heures de loisir, le dessin et la peinture ; cela ne ferait point de tort à la maison, et moi je serais tout à fait heureux.

— Si ce n'est que cela, personne ne peut t'empêcher d'employer ton temps comme tu le désires ; du moment que l'ouvrage n'en souffrira pas, qui donc y trouverait à redire ?

— Qui ? ton père ; il ne cesse, tu le sais bien, de me rappeler le temps d'épreuve de ma pauvre mère. Comme il fronce les sourcils toutes les fois qu'il rencontre sous ses yeux mes pinceaux, ma palette ou les cartons qui renferment mes ébauches.

« Dernièrement j'ai voulu, par curiosité, par désœuvrement, jeter un coup d'œil à celles-ci ; ah ! Charlotte, si tu avais pu voir le visage que faisait le père Ménars, en me surprenant au milieu de mes esquisses...

« — Bah ! est-ce que tu y penses encore, m'a-t-il dit ; est-ce que cela te reprendrait ? Si je pouvais m'en douter, un beau matin, je flanquerais toute la boutique au feu ; ça te forcerait bien à ne plus y retourner. »

« Tu le vois, Charlotte, ajouta son mari, tant que nous demeurerons ici, il ne me sera pas possible de reprendre mes crayons. »

— Alors, dit-elle, tu ne les reprendra jamais ; car tu ne voudrais pas pour une si légère contrariété, m'obliger à quitter mon père.

Onésyme, vaincu par la fermeté des paroles de sa femme, promit de chercher d'autres distractions que celles qu'il avait rêvées ; mais s'il n'en parla plus, il y pensa toujours.

Charlotte aussi y pensait, et comprenant le silence que s'imposait celui qu'elle voulait, avant toute chose, savoir heureux, elle dit un soir, comme par réflxion, devant son père :

— Pourquoi donc Onésyme ne s'amuse-t-il pas, le soir, à dessiner, maintenant qu'on a quitté les veillées : en vérité, s'il continue à ne plus toucher à ses crayons, il oubliera ce qu'il savait ?

— C'est ce qu'il peut faire de mieux, murmura le bonhomme Ménars.

Le cœur du jeune Chauvière, que la joie avait dilaté en entendant Charlotte parler ainsi, se resserra sous une pression pénible à la réponse de son beau-père.

— Cependant, continua la jeune femme qui avait surpris l'émotion d'Onésyme, je ne veux pas que mon mari perde le talent qu'il a, au contraire, je tiens à ce qu'il le conserve, afin que je puisse lui devoir ce que je désire depuis bien long-temps.

— Qu'est-ce donc ? demanda le vieil ouvrier avec inquiétude.

— Votre portrait, mon père, répliqua Charlotte ; si vous le vouliez, il commencerait dès aujourd'hui, ajouta-t-elle du ton de la prière.

— Pourquoi pas ? dit vivement Onésyme.

— Oui, attends que je te prête ma figure, répartit Ménars ; d'autant plus qu'Onésyme n'a pas besoin de se fatiguer le soir quand il a travaillé toute la journée. Si l'on veille trop tard un jour, c'est le lendemain qui paie ça ; donc, je ne veux pas qu'il soit question ici d'autre travail que de celui qui se fait à l'établi.

— Pourtant, insista Charlotte, si j'ai envie de me faire peindre par mon mari, on ne peut pas s'y opposer.

— C'est ce que nous verrons, dit encore le père Ménars.

Il se dirigeait avec des intentions visiblement hostiles vers le cabinet qui avait servi autrefois d'atelier de peinture au jeune artiste.

— Où allez-vous ? que voulez-vous faire ? lui demanda son gendre.

— Ce que je t'ai promis l'autre jour : envoyer, par la fenêtre ta palette et tes dessins.

Onésyme, pâlissant de colère, se plaça précipitamment devant la porte du cabinet, et s'écria :

— Si vous faites cela, monsieur Ménars, vous pouvez nous dire adieu; car je ne reste pas un moment de plus chez vous.

— Tu menaces de me quitter! ainsi tu tiens moins à moi qu'à de méchans barbouillages qui ont tué ta mère? Va-t'en alors! va-t'en tout de suite! car je ne pourrais plus te voir d'un bon œil; j'ai horreur des ingrats.

— Soit! reprit Onésyme qui avait hâte de briser sa chaîne; je ne vous serai plus à charge et je me verrai libre; il est bien temps que je sois mon maître!

Charlotte essaya de s'interposer entre son père et son mari; mais le vieillard obstiné ne voulut point se calmer, et, pour sa part, Onésyme ne chercha nullement à l'adoucir. Il avait entrevu l'espoir de ressaisir ses pinceaux.

— Viens, dit-il à Charlotte, après avoir repris son bagage de peintre; ce n'est pas moi qui l'ai voulu, c'est lui qui nous chasse.

— Mais je ne te renvoie pas, mon enfant, dit l'ouvrier, en retenant par la main sa fille.

— Il faut bien que je le suive, répondit-elle en montrant Onésyme. Celui-ci, sur le seuil de la porte, l'attendait pour rentrer dans la mansarde où Mme Chauvière était morte et où le jeune ménage s'était établi le soir même des noces.

Le père laissa partir sa fille; puis, après quelques momens donnés à la colère que lui causait cette rupture, il vint crier à la porte de ses enfans :

— Onésyme, écoute bien ce que je te prédis : je t'ai donné un état, il ne t'empêchera pas de vivre misérablement; je t'ai donné une fille, elle mourra malheureuse!

Charlotte, à la voix de son père, voulut courir pour lui ouvrir la porte, son mari la retint; et quand Ménars eut cessé de se faire entendre, la jeune femme, comme effrayée de la terrible prédiction, regarda Onésyme avec terreur. Il la prit entre ses bras, et dans une étreinte convulsive il lui dit :

— N'écoute pas ton père, ne crois que moi, Charlotte; c'est heureuse et riche que tu seras... Oui, je te le jure, heureuse et riche!

Quelques jours après la scène que nous venons de rapporter, le jeune Chauvière et sa femme quittaient définitivement la maison; le père Ménars l'avait voulu ainsi.

— Je te verrai toujours avec plaisir, avait-il dit à sa fille; mais quand tu ne demeureras plus ici, attendu que je ne veux plus me retrouver face à face avec ton mari. Ainsi, arrange-toi pour me faire éviter ce déplaisir-là. Si tu tiens à ce que ma porte te soit ouverte, il faudra t'en aller loger ailleurs; car tant que je serai exposé à voir passer le gueux que j'ai eu la bêtise de nommer et mon apprenti et mon gendre, je resterai si bien enfermé chez moi, que le diable en personne n'y entrerait pas.

De peur de voir se renouveler, entre deux personnes qui lui étaient également chères, ces pénibles débats, Charlotte manifesta à son mari le désir d'aller demeurer dans un autre quartier, et Onésyme s'empressa de souscrire à ses vœux.

D'abord, comme il s'y était engagé par serment, l'artiste, maintenant ouvrier, ne consacra que ses soirées à des travaux pour lesquels il avait sans fruit dépensé toutes les forces de sa jeunesse. Il passait courageusement la journée dans l'atelier où, d'après les conseils de Charlotte et aussi, grâce à la recommandation secrète du père Ménars, on l'avait accueilli dès qu'il s'était présenté.

Mais peu à peu Onésyme, revenu à sa folie première, prolongea si avant dans la nuit ses chères veillées, qu'il lui fallut ou se lever plus tard le lendemain, ou se fatiguer jusqu'à l'épuisement pour ne pas mécontenter son nouveau maître. Charlotte vit alors quelle faute elle avait commise en cédant, par excès d'amour, au penchant de son mari. Mais il n'était plus temps de revenir sur le passé.

Un jour, pris par la fièvre, à la suite de nuits laborieuses et de journées employées à lutter contre la lassitude causée par les fatigues du soir précédent, Onésyme se trouva contraint de demeurer au lit.

— Mon Dieu! s'écria-t-elle, le jugeant plus malade qu'il ne l'était réellement, mon Dieu! je le vois bien, c'est moi qui te tue.

— Que dis-tu là, Charlotte? lui demanda son mari.

— Sans doute, si je n'avais pas eu la mauvaise idée de te presser, un jour, en présence de mon père, de reprendre tes crayons et tes pinceaux, tu n'y penserais plus sans doute à présent, et nous serions encore heureux tous trois ensemble.

— Heureux! répéta Onésyme, tu te trompes, je ne pouvais plus l'être. J'avais retrouvé mes inspirations d'autrefois, et il me fallait les étouffer une à une dans le silence de mon cœur. Il me fallait, cent fois par jour, lutter contre les élans de l'amour de l'art qui venaient me saisir.

« On ne résiste pas long-temps, mon amie, à de semblables épreuves; ce sont elles qui tuent, et non pas l'excès du travail. Ne t'afflige donc pas de la fièvre qui me tient aujourd'hui; elle n'est rien, comparée à ce que je souffrais chez ton père : bénis la résolution que tu as prise au lieu de la maudire, c'est à elle seulement, vois-tu, que tu dois de m'avoir conservé. Dans l'existence étroite que je m'étais imposée, je mourais, ma Charlotte, vrai comme tu aimes Dieu, je mourais tous les jours!

Elle cessa de se reprocher sa faiblesse, et ne pensa plus qu'au moyen de prévenir le retour du mal dont Onésyme souffrait en ce moment. Cœur qui cherche en faveur de ce qu'il aime est facilement ingénieux à trouver ce qu'il désire.

Charlotte, à la suite de cette conversation, profitant du sommeil de son cher malade, sortit sans bruit de la maison où elle revint après une heure d'absence.

— Mon ami, dit joyeusement la jeune femme à son mari qui ne dormait plus, j'ai une excellente nouvelle à t'annoncer; je viens de voir le maître pour qui tu travailles, il consent à te donner de l'ouvrage chez toi. A présent, ce sera comme autrefois; nous ne nous quitterons plus. Tu passeras une demi-journée seulement à t'occuper de ton état, cela suffira à l'entretien de la maison, puisque je puis par moi-même subvenir aux dépenses de la semaine. Quant à l'autre demi-journée, tu l'emploieras selon tes désirs; de cette façon, il te restera la nuit pour te reposer, et je ne craindrai plus de te voir malade comme aujourd'hui. Eh bien! es-tu content de moi?

Onésyme avait des larmes dans la voix en lui exprimant sa reconnaissance. L'heureux avenir que Charlotte lui assurait hâta son rétablissement. Deux jours après, remis complétement de sa fièvre, il fut en état de commencer cette nouvelle existence à deux, dont la jeune femme ne se promettait que du bonheur. Ce bonheur, elle ne craignait pas que le père Ménars vînt le troubler, le bonhomme avait juré de ne point mettre les pieds chez son gendre tant que celui-ci n'aurait pas renoncé définitivement à la peinture. Or, la direction que prenaient les choses éloignait d'autant plus la première visite du père à ses enfans.

La jeune femme, bien que tout à son mari, ne négligeait cependant pas son père; ainsi chaque jour elle allait le voir, elle l'embrassait, elle lui disait : — Onésyme vous aime et je suis heureuse. — Puis, comme l'ange de la réconciliation, elle rapportait à l'autre des paroles bienveillantes, paroles qu'elle devait bien un peu à d'importunes sollicitations auprès du vieillard toujours mécontent.

Charlotte n'eut, pendant plusieurs semaines, qu'à se se féliciter du terme moyen qu'elle avait trouvé pour accorder les devoirs de l'ouvrier avec la passion invincible de l'artiste. Onésyme partageait régulièrement sa vie entre le métier qui pouvait seul le faire vivre, et l'art qui le rendait heureux.

Travaillant, dessinant sous les yeux de Charlotte, laborieusement occupée de son ouvrage de broderie, il y avait entre eux une telle émulation, tant d'amour et de si douces joies, que la jeune femme se disait :

« Mon père se prive d'un véritable plaisir par son injuste rancune envers Onésyme ; car ce doit être quelque chose de bien aimable à voir, que le bonheur comme nous nous le sommes arrangé. »

Le père Ménars ne vint pas, et bientôt Charlotte cessa même de lui porter son bonjour accoutumé. Ce fut une simple réflexion du bonhomme qui fit cesser tout à coup les visites de Charlotte. Un jour, comme elle se disposait à le quitter après quelques momens d'entretien, Ménars rappela sa fille :

— Il y a donc du changement chez toi, petite ? lui demanda-t-il.

— A quoi voyez-vous cela, mon père ?

—Dame ! je vois cela à ton silence sur une chose qui m'intéresse. Tu me répètes bien tous les jours qu'Onésyme m'aime encore, ce dont tu me permettras de douter ; qu'importe ? mettons que tu ne me trompes pas, ou que tu ne veuilles pas me trompar ; mais il n'est pas moins vrai que voilà plus d'une semaine que tu n'ajoutes plus à tes paroles ordinaires ce qui m'était le meilleur à savoir.

— Qu'est-ce donc ? répartit Charlotte.

Alors Ménars, secouant la tête d'un air d'apitoiement et regardant sa fille au fond des yeux, lui répondit :

— Oui, voilà plus d'une semaine que tu ne me dis plus : — Je suis heureuse.

Elle baissa la tête, saisit la main de son père qu'elle pressa rapidement, et après cela, Charlotte s'éloigna sans lui avoir autrement repondu.

Qu'était-il donc arrivé ? on se l'imagine. Onésyme, remis sur la pente où son cœur inclinait déjà, s'était abandonné à l'entraînement qui devait le faire glisser de nouveau dans l'abîme de misère d'où le bras vigoureux de son voisin l'ébéniste l'avait tiré une première fois.

Ce fut graduellement qu'il rentra dans son malheur. Ainsi, d'abord, il commença par ne plus observer la même égalité entre la portion de la journée qu'il devait consacrer au travail utile et celle que Charlotte lui avait permis d'accorder à son art infructueux. C'est aux dépens du premier qu'il se livrait à celui-ci.

La première fois qu'Onésyme, infidèle au traité, s'avisa imprudemment de rompre cette égalité du partage, il n'emprunta qu'une heure à sa profession d'ébéniste, en se promettant de la lui rendre le lendemain ; mais le lendemain, il était inspiré, disait-il, et il augmenta la dette. Ainsi fit-il de jour en jour, jusqu'à ce que le maître qui lui fournissait du travail, voyant bien qu'il lui était impossible de compter sur l'exactitude du gendre du père Ménars, en vint à ne plus vouloir donner de travail à un ouvrier dont la lenteur lui avait fait perdre une excellente pratique.

Ce désastreux événement ne fut réellement bien senti que par Charlotte ; quant à Onésyme, il lui sembla que le dernier anneau de sa chaîne se brisait et qu'il allait enfin reprendre, mais glorieusement cette fois, son vol trop long-temps arrêté. Il calcula avec la jeune femme ce qu'elle pouvait gagner chaque jour, au moyen de sa broderie ; il régla la dépense du ménage sur le produit du travail de Charlotte, et demandait à celle-ci trois mois de courage, oui, trois mois, après quoi, lui dit-il, je te rendrai au centuple ce que, dans le même espace de temps, j'aurais pu gagner à construire des meubles.

Les trois mois passés, l'artiste en demanda d'autres encore ; il n'avait pas achevé son tableau. Cependant Charlotte allait être mère. Travailler pour elle et pour son mari c'était tout ce que pouvait faire la jeune femme. Qui eût exigé plus encore de son courage aurait demandé l'impossible; elle le comprenait si bien, que se voyant près d'avoir à répondre de l'existence d'une autre créature, elle dit à Onésyme :

— Tant qu'il n'a été question que de moi, je ne t'ai point importuné, tu le sais ; mais il faut être raisonnable, Onésyme, nous n'avons plus à ne penser que pour deux ; si tu as du talent, prouve-le. Je ne demande pas une fortune ; mais tu me dois d'assurer le pain de ton enfant ; sachons donc, une bonne fois, ce que peut rapporter cette peinture qui te promet des monceaux d'or et qui ne t'a jamais rien donné.

Pressé par les justes observations de Charlotte, Onésyme s'engagea à entreprendre le premier portrait qu'il trouverait à faire. Ce fut encore sa femme qui prit le soin de chercher dans son quartier une personne en disposition de se faire peindre, et qui voulût bien se prêter à commencer la réputation du grand artiste inconnu.

Le propriétaire de la maison, honnête entrepreneur de bâtimens, jaloux de s'associer, au meilleur marché possible, à une gloire naissante, vint poser chez Onésyme ; mais après un assez grand nombre de séances, le propriétaire mécontent du travail de son locataire, et ne se reconnaissant pas dans cette peinture qu'on lui disait être son image, déclara ne vouloir accepter que pour le prix du terme courant le portrait qu'il avait promis d'abord de payer au delà de la valeur d'une année de loyer.

— Faisons-le estimer, dit-il, je vous le paierai à dire d'expert.

Onésyme, indigné, creva la toile et ordonna à l'ignorant blasphémateur de sortir de son atelier. Alors le doute qui depuis long-temps germait dans l'esprit de Charlotte, se changea en quasi-certitude.

— Mon Dieu ! pensa-t-elle, est-il donc vrai qu'il n'ait pas de talent ? Alors pourquoi Onésyme a-t-il tué sa mère? pourquoi donc m'expose-t-il à mourir aussi ?

Depuis trois mois, le bonhomme Ménars avait cessé, comme nous le savons, de revoir Charlotte.

Un soir cependant, prenant, comme on dit, son courage à deux mains, il se décida, malgré sa répugnance, à aller s'informer des nouvelles de sa fille. Il la trouva seule et souffrante ; Onésyme venait de se rendre auprès de l'accoucheur : la jeune femme était arrivée au terme de sa grossesse.

— Je ne te reprocherai rien, dit le brave homme à Charlotte, tu n'as pas osé revenir chez moi, c'est possible, et je comprends le motif qui t'a éloignée de ton père ; mais il y a, dans la vie, des momens où il est bon de s'entourer de ceux qui nous aiment ; tu dois avoir senti le besoin d'un rapprochement entre nous ; pourquoi ne m'as-tu pas fait appeler?

— Je n'avais rien de bon à vous dire, mon père, et c'est bien assez de ce que j'éprouve moi-même, sans ajouter encore à mes peines le chagrin de vous entendre maudire mon mariage.

— Oui, nous avons fait là une belle affaire, n'est-ce pas, ma pauvre enfant ?

— Onésyme n'a pas cessé d'avoir pour moi le même amour.

— Il t'aime comme il aimait sa mère ; et tu sais où cette tendresse-là a conduit la voisine !

— Oh ! je serai plus forte qu'elle! Mais dans la situation où je me trouve, comme je ne puis pas être à charge à mon mari, aussitôt que je serai délivrée, emmenez-moi chez vous, mon père, emmenez-moi avec mon enfant ; mais permettez qu'Onésyme vienne me voir.

Le vieil ouvrier, pressant les deux mains de sa fille, lui répondit :

— Ma maison sera toujours la tienne, mon enfant : et comme il n'y a plus à revenir sur le passé, je te promets de recevoir sans colère ton propre à rien , pourvu qu'il ne soit pas question de sa peinture devant moi. Ainsi voilà qui est convenu : aussitôt après ta délivrance, je t'embarque dans un fiacre, et nous filons du côté de chez moi, où tu seras bien soignée, je t'en réponds.

Un instant après, Charlotte reprit avec hésitation et les yeux pleins de larmes :

— Si un malheur arrivait, car il faut tout prévoir, n'abandonnez jamais l'innocent que je vais mettre au monde. Il sera cher à son père, j'en suis certaine ; mais vous-même me l'avez dit encore tout à l'heure : Onésyme n'est pas né pour faire le bonheur de ceux qu'il aime.

Le mari de Charlotte revint, tandis que le père et la fille étaient encore ensemble.

— Père Ménars, dit-il à celui-là, je vous savais ici.

— Et comment cela ?

— Malgré nos petits différends, vous êtes le père de Charlotte; dans un moment comme celui-ci j'ai dû me le rappeler, et je viens de chez vous.

En achevant de parler, il tendit la main à son beau-père qui ne refusa pas de la presser affectueusement en récompense de la bonne pensée que son gendre avait eue.

La malade n'eut pas de peine à faire consentir son mari au projet qu'elle avait imaginé d'aller attendre chez son père l'époque des relevailles, et Ménars, au moment où le docteur entra, retourna chez lui pour préparer son logis de façon à y recevoir la nouvelle accouchée. Une heure après, il faisait arrêter un fiacre à la porte de la maison d'Onésyme, et ordonnait au cocher de passer, s'il le fallait, la nuit à l'attendre tant il était désireux de reconquérir Gros-Charlot.—Qu'elle revienne chez moi, pensait-il, et je ne la rendrai pas de si tôt à son mari.— Vers deux heures du matin, le brave homme sortit de chez son gendre, mais non pas accompagné comme il l'avait espéré : il n'emportait que l'enfant. Charlotte n'avait plus besoin d'être protégée ici-bas.

V

Un Malheureux.

A dix-sept ans de là, il se passa un événement assez étrange chez Evariste Delanoue, marchand de soieries déjà fort en renom alors, et qui devait plus tard étendre de telle sorte l'importance de sa maison de commerce, que, même encore aujourd'hui, le monde élégant et le monde marchand de Paris en ont conservé le souvenir.

Les magasins de Delanoue occupaient le premier étage d'un vaste bâtiment situé rue Saint-Honoré, précisément vis-à-vis de l'église de l'Assomption. Dix commis laborieusement employés suffisaient à peine au service intérieur de l'établissement. Ces commis avaient été choisis parmi les plus habiles et les mieux dressés de leur profession ; mais quel que fût cependant le mérite personnel de chacun d'eux, Evariste Delanoue, qui savait apprécier les qualités de ses subordonnés, plaçait au premier rang dans son estime le jeune Emmanuel Savenay.

C'est la petite ville de Mehun, en Berry, qui l'avait doté de cet estimable apprenti marchand. Merci donc à Mehun ; grâce à elle, Paris comptait parmi ses richesses une bonne âme, un esprit droit et un cœur ardent de plus ; or, de ceux-là, si peuplée que soit la grande ville, elle n'en aura jamais trop.

A son débarqué, Emmanuel avait été tout d'abord salué par ses nouveaux camarades du surnom de Bérichon l'Innocent ; dès qu'ils eurent pris le temps de se familiariser avec lui, ils le nommèrent Emmanuel-le-Bon-Garçon, et, quelques jours plus tard, enfin, on le surnomma Savenay-le-Capable, pour le distinguer d'un de ses parens qui était venu aussi de sa province, pour suivre à Paris la carrière du commerce.

Evariste Delanoue, malgré son titre imposant de maître de maison, n'était que peu d'années plus âgé qu'Emmanuel, et chez l'un et l'autre, c'était la même aptitude pour tout ce qui touchait à la science commerciale.

Cette proximité d'âge, ces rapports de l'intelligence développée dans le même sens, avaient fait naître entre le patron et son principal commis une sorte d'intimité. Elle était d'autant plus solide, que l'un ne perdant pas le respect qu'il devait à son supérieur, et l'autre gardant sa dignité alors qu'il accordait son affection, cette intimité s'exerçait, pour ainsi dire, à distance. Ils étaient amis et non pas familiers. S'ils se fussent rencontrés quelques années plus tôt, sans nul doute la fraternité aurait été complète entre Emmanuel et le célèbre marchand de soieries de la rue Saint-Honoré; car alors leur condition était égale, ou, si la balance penchait un peu, c'était en faveur d'Emmanuel.

D'abord, ni l'un ni l'autre n'avait rêvé la fortune à Paris; mais dans sa petite ville, le jeune Savenay devait à la position de son père, employé de l'administration locale, une considération à laquelle, dans ses jeunes années, n'aurait pu prétendre Evariste Delanoue : il n'était issu que de pauvres manouvriers des environs de Mortagne.

Le père de ce dernier étant venu à mourir, un sien frère, qui tenait boutique dans la ville voisine, voulut prendre soin de l'enfant que le défunt laissait à la charge de sa veuve. L'oncle d'Evariste avait cru seulement faire œuvre de charité en introduisant l'orphelin dans son comptoir; mais aussitôt que le jeune paysan se vit installé dans la profession pour laquelle Dieu l'avait fait naître, ses heureuses dispositions se développèrent si rapidement, que le marchand, qui passait pour habile, fut contraint de s'avouer à lui-même qu'il aurait bientôt beaucoup à apprendre de cet esprit intelligent, à qui il croyait avoir tant à enseigner.

Pour abréger, nous dirons seulement qu'après trois ans passés à Mortagne, Evariste Delanoue, comme il se sentait à l'étroit dans la boutique de son oncle, conçut la pensée de venir fonder un établissement à Paris.

Cependant, trop jeune encore pour inspirer à des inconnus la confiance qu'il méritait néanmoins d'obtenir, l'ambitieux jeune homme pensa qu'il devait placer sous l'autorité du nom estimé de son oncle la maison dont il allait être en réalité le chef.

Il proposa au marchand de Mortagne un pacte d'association que le vieux bonhomme s'empressa d'accepter, car il avait pressenti la rapide prospérité de son neveu. Evariste, qui avait la conscience de son avenir, voulut y faire participer sa mère; mais quand il fut question de faire quitter, pour toujours, à la paysanne le village d'où jamais elle n'était sortie, en vain le fils et le beau-frère firent assaut d'éloquence, jamais ils ne purent la déterminer à les suivre à Paris. Elle ne croyait pas qu'on pût se plaire à vivre sous un autre point du ciel que celui où le sort l'avait placée en naissant. La pensée de changer d'horizon lui était si antipathique, qu'elle n'avait pu se décider, trois ans auparavant, à dépasser certaine limite de la route quand elle dut envoyer Evariste auprès du frère de son mari; et lorsque l'oncle et le neveu, ayant résolu de former en commun une maison de commerce à Paris, se rendirent chez la paysanne avant d'entreprendre le grand voyage, elle ne vint pas plus loin que cette même limite pour recevoir leurs adieux.

Ce qu'Evariste avait prévu se réalisa : quatre ans après son installation avec le vieux marchand de Mortagne, dans un des quartiers les plus fréquentés de Paris, leur magasin était au nombre de ceux qui jouissaient de la faveur du public. Il y avait à peu près le même nombre d'années que le jeune Delanoue tenait seul le magasin de soieries de la rue Saint-Honoré, l'oncle étant mort, quand Emmanuel Savenay y fut reçu en qualité de commis.

Le singulier événement qui devait avoir tant d'influence sur le sort de trois personnes destinées à prendre le premier rang dans ce récit, se passa un soir, au moment même où, la vente du jour terminée, on se disposait à fermer le magasin.

Ce fut d'abord un homme qui entra. Cet homme, ce misérable, couvert de haillons, avait des cheveux rares et en désordre, des rides profondes au front, les joues creuses, le teint livide et la barbe épaisse; ses yeux étaient plus qu'à demi-couverts par de larges paupières qu'il tenait continuellement baissées; sa bouche entr'ouverte avait le sourire de l'hébêtement; il portait sous son bras un rouleau de toile peinte.

A la vue d'un individu vêtu de la sorte dans cet endroit renommé par le rang et l'élégance des visiteurs, la première pensée des commis fut de le jeter à la porte. Mais Emmanuel, plus porté à la compassion que ses collègues, et d'ailleurs curieux d'entendre jusqu'au bout ce singulier et pitoyable personnage, fit observer aux jeunes gens mal intentionnés à l'égard de celui-ci, que l'on n'attendait plus d'acheteurs, et qu'il n'y avait par conséquent nul danger à écouter l'espèce de mendiant qui avait dit en ouvrant la porte :

— Salut, messieurs, je viens pour savoir si vous êtes dignes de m'entendre.

Emmanuel lui ayant dit qu'il pouvait s'approcher et parler sans crainte, l'intrus posa sur le comptoir son rouleau de toile, et le tenant à deux mains comme s'il eût craint qu'on ne voulût le lui ravir, il s'exprima en ces termes :

— Ce n'est pas l'aumône que je demande, c'est justice. Vous n'avez pas cent mille francs à m'offrir pour posséder ce que j'apporte là ; eh bien, je viens vous l'offrir pour rien, moi! Je ne veux qu'un cadre et une place pour mon tableau; le cadre, vous en ferez l'avance, je le paierai s'il le faut; quant à la place, je vais vous la désigner. C'est le dessus de votre porte, c'est au dehors, c'est au grand jour que je veux être exposé : la rue sera mon Louvre, puisqu'on ne veut pas m'ouvrir l'autre.

Les commis chuchotaient entre eux et gardaient avec peine leur sérieux devant cet homme ; Emmanuel seul l'écoutait avec l'intérêt que devait inspirer sa profonde misère.

— Monsieur est artiste ? demanda-t-il à l'inconnu.

— Oui, artiste peintre, et grand peintre, quoi qu'en dise Berthile. Berthile, messieurs, continua-t-il, c'est ma fille ; un enfant qui va sur sa dix-huitième année et qui est belle comme sa mère... C'était un ange celle-là... vous verrez... elle est au ciel. Berthile n'ira pas, elle, car elle m'a maudit. . moi, son père ?... Oh ! mais ce n'est rien que cela, si ces messieurs voulaient m'écouter, j'ai bien autre chose à leur dire.

— C'est qu'il est un peu tard, mon brave homme, objecta l'un des commis, le dîner nous attend.

L'intrus leva les épaules en signe de pitié.

— Allez dîner, jeunes gens, j'attendrai votre retour, leur dit-il.

— Non, répondit Emmanuel, vous n'aurez pas l'ennui d'attendre, monsieur ; il y a ici quelqu'un qui ne demande pas mieux que de vous entendre : c'est moi. Parlez, je ne suis pas pressé.

Et il avança une chaise au malheureux qui tremblait sur ses jambes. Celui-ci, en s'asseyant, eut grand soin de ne pas abandonner sa toile ; il la reprit et la tint précieusement sur ses genoux. Les commis voyant que l'homme qu'ils estimaient le plus se disposait à écouter patiemment les divagations d'un fou, ne voulurent pas paraître valoir moins que leur camarade, et, au risque d'avoir un dîner refroidi, ils firent cercle autour de l'étrange visiteur.

— Je ne vous dirai pas mon nom, reprit-il, on ne le saura que quand on aura rendu justice à mon œuvre. Ma vie entière, je l'ai passée à lutter contre mes ennemis. Quant à des rivaux, je n'en reconnais pas, je n'en peux pas reconnaître.

« Toutes les fois que j'ai eu à souffrir de la méchanceté et de l'ineptie de ceux qui se disent les juges du talent, toutes les fois que mes justes espérances ont été trompées, j'ai quitté mes pinceaux pour prendre un métier; j'en ai fait vingt, messieurs. Et puis, aussitôt que je croyais les hommes devenus meilleurs et plus dignes d'apprécier ce qui est beau, ce qui est sublime, je revenais à la peinture. Je n'y ai gagné que la misère et la conviction que mon siècle est trop jeune pour un homme tel que moi.

» J'ai été bien malheureux, je ne le sentais pas; j'étais seul à souffrir. Mais mon beau-père, qui avait pris soin de ma fille Berthilde, est mort il y a quelques mois; alors il a bien fallu que je me chargeasse à mon tour de cette enfant; alors je n'ai plus quitté le pinceau ni jour, ni nuit; c'est au point que je suis presque aveugle maintenant.

» Enfin le courage ne m'a pas manqué, et j'ai pu finir mon chef-d'œuvre! Un homme, un amateur éclairé des beaux-arts, est venu le voir dans mon atelier; il l'a admiré, il m'en a offert un prix au dessous de sa valeur, il est vrai, mais, pour faire vivre ma fille, j'aurais vendu mon tableau bien moins cher encore, s'il l'avait fallu; eh bien, ce matin, pendant mon absence, Berthile a chassé l'amateur, et quand je suis rentré elle m'a dit :

« — Cet homme vous trompe, mon père; ce tableau dont il paraît émerveillé, intérieurement il le méprise; ce n'est pas votre œuvre que vous lui vendez, c'est moi, et je ne veux pas être vendue! »

» Elle est folle! messieurs. Je le lui ai dit; savez-vous ce qu'elle m'a répondu, la malheureuse? que c'est moi qui ai perdu la raison; elle m'a fait entendre que je n'avais pas de talent... pas de talent! répéta-t-il avec indignation; mais regardez donc.

Aussitôt, se levant avec précipitation, il déroula la toile sur le parquet.

Il ne fallut pas moins que l'expression suppliante du regard d'Emmanuel pour que ses jeunes compagnons retinssent l'éclat de rire moqueur que devait provoquer l'exhibition du chef-d'œuvre de l'inconnu : chef-d'œuvre, en effet, d'extravagance dans la pensée; mais aussi mélange indescriptible de défauts grossiers et de qualités merveilleuses dans l'exécution. Quant au sujet de son tableau, l'artiste l'expliqua ainsi :

— J'intitule cette page : la veille de la création. Ce que j'ai voulu représenter, c'est le monde des formes tel qu'il dut passer vaguement dans l'esprit de Dieu quand il conçut l'idée de tirer du chaos l'univers visible.

Le chaos, il était partout : dans le mélange des couleurs, dans la combinaison de groupes sans nom s'essayant au mouvement, à la vie sous le souffle du créateur. Au dessus de cet amas confus de choses incohérentes, une main s'étendait comme pour bénir le monde qui n'était pas encore, et cette main, celle du divin auteur, était admirablement belle. Emmanuel l'ayant remarquée, l'artiste sourit :

— Je l'ai peinte de souvenir, dit-il, c'est la main de ma pauvre femme qui est morte si jeune. Ma mère aussi est morte, mais je ne l'ai point oubliée dans mon tableau; vous la voyez là-haut, j'en ai fait l'ange de la patience, elle parle à Dieu; c'est elle qui conseille au Tout-Puissant d'être miséricordieux pour tous ceux qui vont se dégager du néant.

« N'est-ce pas que c'est une belle chose; voilà plus de trente ans que j'y pense, et Berthile ose dire que je n'ai pas de talent! Oh! un cadre!.. une place dans la rue! la lumière du jour et les passans! voilà tout ce que je demande pour monter au rang qu'on me refuse depuis tant d'années! »

A mesure qu'il parlait, l'artiste arrivait à un état d'exaltation qui, montant peu à peu à son plus haut période, finit par ne plus se manifester que par des paroles d'abord sans suite, puis inachevées. Enfin, un tremblement nerveux le prit, et il eut besoin qu'un bras se trouvât là pour le soutenir. Sans le secours qu'Emmanuel lui prêta, il serait tombé privé de connaissance sur cette toile, pour laquelle il avait sacrifié et sa vie et celle de deux pauvres femmes dont le dévoûment méritait un sort meilleur.

Les commis aidèrent leur camarade à replacer le malheureux artiste sur son siége. Ils venaient à peine de l'y asseoir, le soutenant toujours, que la porte du magasin s'ouvrit de nouveau. Cette fois ce fut pour donner entrée à une jeune fille dont les traits, altérés par la douleur, étaient, malgré leur désordre, d'une si ravissante beauté, que les commis ne purent retenir le cri d'admiration que la vue de cette enfant produisit sur eux.

—Pardon, messieurs, dit-elle en jetant un regard inquiet et timide dans le magasin, pardon, c'est mon père que je cherche; il est ici, m'a-t-on dit. Puis l'apercevant agité encore, quoique évanoui, elle s'élança au milieu des jeunes gens, et se prosternant, elle s'écria, en tenant embrassés les genoux de l'artiste :

— Il se meurt et c'est moi qui le tue!

Ce cri déchirant était parvenu jusqu'au cabinet de travail d'Evariste Delanoue; il accourut dans le magasin. Etonné du spectacle qui s'offrait à ses regards, il interrogea Emmanuel qui, en quelques mots, le mit au fait de ce qui s'était passé.

— Messieurs, dit la jeune fille toujours à genoux, ne l'abandonnez pas, ne nous chassez pas. Un asile pour lui et du pain pour moi; car je ne veux pas être déshonorée!

Les douloureux accens et la beauté merveilleuse de la suppliante ne pouvaient que disposer favorablement tous ces cœurs jeunes, bons par conséquent, en faveur de la fille et du père. Emmanuel proposa de faire transporter l'artiste dans sa chambre et d'appeler un médecin.

— Oui, dit Delanoue, que mon docteur vienne ; quant à porter le malade jusque chez vous, c'est inutile, le magasin est fermé, personne ne viendra ici, je vais donner l'ordre à François de dresser un lit dans cette pièce. Demain matin nous aviserons à ce qu'il y aura à faire dans l'intérêt de notre hôte. Le lit dressé, le médecin averti et presque aussitôt venu, la jeune fille fut emmenée par Delanoue et par Emmanuel, sur l'ordre du docteur.

Seule avec ceux qui venaient tout d'abord, et sans la connaître, de se déclarer ses protecteurs, Berthile se vit pressée de questions :

— Messieurs, dit-elle, par grâce ne m'interrogez pas maintenant, car je ne pourrais vous répondre comme je le voudrais, tant qu'on ne m'aura pas dit : votre père est sauvé. C'est plus que du chagrin que j'ai maintenant : ce sont des remords ; car je lui ai parlé si durement. O mon Dieu, faites que mes paroles ne lui aient pas donné le coup de la mort!

Le commis et son maître respectèrent le silence de l'artiste. Après quelques minutes le médecin parut :

« Ce malheureux est fou, archi-fou, et ce n'est pas d'aujourd'hui, il y a long-temps que j'ai eu occasion d'entendre parler d'Onésyme Chauvière. Il a habité autrefois une maison qui appartenait à ma mère; alors il était jeune, et il avait le cerveau détraqué. C'est une lutte impuissante contre les difficultés de son art; c'est une malheureuse conviction dans ce qu'il appelle son mérite qui l'ont perdu; je le déclare incurable, et tout ce que je puis prescrire, c'est le régime sévère d'une maison d'aliénés. »

Ainsi parla le médecin; puis il prit congé de Delanoue.

Quand Berthile, — cette pauvre fille que Charlotte avait léguée au père Ménars, eut entendu la cruelle déclaration du docteur, elle témoigna un profond chagrin, mais nulle surprise; car depuis long-temps ce qu'on venait de lui dire, elle se l'était dit à elle-même. Jugeant que pour intéresser à son malheureux sort ceux qui s'étaient déjà montrés si généreux envers l'artiste et envers elle, elle leur devait la confidence de son passé, Berthile, avec modestie, avec ingénuité, mais non pas sans une sorte d'éloquence, raconta les événemens de sa jeunesse, la mort de sa mère qu'elle n'avait pas connue, puis son grand-père l'emportant comme elle venait de naître. Elle montra le vieillard travaillant pour elle jusqu'à son dernier jour, et tandis qu'il lui enseignait le bien, des femmes du voisinage essayant déjà de corrompre son cœur.

Enfin, son protecteur mort, elle dut confier sa destinée à ce père qui n'avait su être ni fils, ni époux. Là encore, la corruption essaya de lui prouver qu'elle pouvait se mettre à l'abri du besoin qui la menaçait chaque jour, Berthile voulut devoir son existence au travail; mais partout où elle se présentait pour demander du travail, à peine croyait-elle avoir assuré sa vie du lendemain, qu'il lui fallait revenir sous le toit du pauvre artiste, pour échapper aux séductions, pour trouver un rempart contre la violence. Elle dit comment un dernier effort avait été tenté le jour même par un soi-disant amateur des beaux-arts, qui, sous prétexte d'acheter le tableau du peintre, profitant de l'absence de celui-ci, s'était introduit dans l'atelier d'Onésyme.

« Je ne sais, dit-elle en terminant, ce qui m'a valu tous ces malheurs, mais s'il se trouvait quelqu'un d'assez généreux pour m'ouvrir la porte d'une maison honnête où je n'eusse plus à craindre de telles poursuites, on verrait bien que je n'ai pas mérité de tant souffrir. »

Emmanuel et Delanoue furent au moment de lui dire : — ce protecteur, ce sera moi. Mais la pureté de cette jeune fille était telle, qu'ils craignirent d'alarmer sa conscience par un empressement trop marqué à venir à son aide. Leurs regards lui firent cependant comprendre combien ils étaient touchés de son infortune.

Onésyme Chauvière était encore accablé et comme dans un état de morne stupeur quand Berthile se rendit auprès de lui. En reconnaissant sa fille, il reprit son énergie :

— Va-t'en! lui dit-il, va-t'en, malheureuse! Ce matin tu as dit que je n'avais pas de talent; maintenant c'est toi qui fais dire aux autres que je suis fou... Je ne veux plus te voir... Jamais! jamais!

Delanoue était venu tendre l'oreille à la porte du magasin; car il avait le pressentiment de l'orage qui devait éclater à la première entrevue du père et de la fille.

— Monsieur Onésyme Chauvière, dit le marchand, on n'a pu vous dire ni que vous étiez fou, ni que vous n'étiez pas un grand peintre; je me connais en tableaux, et je viens vous demander la faveur de me céder le vôtre. Nous en réglerons le prix quand vous aurez consenti à vous rendre chez un de mes amis qui vous donnera les soins que mérite votre santé. Vous avez beaucoup souffert, mais il est beau de souffrir pour accomplir une glorieuse mission; votre tâche et bien remplie et votre nom sera connu, c'est moi qui vous le certifie.

— Qui donc êtes-vous? demanda avec défiance l'artiste.

— Le maître de cette maison à qui vous êtes venu offrir une enseigne et qui l'accepte pour en faire l'ornement de son salon.

— Eh bien! dit Onésyme en regardant orgueilleusement sa fille.

— Plus de reproches, reprit Delanoue; en faveur du marché, oubliez ce que vous a dit mademoiselle; elle n'a que le tort bien pardonnable de ne pas se connaître en peinture.

Delanoue prit la main de Berthile et conduisit celle-ci près d'Onésyme Chauvière. Il repoussa sa fille.

— Non, dit-il, elle est trop coupable; on doit toujours croire à son père.

Il eût été dangereux d'insister en ce moment; car un nouvel accès de fièvre pouvait s'emparer de l'artiste, et le premier l'avait tant affaibli qu'il y aurait eu cruauté à provoquer le second.

Le soir même, Delanoue se rendit à une célèbre maison da santé située au village d'Issy. Le médecin-directeur était de ses amis. Il régla le prix de la pension pour le père et la fille, car il ne voulait pas les séparer; puis, de retour chez lui, il annonça à Berthile les dispositions qu'il avait prises.

— Il faut donc vous bénir comme Dieu sur la terre, lui dit la fille d'Onésyme. Et, dans un mouvement de reconnaissance, elle porta à ses lèvres la main de Delanoue.

L'artiste, certain que son tableau était vendu, que son nom serait illustre, se laissa conduire jusqu'à la voiture qui devait le mener à l'établissement du fameux médecin d'aliénés. On eut bien soin de ne pas lui dire qu'une autre voiture suivait pas à pas la sienne, et qu'elle renfermait la belle et innocente jeune fille que, dans sa vanité blessée, il s'obstinait à ne pas vouloir embrasser. Emmanuel accompagna le malade. Quand, après l'avoir introduit dans la maison, il eut pris congé de lui, le jeune Savenay revint chercher Berthile dont la voiture était restée à quelque distance.

— Vous voilà chez vous, mademoiselle, lui dit-il, ici les soins ne manqueront pas à votre père, ni à vous les respects de chacun. M. Delanoue agit noblement; mais qu'il est donc beau d'être riche!

Ces dernières paroles, dites avec une expression d'envie, ne témoignaient cependant que d'un noble regret.

VI

Le Maître et le Commis.

Dans la maison de santé où la généreuse intervention de Delanoue avait fait admettre ses deux protégés, Onésyme Chauvière et Berthile, cette dernière était menacée de vivre dans un isolement complet.

L'artiste s'obstinait à ne pas vouloir pardonner à celle qui lui avait dit dans un moment de désespoir : — On vous trompe, vous n'avez pas de talent.

A son entrée dans l'établissement, il s'était énergiquement prononcé au sujet de Berthilde : — Je veux bien rester ici, avait dit le malade, puisqu'on juge que des soins me sont nécessaires; mais je déclare qu'aucune puissance humaine ne pourra m'y retenir si j'y rencontre la malheureuse qui a osé se permettre un blasphème contre son père.

Durant quelques jours, Berthile se tint enfermée dans la petite chambre où le médecin-directeur l'avait logée; mais entraînée par l'espoir d'une heureuse tentative sur le cœur de son père, elle eut l'imprudence d'aller au devant de lui comme il revenait de sa promenade dans le parc.

La violente agitation que cette rencontre produisit sur Onésyme fut telle, que le médecin signifia formellement, le jour même, à la jeune fille, de n'avoir plus à renouveler une semblable épreuve; et il ajouta que si elle ne tenait pas compte de cette défense, il se verrait contraint de lui interdire le séjour de la maison.

Berthile, supposant que son père reviendrait pour elle à des sentimens meilleurs à mesure que les bons soins dont il était environné agiraient sur son esprit, se résigna à ne plus sortir de sa chambre aux heures où les malades avaient la jouissance du parc.

Cependant elle ne fut pas aussi positivement seule que d'abord elle craignait de l'être.

Parmi les nombreuses personnes attachées au service de l'établissement était une femme nommée Héloïse Salmon, que Berthile avait connue quelques années auparavant, lorsque, toutes deux, enfans de sept ou huit ans, elles jouaient sur le même palier, entre les portes ouvertes du père Ménars et de Marie Madelaine Salmon, la mère d'Héloïse.

La jeune infirmière était vive, enjouée et semblait affectueuse.

Berthile avait besoin de trouver quelqu'un à qui parler de son père;

aussi les rapports long-temps interrompus entre les compagnes d'enfance se renouèrent-ils avec plus de force que par le passé.

Héloïse, après avoir écouté avec intérêt le récit des infortunes de la fille du peintre, aurait pu à son tour raconter sa propre histoire, bien autrement accidentée que celle de Berthilde; mais, malgré l'inconséquence habituelle de sa conduite et une conscience assez peu scrupuleuse, elle retint sa confidence, ne jugeant pas qu'elle pût être comprise et surtout approuvée par ce cœur simple, elle qui avait le cœur double, l'âme déjà flétrie et l'esprit ouvert à toutes les vanités que développent les inclinations vicieuses.

Une seule exclamation, qu'elle laissa échapper quand Berthile eut fini de lui apprendre par quel événement son père et elle étaient au nombre des pensionnaires de la maison de santé, nous suffit pour indiquer la direction de ses penchans.

« Ah ! dit-elle avec l'expression du regret, si j'avais rencontré un protecteur généreux comme votre M. Delanoue, à l'heure qu'il est, je ne servirais pas des malades ! »

Berthile ne chercha pas à pénétrer le sens des paroles d'Héloïse. Elle se sentait si favorisée du sort qui lui faisait retrouver une amie, alors qu'elle se croyait destinée à n'adresser qu'à des cœurs indifférens ses questions sur l'état de son père, qu'elle regarda sa rencontre avec la jeune infirmière comme un témoignage éclatant du bien que lui voulait la Providence.

Héloïse servait chaque jour d'intermédiaire entre le peintre et Berthile. Elle allait à celui-là parler adroitement de sa fille, et revenait à celle-ci lui rapporter, avec des paroles d'espoir, les détails que la jeune fille était avide d'apprendre sur l'emploi des heures et sur l'état de l'esprit d'Onésyme Chauvière.

Tous les dimanches, Emmanuel Savenay venait régulièrement passer deux heures auprès du malade. Ce dernier recevait avec plaisir le commis de Delanoue; il avait admiré son œuvre, — du moins le croyait-il.

Le jeune Savenay l'entretenait dans la croyance que ce magnifique tableau de la veille de la création était honorablement placé dans le salon de son protecteur.

— J'aurais mieux aimé la rue, disait l'artiste; j'aurais eu pour juges tous les passans. Mais vous avez raison, monsieur Emmanuel, il y aurait eu foule devant la porte, et la police ne souffre pas l'encombrement sur la voie publique.

Après le temps donné au protégé de Delanoue, le commis se rendait chez Berthile. Sa réserve naturelle imposant un sacrifice à son cœur, il ne restait qu'un instant auprès de la jeune fille; mais, pour se dédommager de cette visite trop rapide, toute la semaine il parlait d'elle à ses amis de magasin, et dans ses entretiens avec son patron, c'était toujours de Berthile qu'il était question.

Un jour, Delanoue l'interrompit par ces mots :

— Que penseriez-vous de moi si je l'épousais?

Emmanuel troublé répondit :

— Vous avez trop de fortune pour penser à faire un tel mariage; il vous faut une dot considérable, à vous qui apporterez tant à votre femme!

— Raison de plus pour que je n'aie pas besoin de rechercher l'alliance d'une riche héritière.

« D'ailleurs, je l'aime, cette belle enfant; l'événement qui s'est passé ici lui a donné une sorte de célébrité, grâce à l'indiscrétion de nos jeunes gens. Ce n'est donc pas une fille sans nom que j'épouserais. Quant aux qualités de son cœur, ce que m'en a écrit dix fois le médecin chez qui j'ai placé son père et les renseignemens qu'en secret j'ai pris sur elle ont à peu près déterminé mon choix.

» Parlons franchement, Emmanuel, je sais que vous l'aimez : voulez-vous être mon rival ou rester mon ami ? »

— Je serai votre rival, répliqua Emmanuel avec fermeté, si Berthile se prononce pour moi ; dans le cas contraire, je vous le jure, monsieur Delanoue, je resterai loyalement votre ami.

— Fort bien, reprit le marchand en pressant la main d'Emmanuel, c'est la réponse que j'attendais de vous.

« Mais il y a une petite difficulté à soulever avant de consulter Mlle Chauvière. Si elle connaît en même temps vos intentions et les miennes, aussitôt qu'elle se sera prononcée, il faudra nous séparer, mon cher Emmanuel, car je ne puis pas jouer à ses yeux le rôle d'un soupirant éconduit ; je ne puis pas non plus vous garder chez moi si elle accepte mes propositions : ce serait la placer dans une fausse position auprès de vous ; Berthile, pour garder sa tranquillité d'âme et sa dignité de maîtresse de maison, ne doit se croire aimée que de son mari.

— J'apprécie ce scrupule, dit Emmanuel, et je ne vois qu'un moyen de tout accorder.

« Offrez-lui votre main, monsieur Delanoue ; si son cœur vous favorise, j'engage ici mon honneur de ne jamais lui faire connaître l'espoir dont je m'étais flatté ; mais, au contraire, si déjà, ayant deviné, dans l'intérêt que je lui témoigne, l'amour que j'ai pour elle, Berthile ne répond pas comme vous le voudriez à votre proposition de mariage, alors nous nous séparerons, monsieur, nous nous séparerons dignement, en hommes qui s'estiment et qui ne veulent pas avoir à reprocher l'un à l'autre, celui-ci son honneur, celui-là son amour involontaire. »

— Soit, dit Delanoue, mais vous me cédez le pas.

— C'est mon devoir ; n'êtes-vous pas le protecteur de ce malheureux Onésyme Chauvière ?

Emmanuel, en se rappelant cette circonstance, éprouva dans son cœur un grand découragement ; car le sentiment de la reconnaissance devait compter pour beaucoup dans la résolution de Berthile.

Il désespérait déjà et ne soupçonnait pas encore, cependant, que cette cause déterminante n'était pas la seule qui plaidât auprès de la jeune fille pour Evariste Delanoue.

Depuis le moment où celui-ci, au milieu de ses commis, devant l'artiste revenant à la vie, avait dit : « Oui, ce tableau est un chef-d'œuvre ; oui, je l'achète pour en illustrer mon salon, et je n'exige pas pour cela l'honneur d'une fille, je demande seulement que l'artiste veuille vivre et pardonner. » Dès ce moment, Berthile appartenait, par tous les liens de l'âme, à l'homme généreux qui avait parlé de la sorte.

Ce n'était pas parce qu'elle l'avait trouvé jeune et riche qu'elle s'était ardemment éprise de lui, mais bien parce qu'il avait montré un noble cœur.

Le dimanche suivant, Emmanuel ne retourna pas à la maison de santé. Berthile, consultée par le docteur, d'après les intentions de Delanoue, avait ressenti une si vive émotion de surprise et de bonheur, qu'elle était tombée à genoux les mains jointes, et pleurant elle avait dit : « Mon Dieu ! vous qui lisez dans ma pensée, dites-moi comment je puis lui prouver assez qu'il peut disposer de ma vie comme il dispose déjà de mon amour. »

Un triste événement retarda le mariage auquel l'artiste avait consenti, sans se montrer trop honoré de ce qu'un homme si honorablement placé sollicitait auprès de lui le titre de gendre.

— Il est riche, c'est vrai, répondit l'orgueilleux quand le médecin lui parla de la proposition de mariage de Delanoue, mais ma fille aussi est riche. Je lui donne mon tableau pour dot ; qu'elle dise encore que je n'ai pas de talent !

Malgré la surveillance active dont les malades étaient l'objet, Onésyme

Chauvière, qui guettait un moment favorable pour tromper l'œil de ses gardiens, disparut un jour de la maison de santé. Le docteur, mis bientôt sur ses traces, le rejoignit comme il venait d'entrer chez son gendre futur.

Depuis long-temps l'artiste, entretenu dans l'illusion que son tableau ornait le salon de Delanoue, avait formé le projet de rompre sa captivité pour aller juger de l'effet du chef-d'œuvre dans son cadre.

Il était tourmenté de la crainte qu'il ne fût mal éclairé, et il se promettait d'user de son autorité d'auteur pour faire placer son tableau plus convenablement si ses soupçons se trouvaient justifiés.

On connaissait les projets d'alliance du maître de la maison avec la fille du peintre ; aussi le valet de chambre qui reçut Onésyme crut-il devoir introduire celui-ci dans le salon, tandis qu'il allait prévenir son maître de cette visite.

Le père de Berthile parcourut d'un regard avide les parois du salon où le chef-d'œuvre, lui avait-on dit, occupait la place d'honneur ; mais ne voyant pas ce qu'il cherchait, il comprit que là aussi son talent était méconnu, et que cette protection qu'il croyait devoir à son génie, on ne l'accordait qu'à son malheur.

Foudroyé par cette déplorable découverte, il poussa un horrible cri, puis il tomba en se tordant de désespoir, sur le tapis.

Il était au plus fort de ce terrible accès, quand le docteur et Delanoue entrèrent en même temps dans le salon. On parvint à le calmer cependant.

Evariste, qui avait compris tout aussitôt le motif de son état de fureur, lui donna mille raisons pour justifier l'absence du tableau.

— Vous devez l'avoir, dit-il, montrez-le moi sur-le-champ, ou je retire mon consentement, je ne vous donne pas ma fille.

Cette exigence mettait Delanoue à une dure épreuve, car lui montrer sa toile encore roulée et reléguée dans un coin, c'était prouver à l'artiste le mépris qu'on avait pour le chef-d'œuvre.

Usant de son autorité, le docteur lui dit que le tableau lui serait apporté à la maison de santé s'il consentait à y revenir sur-le-champ, Onésyme se laissa reconduire, car il était brisé par l'accès de fièvre chaude que, tout à l'heure, il avait subi.

Ramené en voiture, replacé dans sa loge de fou, il fit demander Berthile dont l'inquiétude était affreuse depuis qu'elle avait appris la disparition de son père. Elle accourut au lit du malade.

Onésyme, en revoyant sa fille, fondit en larmes ; la lumière avait pénétré dans les replis de ce cerveau où se jouaient depuis long-temps les ténèbres : l'artiste voyait clair enfin dans le passé : il ne croyait plus en lui.

— Je le reconnais trop tard, ma pauvre enfant, dit-il, tu as dit vrai : je n'ai pas de talent, je n'en ai jamais eu.

« J'ai été fou, et ma folie a tué ma mère ; elle a causé tous les chagrins de la tienne ; je t'aurais tuée aussi, toi, ma Berthile, si Dieu ne t'avait pas placée sous la protection d'un homme généreux : aime-le bien, ne me maudis pas, je suis si malheureux, je suis si repentant du mauvais emploi de ma vie. Oh ! si je pouvais la recommencer !... »

Il n'en dit pas davantage, car les forces lui manquaient. Il passa deux jours et deux nuits dans un silence et une immobilité effrayans pour qui le regardait ; puis, vers le soir du dernier jour, il appela à lui sa mère et Charlotte, et il expira.

Berthile passa le temps de son deuil dans la maison du docteur. Héloïse Salmon s'était si bien attachée à l'orpheline, que celle-ci, reconnaissante de ses soins assidus, voulut que l'infirmière la suivît en qualité de femme de chambre quand elle devint Mme Delanoue.

Emmanuel n'assista pas au mariage ; il s'était chargé d'une mission en qui ne rentrerait pas à Paris ce soir; car on peut m'outrager, moi; mais elle, tant que je vivrai, elle ne sera pas offensée.

— Vous êtes un bon garçon, mais un peu fou, mon ami, répliqua Vandeuil. Puis il tourna les talons et gagna sa voiture, qui l'attendait à quelques pas de là.

Nous devons dire maintenant que le soupçon qui pénétra dans le cœur d'Emmanuel n'était pas sans fondement.

Non, ce n'est point d'Héloïse, mais bien de Berthile qu'il s'agissait pour Horace, et quand l'arrivée du jeune Savenay vint mettre obstacle au rendez-vous de la femme avec le brillant cavalier, ce fut une abominable intrigue qu'il fit manquer sans le savoir.

Depuis six mois, l'ancienne compagne de Berthile avait vendu sa maîtresse à Vandeuil, et après avoir cent fois cherché le moyen de la livrer à celui qui n'avait pu la posséder par séduction, c'était ce matin seulement au château, et à la faveur de l'isolement où la laissait le départ précipité de Delanoue, que la belle et pure jeune femme devait être surprise dans son sommeil par un homme qui, ayant épuisé tous les amours faciles, voulait demander à la violence une couronne de plus.

On comprend l'inquiétude et le dépit d'Héloïse à l'aspect d'Emmanuel. L'arrivée du mari ne diminua pas son tourment; la crainte d'une indiscrétion de Vandeuil lui mettait l'esprit à la torture; elle n'avait pas reçu le prix entier de la trahison, et la somme promise était assez élevée pour que, dans son âme vénale, Héloïse tint à honneur de réussir.

Emmanuel, suivant sa promesse, ne reparut pas chez Delanoue, il chargea le parent qu'il avait à Paris d'aller régler ses comptes avec le caissier, et de prendre ce qui lui appartenait dans la maison.

Il y eut un véritable chagrin parmi les employés du magasin de soieries quand on apprit que le premier commis ne devait plus revenir.

« L'édifice perd sa plus solide colonne, dit Beaulieu, le caissier. »

On fut désolé de ce départ, mais non surpris de la querelle qui l'avait provoqué : l'amour d'Emmanuel pour Berthile n'était, comme on le sait, un secret pour personne. Depuis le mariage, il avait cessé d'en parler; mais bien qu'il mît tous ses soins à dérober le fond de sa pensée; bien qu'il feignît l'indifférence auprès et à propos de Mme Delanoue, il s'était laissé deviner par tout le monde.

Libre de son temps, le jeune Savenay ne pensa point d'abord à reprendre dans une autre maison de commerce l'honorable position qu'il avait occupée chez Delanoue : de toutes parts les propositions les plus avantageuses lui furent faites; il les refusa toutes sous prétexte, dit-il, qu'il pensait lui-même à fonder un établissement.

Ce n'était pas là, cependant, le but de ses refus. Conservant un doute sur les véritables desseins de Vandeuil, il voulut les éclaircir, et pour cela il fallait qu'aucun devoir ne mît obstacle à ses démarches.

Pendant plusieurs mois le corrupteur d'Héloïse trouva Emmanuel sur ses pas, et l'espionnage qu'exerçait l'honnête jeune homme le servit si bien, qu'il finit par être sur les traces de la vérité.

Un jour il rencontra Horace dans le foyer d'un théâtre, et il lui fit connaître franchement sa demi-certitude.

— Je ne réponds pas à ceux qui m'interrogent sur de pareilles matières, répondit insolemment Vandeuil. Au surplus, monsieur, il n'y a rien de commun entre nous; je ne veux pas vous connaître.

Et il s'éloigna pour aller se joindre à un groupe de jeunes gens qui faisaient cercle dans un coin du foyer.

Emmanuel n'en savait pas assez encore sur le complot de Vandeuil et de la femme de chambre pour exposer au hasard d'un duel le rôle de protecteur qu'il s'était imposé. Mais Héloïse, avertie par son complice que gênait ce gardien de l'honneur de Berthile, fit à sa maîtresse un récit province pour les intérêts de la maison de commerce, et lorsqu'il revint, non pas guéri de son amour, mais affermi dans le dessein de ne le laisser jamais deviner à Berthile, elle était depuis trois mois la femme du marchand.

L'intronisation d'une jeune et belle personne, comme l'était la fille du peintre, dans le magasin en faveur de la rue Saint-Honoré, donna un nouvel éclat à la maison. Le maître, jaloux de montrer à tous son trésor, commença à donner des fêtes, des soirées, où l'espèce de célébrité que Berthile s'était acquise par ses malheurs et sa vertu, attirèrent une société nombreuse et brillante.

Parmi les élégans qui s'empressèrent le plus de solliciter la faveur d'être accueillis chez Delanoue, il faut citer le jeune Horace Vandeuil, de qui le nom est inscrit au premier rang dans les fastes de la galanterie.

La mauvaise réputation dont il était en possession déjà aurait pu lui fermer la porte du mari de Berthile; mais il avait, pour se la faire ouvrir, son brillant état dans le monde, l'importance de la famille à laquelle il appartenait; il avait plus encore aux yeux du marchand, c'était cette autorité de l'homme de goût qui fait oracle en fait de modes et d'illustrations.

Recevoir chez soi Horace Vandeuil, c'était élever sa maison sur la ligne des mieux famées de Paris.

Quand il fut présenté à Berthile pour la première fois, elle éprouva quelque surprise; car, sans pouvoir se le rappeler positivement, il lui sembla que ce jeune homme ne lui était pas tout à fait inconnu. Le soir, en se déshabillant, elle en parla à Héloïse Salmon qui sourit à part, puis répondit à sa maîtresse :

— Sans doute, vous le connaissez, et lui aussi vous connaît bien; il m'a assez souvent parlé de vous, quand il venait voir un parent qui est au nombre des pensionnaires du docteur.

Berthile se ressouvint qu'en effet il y avait un M. Vandeuil parmi les malades de la maison de santé.

Le ménage était heureux. Delanoue, marchant à grands pas vers une immense fortune, avait fait faire chez lui des constructions si importantes, que le bâtiment qu'il occupait avait pris rang et nom d'hôtel.

A la belle saison suivante, il fit l'acquisition du château de Marnois, demeure princière, située à quelques lieues de Paris, sur la rive gauche de la Marne.

Là se continuèrent les réceptions et les parties de plaisir dont Berthile était la reine.

Emmanuel, fidèle à son plan de réserve, n'assistait que, pour ainsi dire, contraint par Delanoue à toutes ses fêtes; il pouvait bien s'interdire le droit de parler; mais, à l'aspect de la femme qu'il aimait toujours, mais la voyant si belle au milieu de toutes les autres, il ne lui était pas possible de défendre à ses yeux de s'arrêter sur elle avec extase, avec douleur.

La voix de Berthile le faisait tressaillir, alors même qu'elle parlait à une autre personne; et, quand elle s'adressait à lui, à lui, pour qui elle conservait de la reconnaissance en faveur de l'intérêt qu'il lui avait témoigné autrefois; quand Berthile venait à causer intimement avec Emmanuel, celui-ci, le cœur bouleversé, l'esprit en désordre, était sur le point de tomber à ses pieds et de lui dire : — Chassez-moi, madame, accablez-moi de votre mépris, je vous aime!

Cette émotion du jeune Savenay avait été remarquée par Delanoue; il dit un jour à son commis :

—Ah ça! Emmanuel, est-ce que vous seriez encore amoureux de Mme Delanoue? Si cela était, il faudrait nous quitter, mon ami; bien que vos services me soient précieux, je m'arrangerais pour me passer de vous :

je ne tiens pas, vous comprenez, à ce que Berthile s'aperçoive de votre folie.

Cette offre d'une séparation, vingt fois Emmanuel avait été au moment de la provoquer lui-même; mais toujours la pensée de s'éloigner de Berthile lui paraissant un supplice plus intolérable que celui qu'il éprouvait à la voir heureuse près d'un autre, il retenait ses paroles et il restait.

Quand le mari inquiet lui adressa cette question sur l'état de son cœur, il répondit :

— Je respecte trop votre femme pour oser l'aimer encore, et si vous n'avez d'autre motif pour me congédier que la crainte de mon amour, je puis rester chez vous.

Emmanuel mentait en parlant de la sorte; mais il espérait si bien se rendre maître de ses mouvemens, que le mensonge ne l'effraya pas.

Delanoue, dont la jalousie était éveillée, se promit, à part soi, de le surveiller, et il n'eut pas grand'peine à s'apercevoir qu'Emmanuel n'était nullement guéri de son amour.

« Tant qu'il restera avec Berthile dans les bornes du respect, se dit-il, je ne dois pas avoir l'air de m'apercevoir de ce qu'il éprouve, ce serait éclairer ma femme sur ce qu'elle doit ignorer. »

Si, d'une part, l'amour était toujours le même, du côté du mari, avec la certitude de cet amour, naissait un sentiment de haine pour le jeune imprudent à qui il avait signalé le danger et qui s'obstinait à ne pas vouloir le fuir. Une fois encore, mais avec plus de sévérité dans le regard, plus de dureté dans la voix, Delanoue dit à Emmanuel :

— Vous aimez Berthile, j'en suis sûr.

— Et moi, répliqua l'autre, qui voyait le seul bonheur qu'il eût au monde dépendre de l'effronterie de sa réponse, moi je vous dis que vous vous trompez, monsieur ; je ne pense point à Mme Delanoue.

Or, ce jour-là, c'était jour de fête au château du Marnois; le soir, il y eut bal chez Delanoue.

Quand Berthile entra dans le salon, radieuse et parée, un mouvement d'admiration circula dans l'assemblée.

Quant à Emmanuel, ébloui, enfiévré, transporté d'amour, il s'avança vers Berthile, demeura fixement devant elle, puis laissant deux larmes s'échapper de ses yeux :

— Que vous êtes belle, madame ! lui dit-il.

Delanoue, à ces mots, s'approcha de son commis, le regard flamboyant de colère, et le souffletant d'un revers de main, il dit :

— Si vous reparaissez jamais devant moi, je vous tue !

Révolté de l'affront, le jeune Savenay allait riposter; Berthile, enlaçant son mari de ses deux bras, tourna vers Emmanuel un regard si désolé, si suppliant, que, vaincu par ce coup d'œil, il courba la tête, et se faisant jour à travers la foule, il s'éloigna sans vengeance.

VII

L'Intrigue.

Emmanuel, le souffleté, avait quitté le château. Incertain du parti qu'il devait prendre pour ne pas laisser impunie l'injure avilissante que Delanoue venait de lui faire publiquement subir, il erra toute la nuit, mais sans s'éloigner beaucoup de la splendide habitation du mari de Berthile.

Les premières lueurs du jour commençaient à blanchir l'horizon, et il rôdait encore aux environs du Marnois. Alors il s'assit au bord d'un fossé, puis, dirigeant ses regards tantôt du côté de Paris, tantôt vers le château d'où il était honteusement sorti, il se consulta long-temps sur la conduite qu'il lui restait à tenir envers son offenseur ; car, entre eux, les choses ne pouvaient pas en rester à ce point.

D'abord il pensa à lui faire parvenir une lettre dont la réponse devait contenir ou l'expression des regrets de Delanoue à propos de la scène qui s'était passée, ou le consentement de celui-ci à une autre espèce de satisfaction qu'Emmanuel était en droit d'exiger.

Après maintes réflexions, il se dit qu'un entretien loyal valait mieux que des paroles écrites, et se souvenant de certaines dispositions réglées dès la veille pour le jour suivant, il se résolut à attendre une heure encore avant de se présenter devant son ancien patron.

Il avait été dit que Berthile et les dames invitées retourneraient à Paris après le jour venu, afin de se reposer des fatigues du bal, pour pouvoir assister le soir même à un concert qui devait avoir lieu chez l'une d'elles.

Delanoue et quelques uns de ses amis devaient, au contraire, rester au Marnois où les retenaient les préparatifs d'une partie de chasse pour le lendemain.

Emmanuel demeura donc dans l'attente du moment propice, se félicitant à la fois et du départ obligé de Berthile, dont le regard suppliant avait, comme on le sait, paralysé sa vengeance, et de la présence des amis de Delanoue ; car il importait à l'honneur de l'offensé que ceux-ci fussent témoins de la réparation, comme ils l'avaient été de l'injure.

Quand il crut avoir assez attendu, Emmanuel se leva, et, par un étroit sentier frayé au milieu des plantations, il se rapprocha du château.

Arrivé à courte distance du Marnois, et se dissimulant derrière une haie, il vit les équipages des invités tourner vers Paris et se perdre dans la poussière de la route que soulevaient les pieds des chevaux.

Une dernière voiture partit à quelque temps des autres. Emmanuel reconnut celle de Delanoue, il ne douta point qu'elle ne renfermât Berthile, qui, en sa qualité de maîtresse de maison, avait dû nécessairement céder les honneurs du pas à ses invités.

Pour la première fois depuis qu'il avait donné toute son âme à la fille de l'artiste, le jeune Savenay la vit s'éloigner avec joie, et lorsqu'il eut mesuré dans sa pensée et le temps qui s'était écoulé depuis le départ de ce dernier équipage, et la distance qu'il avait dû parcourir, il s'avança hardiment vers le château.

Les embarras de la fête occupaient encore à l'intérieur ses habitans ordinaires, si bien qu'il put traverser la cour sans que le concierge ou le jardinier vînt l'arrêter en chemin.

C'était là un obstacle qu'il tenait à éviter ; il craignait tant qu'on ne vînt lui dire que monsieur ne voulait recevoir personne. Supposant que Delanoue devait prévoir sa visite, Emmanuel redoutait la rencontre des serviteurs de la maison, qui peut-être avaient reçu l'ordre de l'empêcher de parvenir jusque auprès du maître : ses craintes ne devaient pas se réaliser.

Il arriva sans fâcheuse aventure au premier étage; mais là sa surprise fut grande de rencontrer, au lieu du valet de chambre de monsieur, la jeune fille attachée au service de Berthilde.

Héloïse Salmon, qui s'était élancée avec empressement au devant d'Emmanuel comme si elle l'avait attendu, recula et pâlit aussitôt qu'elle l'eut envisagé.

— C'est vous ? dit-elle en affectant un sourire, mais sans pouvoir cacher la gêne qu'elle éprouvait; que venez-vous faire ici ?

Il lui exposa le motif de son retour au château et pria Héloïse de l'introduire auprès de Delanoue. Mais la femme de chambre, étrangement inquiète, allait de la porte à la fenêtre; elle parlait haut, frappait du pied en marchant, comme elle eût fait s'il se fût agi de prévenir quelqu'un qui pouvait survenir tout à coup, de ne point se montrer, attendu qu'il y avait là une personne de qui on devait se cacher.

Elle parla si haut, elle se donna tant de mouvement, qu'étourdie du bruit qu'elle-même elle faisait, Héloïse n'entendit pas un mot de la réponse d'Emmanuel. Bien qu'il eût suffisamment fait connaître le but de sa visite, la femme de chambre, à chaque instant plus inquiète, lui répéta :

— Enfin, que venez-vous donc faire? pourquoi êtes-vous revenu?

Emmanuel, pensant qu'Héloïse n'était ainsi troublée que parce qu'elle lui supposait de mauvais desseins contre Delanoue, voulut la rassurer ; mais elle ne l'écouta pas davantage, et après avoir été une dernière fois du côté de la porte, elle revint à lui avec plus d'effroi encore :

— Nous ne sommes pas bien ici pour causer, lui dit-elle, venez dans ma chambre, car je crains qu'on ne nous surprenne ensemble.

— Mais je ne me cache pas, répondit Emmanuel, je viens parler à M. Delanoue, non pas seul à seul, mais en présence de tous ses amis.

Héloïse écoutait au dehors tout en paraissant prêter attentivement l'oreille à ce qu'on lui disait en face. Un bruit de porte qui se fermait discrètement parut la soulager de l'oppression qu'elle éprouvait.

— C'est trop me faire attendre, reprit le jeune Savenay avec impatience, annoncez-moi à votre maître ou bien j'irai moi-même.

—Comment! c'est M. Delanoue que vous voulez voir? demanda Héloïse Salmon maintenant rassurée; alors, mon cher monsieur Emmanuel, je vous conseille de prendre au plus vite la direction de Paris, si voulez encore le rencontrer en route.

— Il est parti, dites-vous? cependant il devait rester ici jusqu'à demain soir.

— Oui, mais ce qui s'est passé entre vous et lui a changé ses résolutions; il a pensé que ce matin il vous trouverait au magasin attendant son arrivée pour lui demander votre compte, et il n'a pas voulu vous faire languir plus long-temps.

— Ainsi donc, vous êtes seule ici?

La femme de chambre se pinça les lèvres avant de parler; puis elle répondit sans trop d'hésitation :

— Oui, je suis seule.

— Alors je le verrai à Paris, dit Emmanuel; et il allait s'éloigner quand une porte s'ouvrit derrière lui; il se retourna et aperçut Berthile.

— Vous me trompiez, Héloïse, vous n'étiez pas seule, ajouta-t-il avec une si vive émotion que sa voix tremblait et qu'il lui sembla que les forces allaient lui manquer.

Non moins émue, Mme Delanoue répondit en adressant un bon regard à sa femme de chambre :

— Héloïse avait raison de vous parler ainsi; il n'y a personne qui puisse vous recevoir au château quand M. Delanoue n'y est pas.

Ces mots cruels traversèrent comme un fer aigu et brûlant le cœur d'Emmanuel.

— Je ne sais, madame, balbutia-t-il, pourquoi vous me parlez ainsi; je n'ai pas mérité auprès de vous le reproche d'indiscrétion; car, si j'avais su votre mari absent, ce n'est pas ici que je serais à l'heure qu'il est.

— Je ne voulais que justifier cette enfant, repartit Berthile, de ce qu'elle vous a fait un mystère de ma présence au château; mais, quoiqu'elle ait répondu convenablement à vos questions, je m'applaudis d'être venue dans le salon voisin d'où j'ai reconnu votre voix. Vous ne me cherchiez pas, monsieur Emmanuel, et moi je me demandais comment il me serait possible de vous revoir.

Emmanuel, à ces mots, la regarda avec surprise; il ne pouvait se dire s'il y avait raillerie ou sincérité dans les paroles de Berthile.

— Vous demandiez à me revoir? dit-il de l'air du doute; et vous me l'avouez avec calme, sans craindre qu'un semblable aveu me fasse mourir de joie? Oh! c'est donc que vous me croyez bien fort ; sans doute, je dois vous paraître ainsi, moi qui ne suis pas mort de honte après ce qui s'est passé hier.

Mme Delanoue le laissa dire, et puis, quand il eut achevé, elle arrêta sur lui un regard de commisération :

— Vous ne me comprenez pas, monsieur Emmanuel, lui dit Berthile, je n'ai pas de joie à vous donner, moi; pas plus que vous n'avez de honte à mes yeux parce que vous avez souffert, sans en demander vengeance, un mouvement de vivacité de mon mari. Oui, je voulais vous voir ; j'aurais acheté à tout prix même cette entrevue dont une erreur de votre part me favorise ; mais vous ne devez point vous en applaudir, car si je m'estime heureuse du hasard qui nous réunit, c'est qu'il va m'être permis de faire valoir auprès d'un cœur digne de m'entendre, les intérêts qui me sont le plus chers.

Berthile ayant dit cela, pria Emmanuel de passer dans le salon voisin; et comme Héloïse, qui avait recommencé à écouter non plus du côté de la porte d'entrée, mais vers une boiserie voisine, se préparait à sortir :

— Viens, Héloïse, reprit sa maîtresse, ce que j'ai à dire à M. Emmanuel peut être entendu par toi qui connais jusqu'à mes plus secrètes pensées.

La femme de chambre, bien qu'à regret, suivit Emmanuel et Berthile. Avant de fermer derrière elle la porte du salon, elle jeta un regard tout empreint d'inquiétude et de mécontentement dans la chambre qu'elle était contrainte de quitter, comme si l'ordre que venait de lui donner sa maîtresse lui eût fait manquer un rendez-vous impatiemment désiré.

Lorsque les trois personnes que l'on sait furent réunies dans l'appartement de Berthile, celle-ci ayant fait asseoir Emmanuel, lui dit :

— Mon mari vous a offensé, monsieur Savenay, je vous en demande pardon pour lui ; il vous a déshonoré devant les hommes, je vous supplie de rester grand et généreux dans mon cœur. Vous vouliez revoir M. Delanoue pour lui demander compte de l'injure que vous avez soufferte, et moi j'ose vous retenir ici pour implorer de vous la promesse que vous éviterez sa rencontre. Je n'ai aucun droit, je le sais, pour vous imposer ma volonté ; mais vous êtes bon; mais vous savez ce que c'est que d'aimer ; vous ne voudrez pas me laisser trembler plus long-temps pour les jours de l'homme que j'aime.

— Savez-vous, madame, que vous me demandez un sacrifice impossible : celui de ma dignité d'homme. Vous voulez que je devienne le jouet du mépris de tous ceux qui me connaissent ! Ce n'est pas le soufflet qui déshonore, mais le silence que l'on garde après l'affront reçu. Vous le voyez bien, je ne puis pas me taire.

— Que me disais-tu donc, qu'il m'aimait ? s'écria Berthile en s'adressant à Héloïse.

La singulière énergie de cette interpellation fit tressaillir Emmanuel.

— Mais quand je vous aimerais, madame, répondit-il, quelle reconnaissance dois-je donc à cet amour pour accepter le rôle misérable que vous voulez me faire jouer dans le monde? C'est bien assez d'avoir donné le repos de ma vie sans encore immoler mon honneur.

— Soit, répartit Berthile; effacez comme vous l'entendrez ce que vous appelez une flétrissure; mais qu'on ne vienne plus me dire que vous avez éprouvé pour moi un sentiment qui me faisait vous croire malheureux et vous plaindre.

« Une femme qu'un homme aurait aimée et qui serait venue dire à cet homme comme je vous le dis à vous-même : — celui qui vous a offensé, c'est ma vie, c'est mon bonheur, monsieur ; menacer ses jours, c'est attenter aux miens; il ne peut pas s'humilier devant vous ; mais je ne crois pas m'abaisser en me prosternant à vos pieds; à cette femme, j'en suis sûre, poursuivit Berthile, on n'eût point, comme vous me le faites, objecté les exigences du point d'honneur. Un regard de pitié serait tombé sur elle.

» Emmanuel, dit avec entraînement madame Delanoue; Emmanuel,

5

je vous le demande à genoux, ne vous battez pas avec mon mari! Le sentiment que je vous ai inspiré, je ne m'en offense pas, moi, au contraire, il m'honore, j'en suis fière, et je vous en remercie. Si je ne puis y répondre, au moins je vous offre une reconnaissance, un souvenir infinis pour prix du pardon que vous allez m'accorder. Les railleries que vous redoutez, mon cœur vous en tiendra compte, croyez-le.

» Ce que vous appelez le mépris des autres vous élèvera si haut dans mon estime, que vous vous en sentirez grandir dans la vôtre; hors mon amour qui ne m'appartient pas, je vous donne tout ce que Dieu a mis en moi de bons sentimens et de puissance d'affection. N'est-ce pas assez pour vous rendre généreux, et me suis-je trompée quand je vous ai cru digne de me comprendre?

Jamais Berthilde n'avait paru si belle; jamais elle ne sembla mériter à la fois tant d'amour et de respect qu'en ce moment où elle plaidait auprès d'Emmanuel la cause de son mari.

Aussi quel rude combat se passait dans le cœur de ce jeune homme qui se sentait entraîné par le délire de la passion, et qui était retenu tout à coup par l'admiration religieuse pour la chaste et adorée suppliante.

Berthilde le croyait hésitant encore, et déjà Emmanuel n'hésitait plus; mais l'émotion avait brisé sa voix.

— Il faut, ajouta la jeune femme, que j'aie bien peu d'éloquence ou qu'on se soit étrangement trompé sur le pouvoir que, dit-on, l'amour nous donne, puisque vous me voyez prier et pleurer, et que vous ne trouvez pas un mot rassurant à me dire.

— Vous ne voyez donc pas que je souffre? dit avec effort Emmanuel; mon silence vous est garant de ma soumission. A quoi bon des paroles, d'ailleurs? L'esclave ne répond pas, madame, il obéit.

Berthilde, emportée par un mouvement de gratitude, saisit les mains d'Emmanuel et les pressa vivement dans les siennes.

— Ah! que vous êtes bien, lui dit-elle, le noble cœur que j'espérais! Ainsi, vous me le promettez, il n'y aura plus de querelle entre vous et mon mari; vous ne lui demanderez pas satisfaction de sa violence; vous éviterez de le rencontrer, et si c'est lui qui vient à vous, eh bien! par intérêt pour moi, monsieur Emmanuel, c'est vous, n'est-ce pas, c'est vous qui fuirez devant lui?

—Vous me voulez donc bien avili? demanda avec amertume le jeune Savenay.

— Je vous veux si généreux, mon ami, que vous me forciez à vous dire : Si je n'étais la femme de M. Delaunoue, c'est à vous que je voudrais appartenir.

— Pour mériter un tel aveu, répliqua Emmanuel, on se rendrait criminel, madame.

— Il ne s'agit que d'être bon, observa Berthilde en souriant, et c'est pour vous une tâche si facile...

L'entretien se prolongea au grand déplaisir d'Héloïse Salmon qui, contrainte d'assister à l'entrevue fortuite, donnait à chaque instant des marques de dépit. Sa maîtresse, trompée sur la cause secrète de ses mouvemens d'inquiétude, lui dit :

— Je te devine, Héloïse, tu me trouves imprudente de l'avoir retenu; mais il fallait bien obtenir de lui la promesse qu'il n'envenimera pas cette malheureuse affaire par un nouvel éclat.

« Non, je ne me crois pas coupable de vous parler comme je le fais, ajouta-t-elle en s'adressant au jeune Savenay; il s'agit d'intérêts si importans pour moi; et puis c'est la dernière fois que nous devons nous voir, sans doute; oui, monsieur Emmanuel, la dernière fois; on peut bien me pardonner de ne pas vous congédier encore. Il est si pénible de se séparer pour toujours d'un ami. »

Elle avait à peine fini de parler, que le roulement d'une voiture qui entrait dans la cour du château ébranla les vitres de la fenêtre. À ce bruit, qui rendit Berthile interdite et qui causa bien aussi quelque inquiétude à Emmanuel, Héloïse courut à la porte d'entrée de l'appartement pour annoncer au visiteur, quel qu'il fût, que Mme Delanoue ne pouvait pas recevoir.

Après quelques secondes seulement, la femme de chambre revint et dit avec effroi :

— Oh ! celui-là on ne peut pas le renvoyer ; c'est votre mari, madame, c'est M. Delanoue !

Berthile, saisie de terreur, crut se voir en présence d'un meurtre et elle eut grand'peine à étouffer le cri de désespoir qui s'élevait de son cœur.

L'embarras d'Emmanuel était extrême ; il voulait bien ne pas provoquer Delanoue ; mais il ne se sentait pas le courage, malgré sa promesse à Berthile, de souffrir impunément une seconde fois l'injure qu'il avait endurée la veille.

Héloïse seule, remise de sa première émotion, conserva sa présence d'esprit ; elle fit signe à sa maîtresse qu'elle eût à s'éloigner, et celle-ci obéit sans dire un mot.

Aussitôt que Mme Delanoue eut disparu, la femme de chambre ouvrit précipitamment une porte qui donnait sur un corridor de dégagement, et prenant Emmanuel par le bras, elle le poussa dans ce corridor en lui disant :

— L'escalier est au bout, il conduit dans le jardin ; partez bien vite !

Au moment où elle fermait la porte de communication sur Emmanuel, M. Delanoue entra dans le salon.

Ce n'était pas le secret avertissement de ce qui se passait au château qui ramenait le marchand près de sa femme ; mais, chemin faisant, il s'était dit que revenir à Paris sans Berthile, c'était donner à supposer qu'il avait contre elle des motifs de jalousie assez bien fondés en raison pour la condamner à l'isolement, afin de l'éloigner du danger.

Delanoue avait bien pu se laisser emporter jusqu'à souffleter l'homme qui se permettait d'être amoureux de Berthile, mais il ne voulait pas que sa violence rejaillît en doute injurieux sur sa femme, et pour qu'il ne fût pas possible qu'on accusât celle-ci d'être de complicité avec l'imprudent jeune homme qui avait éveillé sa susceptibilité de mari, il pensa que son devoir était de se montrer le soir même avec Berthile à ce concert annoncé dès la veille.

C'est pourquoi, arrivé à la barrière de Paris, il avait ordonné à son cocher de tourner bride et de revenir au Marnois.

Il fit connaître à Héloïse le but de son retour, sans lui en expliquer les motifs, bien entendu, et il lui ordonna d'aller aider Berthilde à s'habiller pour revenir immédiatement à Paris ; puis, s'asseyant, il prit un livre et le parcourut afin de tromper son impatience du retour.

Madame Delanoue était dans un état affreux d'anxiété quand Héloïse se présenta devant elle.

— Bonté du ciel ! dit cette dernière, monsieur a bien fait de m'envoyer auprès de vous au lieu de venir lui-même ; s'il vous eût vue pâle et tremblante comme vous êtes, certainement il serait arrivé quelque malheur.

Grâce aux paroles rassurantes que la femme de chambre lui prodigua non sans peine, car Héloïse elle-même était fort inquiète, Berthile parvint à triompher de cette agitation qui l'eût compromise aux yeux de son mari.

Elle s'habilla, mais lentement, pour donner le temps à son visage de prendre son calme habituel. Et quand elle ne remarqua plus dans ses traits qu'une expression de lassitude que le bal de la veille justifiait suffisamment, elle alla rejoindre Delanoue qui l'attendait dans le salon. Alors elle put lui sourire sans trop d'affectation.

Elle supposait, d'après le temps qui s'était écoulé depuis l'interruption de son entretien avec Emmanuel, que celui-ci devait être loin déjà ; et comme elle avait reçu de l'offensé la promesse qu'il renoncerait à toute idée de vengeance contre celui qui l'avait frappé, l'assurance que les jours de son mari ne seraient pas en danger, rendit assez bien le repos à son âme pour que Delanoue ne s'aperçût pas de ce qu'elle avait souffert.

Au moment de partir pour Paris, Héloïse, qu'une gênante préoccupation dominait toujours, chercha dans le cercle de ses attributions un prétexte pour rester au château après le départ de ses maîtres : la robe de bal n'était pas convenablement replacée dans son carton ; elle avait laissé en désordre la chambre de madame. Delanoue dit : Qu'importe ? nous reviendrons ici après-demain. — Et il fallut partir.

Si le mari de Berthile n'eût pas été distrait de tout autre soin par le regard charmant dont sa femme ne cessait de le caresser, il se serait indubitablement aperçu de l'inquiétude d'Héloïse, surtout au moment où elle monta en voiture. Prête à franchir le marche-pied, elle tourna la tête du côté de la maison, et il fallut que, par plusieurs fois, on lui ordonnât de monter pour qu'elle se décidât à obéir. Encore, en voyant la portière se fermer, éprouva-t-elle un si douloureux serrement de cœur, qu'imprudemment elle soupira tout haut. Berthe l'entendit, et, pour prévenir toute question de Delanoue, elle s'empressa de dire :

— Héloïse est brisée par la fatigue, et elle regrette le Marnois. Une journée passée à prendre du repos lui aurait été bien favorable et à moi aussi. Mais il faut nous soumettre, mon enfant, continua-t-elle en parlant à sa femme de chambre, le maître a ordonné, et quoiqu'il ait un peu dérangé nos projets pour aujourd'hui, nous ne devons pas nous en plaindre.

Mme Delanoue pensait à la visite d'Emmanuel, en essayant de donner le change à son mari sur le soupir d'Héloïse.

L'erreur de Berthile était grande : ce n'était que par contre-coup que la femme de chambre songeait en ce moment au jeune Savenay.

Pour la seconde fois les chevaux ont repris au galop la route de Paris. Rentrons au château et revenons à Emmanuel que nous avons laissé dans un corridor sombre où Héloïse l'a brusquement poussé à l'arrivée du mari.

Il n'y fut pas long-temps seul. A peine avait-il fait quelques pas dans la direction que la femme de chambre lui avait indiquée, qu'il se rencontra avec un homme que d'abord il ne put reconnaître.

Sa première pensée, en sentant une personne essayer de s'effacer dans l'étroit couloir pour le laisser passer, fut qu'il avait affaire à quelqu'un des gens de la maison, et supposant qu'il allait compromettre Mme Delanoue, il demeura immobile et silencieux comme l'était également l'individu qu'il venait de trouver sur son chemin.

Dans cette rencontre, chacun des deux avait, à part soi, le même désir de rester inconnu à l'autre; mais se regardant sans se voir au milieu des ténèbres, il leur sembla mutuellement qu'ils cherchaient à se deviner. Leur respiration rapide et bruyante, qui paraissait trahir de mauvais desseins, ne témoignait que de la crainte qu'ils éprouvaient d'être reconnus.

Par un mouvement instinctif, ils avancèrent en même temps pour se défendre, et ils se saisirent corps à corps.

— Eh ! l'ami, dit l'un d'eux, prenez donc garde, vous m'étouffez.

Emmanuel reconnut la voix d'Horace Vandeuil, et il se nomma.

— J'aime mieux que ce soit vous qu'un autre, dit le quasi-gentilhomme; n'ayant pas plus que moi le droit d'être ici, vous n'avertirez personne de ma mystérieuse présence, car vous voulez, je pense, garder le secret sur la vôtre.

— J'en conviens. Cependant, au risque de nous compromettre tous les deux, lui dit Emmanuel à l'oreille, vous allez m'expliquer comment il se fait que je vous retrouve ici, quand j'ai vu ce matin partir votre équipage?

— Je n'aime pas beaucoup les questionneurs, répondit à voix basse Vandeuil ; mais comme je serais bien aise aussi de savoir ce qui vous a ramené au Marnois, d'où vous êtes parti bien avant moi, j'attendrai votre confidence pour vous faire la mienne.

« Mais le lieu n'est pas favorable à la causerie. Venez, ajouta-t-il, je connais un endroit où nous pourrons tout nous dire sans risquer d'être entendus : ici les murs sont sonores, et M. Delanoue, que j'ai vu revenir, a l'oreille fine. »

Horace Vandeuil entraîna Emmanuel Savenay à l'extrémité du corridor, il lui fit gravir quelques marches, poussa une porte, et ils se trouvèrent dans une chambre que l'élégant invité du mari de Berthile paraissait connaître.

— Il n'y a rien à craindre ici pour nous : cette chambre est celle d'Héloïse. Cette fille seule peut y venir ; et comme c'est elle qui vous a reçu, comme c'est elle qui m'y a donné rendez-vous, elle aurait mauvaise grâce à se montrer offensée de nous trouver ensemble.

Pressé de connaître l'intérêt qui avait ramené Vandeuil, alors qu'il savait bien, lui, ne pas rencontrer Delanoue au château, Emmanuel, afin d'obtenir la confidence promise, raconta en peu de mots sa nuit passée dans la campagne et les réflexions qui l'avaient engagé à revenir, croyant trouver le mari de Berthile entouré de quelques amis, devant lesquels il se flattait d'obtenir satisfaction de l'affront qu'il avait essuyé.

Il dit également le serment qu'il avait fait à madame Delanoue de ne pas réveiller la querelle, serment qui l'obligea à se cacher quand le mari parut.

Vandeuil avait eu le temps de préparer ses paroles, tandis que le sincère jeune homme lui avouait les choses telles qu'elles s'étaient passées. Il fit honneur aux beaux yeux de la femme de chambre de l'empressement qu'il avait mis à rebrousser chemin après avoir feint de partir de Paris en même temps que les autres convives de Delanoue.

Cependant, bien que les charmes de Mlle Héloïse justifiassent l'entreprise d'un tel conquérant, Horace paraissait mal à l'aise et sa fierté naturelle éprouvait une répugnance apparente en parlant de son goût pour une femme de chambre. Ce fut justement la peine qu'il se donna pour convaincre Emmanuel de la réalité de cette intrigue, qui mit le doute dans l'esprit de celui-ci.

Delanoue, sa femme et Héloïse étaient partis depuis long-temps. Emmanuel et Horace pensèrent à sortir du château sans être aperçus.

Ce n'était pas chose facile ; pourtant, à force de prudence et de précautions, ils parvinrent à gagner la porte. Une fois hors du parc, ils se jetèrent dans le bois qui en était voisin, et prenant un étroit sentier, ils arrivèrent au prochain village où l'équipage de Vandeuil était revenu l'attendre.

— Vous offrirai-je une place dans ma voiture ? dit l'amant supposé d'Héloïse à celui que tout bas il nommait son rival.

— Grand merci, répondit Emmanuel, je n'ai aucun droit à cette faveur, et il ne serait pas convenable qu'on nous vît revenir ensemble à Paris.

—Pas un mot de ce que je vous conte, ajouta Vandeuil. Vous comprenez qu'un homme comme moi ne peut pas avouer à tout le monde une conquête de cette espèce. S'il s'agissait de la maîtresse, à la bonne heure !

— S'il s'agissait de la maîtresse, répéta le jeune Savenay en regardant Horace avec une imperturbable fixité, il y a quelqu'un de nous deux

mensonger de la conduite d'Emmanuel ; elle le représenta à celle-ci comme cherchant par mille moyens à la compromettre.

— Il n'y a que d'excellentes intentions, sans doute, madame, dit la perfide, mais c'est quelquefois un grand malheur pour le repos d'une femme que d'avoir un ami ombrageux et serviable à ce point.

Ce fut à la suite d'une insinuation comme celle-ci que Mme Delanoue, tourmentée, se décida à faire parvenir à Emmanuel le billet suivant :

« Je confie à votre honneur ces quelques mots que je voudrais n'avoir pas été contrainte de vous écrire... Que le feu les anéantisse ; mais que votre mémoire en garde le souvenir!

» J'ignore ce que valent certains bruits dont on me fait peur ; il s'agirait de votre persistance à me suivre. Dois-je y croire, moi qui ne vous ai jamais rencontré depuis notre entrevue au Marnois? Je suppose, monsieur, si cela est ainsi, que c'est un généreux intérêt seul qui vous fait agir. Pour mon bonheur, pour la tranquillité de mon esprit, défendez-vous de cet intérêt qui m'effraie ; cessez de me montrer une générosité dont je douterai moins quand elle ne se manifestera plus.

» D'ailleurs, que craignez-vous pour moi? aucun danger ne me menace auprès de celui qui a seul le droit et le pouvoir et de me protéger. Il serait beau à vous de n'essayer jamais de m'inspirer aucun sentiment, pas même celui de la reconnaissance.

» Il ne m'appartient pas de vous adresser des vœux. Mais si vous pouviez partir... si vous consentiez à m'être pour toujours étranger !... »

Emmanuel, après avoir lu ce billet, pensa que sa place n'était plus à Paris, dans cette ville où chaque jour il pouvait être exposé à rencontrer Berthile.

Des contestations avaient été élevées par le mari de sa sœur au sujet du partage de la succession paternelle : c'était pour le jeune Savenay un prétexte assez puissant pour obéir à l'ordre d'exil qu'il avait reçu, sans qu'on pût d'ailleurs s'étonner de le voir quitter Paris. Il hésitait pourtant encore quand un événement inattendu décida son départ pour le Berri.

Horace Vandeuil, tout en convoitant la possession de Berthile, n'en continuait pas moins partout son rôle de conquérant.

Parmi les aventures galantes dont il assaisonnait sa vie dissipée, il y en eut une qui fit plus de bruit que toutes les autres. Une séduction, à laquelle Vandeuil avait attaché peu d'importance, à cause de la condition de la victime, amena le suicide de celle-ci. Les parens de la malheureuse qui avait donné sa vie en expiation de son déshonneur, se vengèrent par le scandale, de l'homme qu'ils ne pouvaient atteindre autrement.

Delanoue, qui n'avait pas vu autrefois avec un grand plaisir Horace Vandeuil s'impatroniser chez lui, prit occasion de cet éclat pour l'inviter à cesser ses visites.

— Ce n'est pas pour moi, lui dit-il, c'est à cause de ma femme et des personnes graves que je reçois.

Vandeuil, ainsi congédié, la ligue se trouva rompue ; Emmanuel pouvait partir.

VIII.

La Face et le Revers.

Ajoutons quelques années à celles qui viennent de se passer, et disons qu'au moment où nous allons reprendre le cours des événemens pour précipiter l'histoire vers sa catastrophe, la maison Evariste Delanoue était montée à un si haut point d'élévation dans le commerce de Paris, qu'elle comptait alors plus d'envieux que de rivaux.

Le mari de Berthile, promu à la dignité de juge consulaire, siégeait au tribunal de commerce. Ambitieux de distinctions apparentes, il s'était vu attacher à la boutonnière de son habit le ruban de la Légion-d'Honneur par une main royale. Quatre écussons armoriés, surmontés de couronnes princières, faisaient auréole à son nom au dessus de la porte du vaste hôtel qu'il occupait, et témoignaient de l'importance de sa clientèle.

Delanoue, on a pu en juger par ce qui précède, avait sinon par tempérament la passion du faste, du moins un penchant très prononcé pour tout ce qui pouvait jeter de l'éclat sur le nom qu'il portait.

Le besoin impérieux d'être connu, d'être cité avait fait de lui un commerçant célèbre, comme il fait quelquefois les scélérats illustres. Delanoue se voulait du bien beaucoup moins pour le bonheur d'en jouir que pour entendre dire de toutes parts qu'il en jouissait; il tenait à son inattaquable réputation de probité moins aussi pour la joie de sa conscience que pour la considération dont elle le rendait en tous lieux l'objet.

Le même sentiment de vanité qui fait faire aux autres les brillans mariages l'avaient poussé, lui, à relever de la misère une pauvre créature que se disputaient le vice et le besoin.

Ne calomnions pas les mouvemens généreux : Delanoue offrant sa main à Berthile fit une noble action; mais était-elle pure de tout calcul d'intérêt personnel ? Non pas.

La fortune qui lui était déjà si favorable alors, la position dans laquelle l'avait placé l'étendue de ses relations commerciales, réalisait si bien chaque jour les espérances de la veille, qu'un grand mariage, quelque grand qu'il l'eût pu faire, n'aurait point appelé sur lui l'attention admirative qu'il pouvait se promettre de son union avec Berthile.

On aurait parlé pendant deux ou trois jours peut-être de la dot considérable que sa femme lui apportait; mais on ne devait oublier jamais le désintéressement qu'il avait montré, lui, l'illustre commerçant, en épousant une fille sans dot, une pauvre enfant qui s'était un soir réfugiée chez lui en disant aux commis, les mains jointes et les genoux fléchissans : — Un asile, messieurs; accordez un asile à mon père et à moi du pain; car j'ai faim, et je ne veux pas être déshonorée!

Evariste Delanoue fut bien récompensé de sa généreuse conduite envers la fille d'Onésyme Chauvière ; il eut tout son amour, toutes ses pensées; il était le seul dieu qu'elle invoquât dans ses prières. Aux yeux de Berthile, rien n'était grand, rien n'était noble et beau comme son mari; elle se sentait glorieuse de l'aimer, et, pour lui seulement, elle était heureuse de l'aimer.

Oui, le spéculateur, en cédant à un mouvement de l'âme, avait fait une affaire d'or; car ce n'était pas seulement une femme qu'il avait attachée à son nom, c'est un cœur qu'il avait fondu dans le sien; c'est une existence qui s'était mêlée à la sienne, de façon que toutes deux ne faisaient qu'un tout et partageaient les mêmes joies, les mêmes espérances.

L'heureux mari vivait donc, pour ainsi dire, de sa vie à lui et de celle de sa compagne.

Celle-ci faisait mieux que d'aimer son mari : elle avait su lui inspirer un amour égal à celui qu'elle éprouvait pour lui ; et comme faire naître une vive et tendre affection est pour une femme la meilleure des bonnes actions, on conviendra que, malgré ce qu'il y eut de beau dans la conduite d'Evariste Delanoue, Berthilde n'était pas en reste de bienfaits avec lui.

Les deux dernières années dont, par un mot seulement, nous avons signalé le passage, n'amenèrent dans la maison de Delanoue aucun événement remarquable; la célébrité dont elle était en possession fit placer, à quelque temps l'un de l'autre, les quatre écussons aux riches armoiries qui figuraient sur la grande porte de l'hôtel.

La fourniture intelligemment ordonnée d'un trousseau royal valut au mari de Berthile la croix qu'il avait d'ailleurs méritée, en dotant de sa bourse et de ses conseils plusieurs entreprises industrielles qui, sans ce double secours, auraient succombé au mauvais sort qui les menaçait.

Le présent rayonnait donc chez Evariste Delanoue, et la splendide lumière éclairait un avenir qui promettait de continuer le même bonheur.

Emmanuel, d'après le vœu de Berthile, avait quitté Paris, et Héloïse Salmon n'osait pas parler à sa maîtresse du brillant Horace Vandeuil. Les fêtes au château du Marnois se succédaient durant la belle saison, et les réceptions d'hiver avaient toujours lieu avec le même éclat à Paris; mais le protégé d'Héloïse n'y était plus invité.

Ainsi se passaient les choses quand, au fond de sa province du Berri, le jeune Savenay reçut un avis qui changea tout à coup la résolution qu'il avait prise de se fixer pour toujours dans la petite ville de Mehun.

Il fallait que cet avis fût bien pressant, et qu'il ne lui permît plus l'espoir du retour auprès de sa famille, car à peine la lettre qui devait renverser son plan d'existence pour l'avenir lui fut-elle parvenue, que l'ancien commis de Delanoue courut chez sa sœur, et, sans lui expliquer la cause de son départ précipité pour Paris, il offrit de lui vendre sa part de l'héritage paternel. Elle consistait en quelques arpens de terre hors la ville et en une maison d'habitation sur la place du Marché.

Le beau-frère d'Emmanuel avait plus d'une fois témoigné le désir de se voir seul propriétaire des biens que le père de sa femme avait laissés à ses deux enfans; mais quand il vit le jeune Savenay si pressé de conclure le marché, ce digne homme, en bon Berrichon qu'il était, fit la petite bouche et la sourde oreille.

Il s'était naguère montré peu satisfait du retour d'Emmanuel dans le pays, attendu que, par son arrivée, il lui enlevait la gestion des deux parts de ces terres; mais il changea singulièrement de langage quand son beau-frère lui fit comprendre son impatience du départ.

Sous prétexte de vouloir retenir Emmanuel, il ne voulut à aucun prix des terres que la veille encore il convoitait, et ce fut seulement quand le jeune Savenay annonça qu'il allait chercher un autre acquéreur moins désireux de sa présence dans le pays, que le Berrichon consentit à acheter, mais à un prix beaucoup au dessous de sa valeur, ce qu'Emmanuel se montrait si pressé de vendre.

Le lendemain, le pauvre jeune homme, qui avait déjà tant souffert pour Berthile, se remit en route afin d'aller reprendre à Paris son rôle de protecteur.

Arrivé au terme du voyage, et s'étant logé loin de la demeure de son ancien patron, il ne chercha à rencontrer ni Horace Vandeuil, ni madame Delanoue.

Mais, quoiqu'il eût voulu demeurer ignoré, les démarches nombreuses que nécessitait le message qu'il avait reçu à Mehun ne lui permirent pas de garder l'incognito dont il se flattait d'envelopper son retour.

Deux jours après son arrivée, Emmanuel avait eu à soutenir le regard insolent d'Horace Vandeuil, et devant ce regard son front s'était courbé.

La résignation lui était commandée; il se faisait un devoir de subir toutes les provocations sans répondre à aucune; car de sa prudence dépendait le succès de l'entreprise qu'il méditait.

La semaine suivante, c'est Héloïse Salmon qui l'aperçut.

Non moins impertinente qu'Horace, mais plus cruelle que celui-ci, c'est la pitié au lieu du mépris qu'elle affecta auprès d'Emmanuel. Il voulut l'éviter; elle alla à lui :

— Par quel hasard monsieur Emmanuel est-il à Paris? lui dit-elle.

— Je ne sache pas qu'on m'en ait interdi le séjour.

— Non; mais vous aviez juré de quitter cette ville pour jamais. Il paraît que vous ne tenez pas mieux vos sermens que tant d'autres à qui je vous jugeais supérieur.

— Mettez que vous avez eu trop bonne opinion de moi, mademoiselle, et ne parlons plus du passé.

— Oh! vous faites le cœur fort, mais je parierais que vous aimez toujours. Ah ça! vous êtes donc vraiment inconsolable?

— A quoi voyez-vous cela? Ne peut-on guérir d'une blessure sans avoir eu recours à vos soins?

Héloïse se pinça les lèvres.

— Vous croyez être méchant, dit-elle après un moment, et vous n'êtes que maladroit; je vous ai toujours voulu plus de bien que vous n'en méritez.

— Si cela est, vous pouvez me donner en ce moment même une véritable preuve de votre bienveillance pour moi.

— Une preuve? et laquelle? demanda vivement la femme de chambre de Madame Delanoue.

— C'est de me promettre que vous ne parlerez à personne de notre rencontre.

— En parler? répéta-t-elle; et à qui voulez-vous que j'en parle? Je ne connais personne qui ait intérêt à savoir si vous êtes ou non de retour.

Après ces écrasantes paroles, Héloïse Salmon, heureuse d'avoir fouillé dans une blessure pour la faire saigner de nouveau, s'éloigna rapidement d'Emmanuel. Il demeura quelques instans sans pouvoir reprendre sa marche.

— Elle n'a donc parlé de moi à personne depuis deux ans, se dit-il. Après tout, pourquoi m'en plaindrais-je? Berthile ne me doit rien, pas même un souvenir.

Un autre jour ce fut Evariste Delanoue que le jeune Savenay trouva sur sa route; devant celui-ci aussi, il baissa timidement les yeux, quoique le cœur lui bondît à l'aspect de l'homme qui l'avait autrefois souffleté publiquement.

Enfin, depuis quinze jours, Emmanuel était de retour, et il avait évité religieusement de passer devant la demeure du marchand, de peur qu'un besoin invincible de voir Mme Delanoue ne lui fît commettre quelque grave imprudence, telle, par exemple, que de rester obstinément à la porte de cette maison durant la journée entière, jusqu'à ce que Berthilde vînt à sortir.

Plus d'une fois, avouons-le, c'est dans ce dessein qu'il sortit de chez lui; mais un scrupule avait toujours changé la direction de ses pas, et il mettait à fuir la femme qu'il aimait le même soin que d'ordinaire on peut mettre à se rapprocher de l'objet de ses pensées.

Depuis quinze jours il évitait donc toute occasion de rencontrer Mme Delanoue, quand il se trouva exposé au triste bonheur de la voir et d'être aperçu par elle.

C'est dans l'allée favorite du jardin des Tuileries que cette entrevue à distance eut lieu.

Berthile, en reconnaissant Emmanuel, fut visiblement troublée, et dans le regard qu'elle dirigea vers lui elle sembla lui dire; — Pourquoi êtes-vous revenu?

A ce coup d'œil dont il comprit le sens, Emmanuel fut saisi d'un moment de délire; peu s'en fallut qu'il ne courût à Berthile et qu'il ne lui répondît, en mettant sous ses yeux le message qui l'avait rappelé à Paris: — Il fallait bien que je revinsse.

La foule qu'il avait à traverser pour arriver jusqu'à madame Delanoue lui fut un heureux obstacle, car, empêché à chaque pas, il eut le temps de réfléchir à l'éclat qu'il allait faire, et s'en effrayant aussitôt, le jeune

Savenay s'empressa de gagner la grille du jardin afin de ne pas avoir à lutter deux fois contre une semblable épreuve.

Nous venons d'atteindre maintenant au jour qui doit être marqué d'une croix de deuil dans la vie d'Evariste Delanoue.

Depuis plusieurs semaines, bien que le fastueux marchand de la rue St-Honoré fût occupé d'idées graves et désolantes, son visage n'avait rien perdu de sa sérénité et de son calme habituels en présence des étrangers; mais aussitôt que, libre des devoirs extérieurs, il était rendu à lui-même, son front se sillonnait de rides, ses sourcils jouaient impatiemment, comme il arrive dans les luttes internes péniblement soutenues; parfois même son regard prenait une expression de terreur.

Souvent Berthilde, à qui n'échappaient point ces mouvemens tumultueux du cœur trahis par le visage, avait interrogé le marchand.

Tantôt c'était avec prière, tantôt avec l'autorité que puise une femme dans son rôle de consolatrice, dans son droit à la confiance de peines dont elle doit également souffrir, soit qu'on les lui révèle, soit que le silence de son mari l'oblige à les deviner.

Mais quand la jeune femme essayait de faire parler Delanoue, lui, se masquant d'un sourire, s'empressait de donner un autre cours à la conversation.

Berthile ayant vu l'inutilité de ses soins, et craignant d'augmenter le chagrin secret de son mari par une persistance indiscrète, avait fini par respecter le mystère dont il s'enveloppait; mais sa réserve lui devint un insupportable supplice, et ce n'était plus qu'à travers des larmes que son regard suivait les mouvemens du soucieux obstiné à se taire.

Le soir du jour dont nous voulons parler, il devait y avoir bal et concert dans les salons du marchand.

Quelques heures avant que commençât une réception que Delanoue avait voulu rendre plus brillante encore que celles qui l'avaient précédée, Berthile, parée comme son mari le voulait, entra dans le cabinet de celui-ci pour qu'il admirât sa gracieuse toilette.

Lui, assis dans un fauteuil, les coudes sur son bureau, le front dans ses mains, ne se retourna point pour répondre à la voix aimée qui lui dit par deux fois : « Vois donc comme je suis belle. »

Il dort, pensa Berthile, et elle allait se retirer, quand un profond soupir, un soupir qui renfermait un sanglot, s'échappa de la poitrine de Delanoue.

Non, il ne dormait pas ! — Mon Dieu ! qu'a-t-il donc ? s'écria Berthile en s'élançant vers lui.

Son mari, cette fois, avait entendu le cri de terreur; il releva la tête, et, avec l'accent de la colère, il dit à la pauvre jeune femme, effrayée et de son regard et de sa voix :

— Je voudrais pourtant être le maître chez moi ! Il est étrange que je ne puisse pas reposer un instant sans que quelqu'un vienne brusquement m'importuner.

Berthile balbutia quelques mots de regrets sur son indiscrétion, puis elle se retira confuse et désolée.

Cependant, au milieu de ses invités, Evariste Delanoue ne parut occupé que du soin de leur plaire, et quand tout le monde fut parti, il se disposa de nouveau à aller s'enfermer dans son cabinet.

— Tu me quittes? lui dit Berthile, l'entendant donner des ordres pour qu'on allumât sa lampe de bureau.

— Oui, répondit-il avec embarras, il faut que je travaille.

— Encore ! mais tu vas donc passer la nuit à écrire ?

— Peut-être ; je ne sais pas. Au surplus, je veux qu'on me laisse libre ; je n'entends pas être tyrannisé, espionné chez moi.

— Evariste, reprit Berthile, c'est la première fois que vous me parlez ainsi !

— Sans doute, c'est la première fois, et je le prends tout de suite sur ce ton, Berthile, pour n'avoir plus besoin, à l'avenir, d'exprimer ainsi ma volonté.

Comme il la voyait trembler et changer de couleur, il s'approcha de la jeune femme et la soutint.

— Pardon, lui dit-il, je t'afflige ; mais c'est que tu ne sais pas, Berthile, que l'homme en apparence le plus heureux, le plus enviable, est soumis comme les autres à des heures d'épreuves.

« Un marchand, un juge, surtout, est accablé de soins qui lui laissent peu de repos, et la discrétion, que parfois son double devoir lui commande, lui devient bien plus pénible à observer quand il se voit obstinément sollicité de parler par une femme à qui il ne voudrait rien avoir à taire. Je t'ai expliqué mes mouvemens d'impatience ; tu ne m'en veux plus, je pense ; tu ne me mettras plus dans l'obligation pénible d'être encore méchant avec toi. »

Il embrassa Berthile au front, et il ajouta :

— Tu as été charmante ce soir ; mais il n'y a pas que les plaisirs dans ce monde : il y a aussi les affaires ; repose-toi des uns, Berthile, et laisse-moi m'occuper comme je l'entends des autres.

Malgré l'expression de tendresse et de regret dont il avait empreint ses dernières paroles, Berthile n'en resta pas moins sous le coup d'un sentiment douloureux.

Rien de son amour pour Delanoue ne s'était affaibli dans son cœur, mais le bonheur qu'elle devait à cet amour, il lui sembla qu'elle l'avait totalement perdu.

D'abord elle ne crut point que ses intérêts de marchand ou que ses devoirs de juge pussent être pour quelque chose dans le changement qu'avait subi l'humeur de Delanoue.

N'était-il pas l'homme heureux du commerce de Paris? et son intégrité, que partout on proclamait, ne le défendait-elle pas contre tout reproche de sa conscience touchant les arrêts auxquels il avait pu participer? Le cœur blessé veut s'enquérir de l'arme ainsi que de la main qui l'a frappé.

Ainsi faisait le cœur de Berthile ; il s'interrogeait, et Dieu sait à quelles solutions le conduisirent les problèmes qu'il se proposait.

« Je suis moins aimée ! » osa se dire la jeune femme.

Il lui resta ensuite à deviner la cause de cette désaffection qu'elle croyait voir peser sur elle, et alors elle fut soumise à tous les doutes de la jalousie naissante.

Mais le soupçon ne fit que traverser son esprit. L'estime qu'elle avait pour Delanoue ne lui permit pas de s'arrêter à la pensée d'une intrigue vulgaire, et d'attribuer aux remords que cette intrigue causait au coupable les sombres préoccupations de son esprit. — Je suis moins aimée, répéta Berthile; mais c'est moi seule que je dois accuser de la perte de son amour.

Ainsi, s'efforçant de chercher une lumière dans l'abîme où roulaient ses pensées, la femme du marchand passa à tourmenter son esprit la nuit que Dalanoue, enfermé dans son cabinet, devait employer à écrire la lettre suivante :

« Chère et honorée mère,

» Pourquoi, simple et bonne que vous êtes, avez-vous refusé, il y a trois ans, la proposition que je vous fis alors de vous assurer par contrat une somme de cent cinquante mille francs, qui devait mettre votre existence à l'abri de tous les revers de fortune auxquels un commerçant est journellement exposé?

» —Je ne veux rien avoir à moi, m'avez-vous répondu, rien que la maison où tu es né; quant à mes besoins journaliers, tu y pourvoiras mois par mois, et tant qu'il ne me manquera rien des choses nécessaires à la vie, je serai encore la mieux rentée du pays.

» Je n'ai pas dû insister, ma mère; l'idée de vous savoir quelque fortune vous causait d'avance un tel effroi, que j'ai bien vu que vous faire riche c'était vous imposer des soucis qui vous eussent rendue malheureuse.

» Vous avez refusé et de connaître le luxe de Paris, et de jouir même des avantages de l'aisance dans votre chère campagne; de tout ce que j'ai tenté de vous offrir, vous n'avez accepté qu'une chose : l'assurance que rien ne serait changé à vos habitudes, et quoique mon amour de fils ait eu à souffrir de savoir votre existence si peu d'accord avec celle que je mène à Paris, existence que j'eusse été fier de vous faire partager, il m'a bien fallu céder à votre volonté.

» Oh! ma mère, ma bonne mère, pourquoi ne vous ai-je pas désobéi? que n'avez-vous, par charité pour moi-même, accepté ces cent cinquante mille francs! je pourrais au moins vous dire aujourd'hui : Il faut me les rendre.

» Il m'en coûte, croyez-le bien, d'affliger votre pauvre cœur, mais, pressé par mille tourmens, je cherche autour de moi à qui confier le chagrin qui m'obsède, et je ne trouve que Dieu et vous qui puissiez m'entendre.

» Ce n'est pas cependant que je ne sois bien certain de rencontrer dans mon intérieur une âme capable de comprendre la mienne; mais à celle-là je ne puis, je n'ose rien dire. Vous allez comprendre le motif qui m'oblige à lui faire un triste secret.

» Berthile, c'est le joyau de ma couronne : — disons plus, ma mère : Berthile, c'est le signal vivant de ma prospérité, c'est l'enseigne de ma maison; — il faut qu'elle paraisse toujours aussi heureuse que belle, pour que le soupçon de ma situation embarrassée ne germe point dans l'esprit des autres; j'ai si grand intérêt à les laisser dans l'erreur sur le véritable état de mes affaires.

» En confiant à ma femme le sujet de mes soucis, je trouverais, je le sais bien, auprès d'elle encouragemens et consolations; mais j'aurai beau lui répéter : Quel que soit le malheur qui nous menace, ton visage ne doit rien dire de la douleur qui est en toi; les yeux fixés sur l'événement le plus désastreux, tu dois continuer à sourire comme si l'avenir n'avait pour nous que d'heureuses promesses. — J'aurai beau, vous dis-je, lui faire un devoir de continuer avec le même abandon charmant, cette existence de fêtes dont elle fait honneur à mon amour seulement, mais qu'elle doit, surtout, il faut bien que je l'avoue, aux exigences que dans ce temps de luxe et d'éclat la vanité nous impose; Berthile, par un excès de tendresse qui me serait funeste, laisserait lire dans ses yeux attristés l'inquiétude dont je suis la proie. Ma révélation lui serait trop lourde à porter pour qu'on ne la vît pas fléchir sous le poids, et alors même qu'elle garderait religieusement le secret sur mon désastre prochain, on la verrait coutrainte, tourmentée; des larmes involontaires lui échapperaient peut-être!

» Ainsi, ce que je dois à tout prix cacher serait inévitablement découvert, car mes envieux, de soupçon en soupçon, arriveraient bientôt à toucher du doigt la vérité.

» Pauvre Berthile! c'est à regret, mais c'est bien sincèrement que je le dis : je te voudrais indifférente à ce qui peut m'émouvoir péniblement; je te voudrais seulement heureuse et fière de briller parmi les plus belles dans nos salons, et d'être l'ornement des fêtes que je donne; alors je ne craindrais pas de te confier mes secrets; ils n'altéreraient point l'éclat de ta beauté, la grâce de ton sourire.

» Oui, je le sens, si j'étais moins aimé, je serais délivré d'un grand supplice, il est horriblement cruel chez soi de ne pouvoir parler de soi.

» En vérité, l'affection trop vive, la sollicitude trop inquiète d'une femme est parfois un insupportable fardeau.

» Il faut, vous le comprenez, bonne mère, que mon cœur soit bien ulcéré pour que je me plaigne de ce qui devrait faire ma joie.

» Vous m'accusez d'injustice, d'ingratitude envers cette tendre amie qui depuis sept ans n'a pas eu une intention dans le cœur, un mouvement dans l'âme qui ne fût à moi et pour moi.—C'est une riche dot que son amour, vous écrivais-je quelque temps après mon mariage; fortunés sont ceux que le ciel récompense ainsi que je le suis moi-même d'une action généreuse. — Stupide que j'étais en écrivant cela ! j'oubliais que la générosité n'est point un élément de fortune dans le commerce, et qu'un marchand doit faire avant tout ses affaires. »

A peine eut-il laissé échapper de sa plume le reproche impie de sa générosité envers la fille d'Onésyme Chauvière, qu'il se sentit pris de remords.

Il allait effacer les déplorables lignes; mais indigné contre la fortune qui commençait à éprouver rudement son courage, le mari de Berthile, éprouvant le besoin d'épancher, sans réserve, l'amertume de son cœur, laissa subsister ce qui l'avait d'abord révolté contre lui-même, et il continua, de la sorte, cette lettre à sa mère :

« Je voudrais chasser de mon esprit cette idée qui se retourne de cent façons depuis quelques jours, pour se présenter à moi sous toutes ses faces : non, mon union avec Berthile ne fut pas une bonne action, mais bien un mauvais calcul. Tout autre que moi eût donné à la fille du peintre Chauvière une existence mieux en harmonie avec son passé ; la bonne action, c'eût été de la recueillir, de la doter, de lui faire épouser quelqu'un de mes commis, cet écervelé d'Emmanuel Savenay, par exemple ; mais, moi, je ne devais pas mon nom à une fille sans parens et sans dot. Mon devoir était d'intéresser une riche famille à ma prospérité ; de la rendre, par des liens de parenté, solidaire, pour ainsi dire, de mes engagemens.

» Les jours difficiles arrivant, alors je l'aurais trouvée disposée, par orgueil sinon par affection, à venir secrètement à mon secours.

» Les choses se seraient passées comme on dit : au coin du feu, et je ne me verrais pas réduit à vous écrire aujourd'hui : — Pourquoi n'avez-vous pas accepté ce que je vous offrais, ma mère ; car ces cent cinquante mille francs suffiraient pour me sauver.

» Vous vous étonnerez, je pense, que possédant un hôtel à Paris, le château du Marnois à la porte de la capitale, et pour plus d'un million de marchandises dans mes magasins, je me trouve dans un si grand embarras pour une pareille somme.

» Un grain de sable en se déplaçant fait pencher une pyramide.

» Je ne crois pas à ma chute, mais il ne faut pas que mon crédit soit ébranlé.

» Or, c'est justement parce que je possède trop que je me vois gêné.

» Je ne puis diminuer en rien mon faste sans éveiller des doutes affligeans sur l'embarras que j'éprouve.

» Il me faut mon château, il me faut mon hôtel ; il me les faut libres d'hypothèques, il me les faut ouverts aux fêtes et toujours resplendissans de la même splendeur, pour qu'on ne soit pas tenté d'annoncer à bas bruit ma ruine.

» Ce bruit irait si vite et si loin !

» Je n'ai pas le droit non plus de me défaire à vil prix d'une partie, même sans importance, de mes marchandises; cette ressource du petit commerce à l'époque des échéances m'est interdite.

» Rien ne se déplace de chez moi sans que mes commis ne soient en mesure de se rendre compte de ce déplacement.

» Je suis le maître, il est vrai; mais je n'ai pas le pouvoir de fermer les yeux à ceux qui m'entourent sur ce qu'il me faudrait leur cacher, et ma dignité aussi bien que mon intérêt, ne souffrent pas que je me mette à la merci de leur discrétion.

» La voie d'un emprunt, en quelque forme et sous quelque prétexte que je veuille le hasarder, m'est également fermée.

» Cependant, si dans quelques jours je ne parviens pas à réaliser la somme dont j'ai besoin, mon honneur aura subi un échec qui me sera fatal, j'en suis certain.

» Si, au contraire, je puis faire face aux événemens, j'entre de plein droit dans une vaste entreprise qui ne pourra manquer de me valoir, de la part du gouvernement, un titre que j'ambitionne, et, de la part de mes concitoyens, une imposante majorité de voix aux prochaines élections.

» Misérable pierre d'achoppement, vas-tu donc m'arrêter quand je suis en si beau chemin!

» J'ai lu, je ne sais plus où, qu'une femme jeune et belle, moins belle que ma Berthile sans doute, n'ayant pu parvenir à séduire à prix d'or le geolier qui gardait en prison le mari qu'elle aimait, se prostitua à l'accusateur public, et, par ce moyen, détourna la condamnation à mort qui menaçait son époux.

» Je ne sais pourquoi ce souvenir vient se placer sous ma plume; mais je ne puis m'empêcher de penser à celle qui, n'ayant à donner que sa pudeur de femme, en fit si généreusement le sacrifice. — Mon honneur de marchand, c'est ma vie aussi... qui le sauvera ? »

IX.

Le Marché.

Une jeune femme, enveloppée avec soin, voilée de façon à désespérer les curieux et à défier les plus clairvoyans, se présenta un jour, de très grand matin, à l'hôtel habité par Horace Vandeuil.

Le valet de chambre auquel elle s'adressa se refusa long-temps à annoncer la matinale visiteuse à son maître. Il s'en fallait de plus de deux grandes heures encore qu'il fît jour chez le brillant débauché.

L'émotion de la voix évidemment déguisée de cette jeune femme qui demandait du ton de l'impatience à être introduite auprès d'Horace, fit supposer au valet que ce pouvait être quelque amante trahie que le désespoir de l'abandon avait réveillée avant l'heure convenable, et qui venait, pour se venger du perfide, troubler, par des reproches et par des larmes, son bienheureux sommeil.

Il refusa donc de se rendre aux instances de l'inconnue, car il avait appris que, pour une maladresse de moindre importance que celle qu'on voulait lui faire commettre, son prédécesseur avait été inexorablement chassé.

Aussi, à celle qui le pressait d'aller réveiller M. Vandeuil, il répondit :

— J'ai déjà dit à madame qu'il m'est impossible de lui obéir; il ne fait pas jour chez monsieur.

— La belle nouvelle! s'il était l'heure de recevoir des visites je ne serais pas ici, répliqua la visiteuse.

— Je ferai observer à madame, reprit malicieusement le valet, que s'il y a des personnes qui sont reçues par monsieur à l'heure où sa porte est fermée pour tout le monde, ce n'est jamais le matin qu'elles se présentent.

— Vous êtes un impertinent, mon cher, répartit cette mystérieuse femme en se redressant avec tant de vivacité que son voile faillit en être dérangé ; si vous ne m'annoncez pas à votre maître, ajouta-t-elle, je vous réponds que je serai accueillie par un meilleur visage que le vôtre la première fois que je reviendrai ici.

Intimidé par la menace que renfermaient ces paroles, le valet se radoucit.

— Au moins faut-il que je sache quel est le nom de la personne qui désire parler à monsieur.

— Vous ne lui nommerez personne ; je ne veux pas vous dire mon nom.

— Alors, madame va donc écrire un mot.

A quoi bon ? votre maître ne connaît pas mon écriture. Au fait, ajouta la dame voilée, voyant que le valet hésitait encore, donnez-moi de l'encre, du papier, et dépêchons-nous, car je suis pressée ; on m'attend.

Servie aussitôt qu'elle eut commandé, l'inconnue écrivit assez difficultueusement ce qui suit :

» Je sui venut sure lez elle du mistaire pour vou parlé sou le sot dus cilance. »

Elle plia le gracieux billet qui, sous le rapport de l'élégance des caractères tracés, s'accordait de tout point avec la pureté de l'orthographe, et en le remettant à son messager, elle fit comprendre à ce dernier qu'il eût à s'arranger pour qu'elle fût reçue par le maître ; sinon qu'il aurait à se repentir de son manque d'intelligence ou de bonne volonté.

Fort mécontent de se voir enlever à ses doux rêves, quand il était encore au plus profond de son sommeil, Horace Vandeuil reçut assez mal l'indiscret valet de chambre qui venait le réveiller à l'heure où, pour les manans seuls, c'est un devoir d'état d'avoir les yeux ouverts.

La lecture du billet de l'inconnue ne calma pas son premier mouvement de mauvaise humeur ; il froissa le papier dans sa main, le lança au nez du valet de chambre, et, s'emmitoufflant de nouveau dans le moelleux oreiller, il dit :

— Qu'elle aille au diable, celle qui a écrit cela! je n'ai point de correspondance avec les cuisinières.

— Oh ! une cuisinière! reprit le valet. Celle-là est, je crois, une dame très comme il faut. Sa tournure est bien un peu... c'est à dire assez.... Au fait, sous sa pelisse, je n'ai pas pu en juger; mais à travers son voile, j'ai deviné qu'elle était jeune, et j'ai vu briller deux yeux... deux soleils... des yeux comme monsieur les aime, enfin.

La menace que lui avait faite la dame au voile était pour beaucoup dans l'éloge qu'il hasardait à propos de celle-ci ; il n'osait pas dire à son maître : Elle m'a promis de me faire chasser par vous, si je ne vous décide pas à la revevoir. N'osant dire cela, il essaya de piquer la curiosité de Vandeuil, et l'idée de deux soleils brillant à travers le voile, lui parut être de l'effet le plus saisissant.

— Laisse-moi donc tranquille avec ta grande dame, murmura Horace s'assoupissant à demi, elle ne sait pas un mot d'ortographe.

— Elle a écrit si vite! répliqua le valet en forme d'excuse. Puis voyant au mouvement de son maître qu'il venait de dire une sottise, il s'empressa d'ajouter :

— Il est possible que cette dame ne sache pas parfaitement l'ortographe, je n'ai pas la prétention de m'y connaître aussi bien que monsieur; mais pour ce qui est de la beauté des yeux, on n'a pas besoin d'avoir fait toutes ses classes pour en juger.

— En effet, l'imbécile a assez bon goût, dit Horace en relevant la tête et en s'accoudant sur le traversin ; allons, avance mes pantoufles, passe-moi ma robe de chambre et va dire à ta protégée qu'en faveur de ses beaux yeux je veux bien être matinal aujourd'hui.

Le valet ayant aidé son maître à se lever, s'empressa de se rendre auprès de la dame voilée.

Horace, durant le peu de temps qu'il resta seul, arrangea sa coiffure le plus coquettement possible, et, se mirant avec complaisance, il se prépara à commencer, ce jour-là, beaucoup plus tôt que de coutume, son rôle d'adorateur des belles.

Dès que le valet de chambre fut rentré discrètement en disant : — voici la personne qui demande monsieur... Le maître s'empressa d'offrir la main à l'inconnue qui s'avançait, et d'un geste il ordonna à l'introducteur de fermer la porte.

— Oh! pardon, madame, pardon de vous avoir fait attendre, dit Horace en avançant un siége.

— Ne faites pas tant de façons pour me recevoir, ce n'est que moi, reprit la visiteuse en soulevant son voile. Le galant empressé s'arrêta tout surpris, il venait de reconnaître Héloïse Salmon.

— Vous chez moi, ma belle! dit-il, voilà une visite à laquelle j'étais loin de m'attendre ; il y a mille siècles que nous ne nous sommes vus.

— Il y a cinq ans, dit Héloïse, et depuis ce temps je pense que vous avez oublié bien des choses.

— Mais, oui, passablement de choses ; cependant il en est une dont je me souviens à merveille : c'est que vous êtes la plus maladroite des femmes, et qu'il ne fait pas bon d'entrer en marché avec vous ; car on en est pour ses avances.

— Voyons, franchement, dit Héloïse, aimez-vous encore Mme Delanoue ?

— Le moyen de ne pas aimer cette charmante femme, de qui tout le monde se dispute un regard et qui n'a des yeux que pour cet ambitieux Delanoue sur qui pleuvent les honneurs et la fortune?

— Ainsi, vous lui êtes constant, après cinq ans d'espérances perdues?

— Entre nous, la constance n'est pas une chose très difficile, quand on la traite d'après le système que j'ai adopté ; mais il suffit que j'aie pensé à elle une fois pour la désirer toujours, ne fût-ce que par amour-propre : tant d'autres ont échoué auprès d'elle.

— Vous pouvez réussir, monsieur Vandeuil.

— Impossible, ma chère; Delanoue me tient rancune, et je ne m'exposerai pas à essayer de renouer avec un malotru qui m'a mis positivement à la porte.

— Cette porte qui vous est fermée publiquement, je vous la rouvrirai en secret.

— Comme vous m'avez ouvert autrefois celle du Marnois, n'est-ce pas? où j'ai eu, par parenthèse, le plus sot tête-à-tête avec cet Emmanuel Savenay dont, grâce au ciel, je suis débarrassé.

— Dites que c'est grâce à moi ; car s'il est parti pour sa province, vous ne devez en remercier que votre servante Héloïse Salmon.

— A la bonne heure, voilà un véritable service que vous m'avez rendu, et celui-là vaut bien les à-comptes que je vous ai donnés.

— Je veux mériter le reste de la somme.

— A d'autres! mon enfant, on ne m'y reprend pas deux fois.

Héloïse prenant un ton sérieux interrompit Vandeuil.

— Ce n'est pas à l'insu de tout le monde, dit-elle, que vous me voyez ici ; je ne m'y présente pas pour réveiller une espérance que peut-être je ne pourrais parvenir à réaliser ; nous sommes deux dans le complot, sans vous compter monsieur Vandeuil.

— Que signifient ces paroles solennelles? dit en riant Horace.

— Ne riez pas, ne doutez plus : je viens de la part de Mme Delanoue elle-même.

— Chez moi?

— Chez vous.

— Elle pense à moi, ta sévère maîtresse?

— Grâce au soin que j'ai pris de vous rappeler à son souvenir.

— Et elle consent à recevoir mes hommages?

— Elle est perdue, dit Héloïse, si un homme généreux ne vient à son secours. Vous êtes magnifique en amour, monsieur Vandeuil ; vous êtes immensément riche, personne plus que vous n'est donc capable de la consoler.

— C'est une fable que vous me débitez là, reprit Horace; Delanoue ne refuse rien à sa femme, comment aurait-elle besoin d'argent?

— Et si elle est joueuse? objecta Héloïse.

— Au fait, une femme qui n'aime que son mari n'aime rien ou à peu près ; il faut donc qu'elle ait une passion cachée. Tu as raison, mon enfant, elle a l'amour du jeu : il lui fallait ce vice-là pour qu'elle fût à moi ; je l'aimais mieux tout à fait pure, mais qu'importe, elle n'en est pas moins belle.

— Je n'affirme rien, reprit la femme de chambre; car si elle joue, je ne sais ni à quel moment, ni dans quel lieu ; tout ce que je puis vous apprendre, c'est qu'il y a depuis plusieurs semaines des discussions dans le ménage sans que j'aie pu en deviner la cause; toujours est-il que j'ai vu madame pleurer, que je l'ai entendue se plaindre et parler d'une somme effrayante qui lui manquerait. Dans son désespoir, elle appelait un sauveur, je vous ai nommé, et elle m'a dit : Fais ce que tu voudras.

— Ah! elle consent à se vendre, murmura Vandeuil avec un air marqué de désenchantement.

— Vous m'avez bien proposé de l'acheter? répliqua Héloïse.

— Eh bien, soit! quelque prix qu'elle exige, je le lui donnerai..... Je donnerais tous les diamans de ma mère, s'il le fallait, pour avoir le droit de me dire : cette femme que chacun envie et qui résiste à tous, je l'ai possédée.

— Des diamans? répéta la femme de chambre dont les regards s'allumaient à ces mots; vous avez des diamans!

— Pour quatre-vingt mille francs, je crois.

— Et vous les céderiez à ma maîtresse?

Horace réfléchit un moment, puis un sourire lui passa sur les lèvres, il répondit :

— Quand elle le permettra, je les lui porterai moi-même. Mais ne dis cela à personne, on m'assassinerait en route; et s'il faut que je périsse, je ne veux, comme Léandre, mourir qu'au retour.

— Mais, reprit Héloïse, ces diamans, où sont-ils?

— Tu veux les voir, défiante; allons, sois satisfaite.

Il ouvrit un meuble et en tira un riche écrin dont le contenu éblouissant fit pâlir d'émotion l'envoyée de Berthile.

— Vous donneriez tout cela? Mais vous êtes généreux comme un prince, dit la femme de chambre, les yeux attachés sur les pierres étincelantes.

— Ce n'est pas l'être assez, puisque ta maîtresse est belle comme une reine.

« Mais détourne un peu ton attention de cet écrin, continua Horace en refermant la boîte, et dis-moi à ton tour quelle preuve tu peux me fournir des bonnes dispositions de Mme Delanoue pour moi; tu me donneras un mot écrit de sa main, j'espère?

— Impossible, monsieur; je lui ai déjà fait pressentir votre demande, et elle m'a dit : — Non, plutôt mourir.

— Alors, comment veux-tu que je sois assuré que tu remplis auprès de moi une mission officielle?

— Ce soir, au balcon de l'Opéra, si ses yeux ne vous disent pas ce qu'elle ne peut vous écrire, alors croyez que j'ai voulu vous tromper, et ne me recevez pas quand je viendrai vous dire : — Elle vous attend.

Héloïse quitta Horace Vandeuil encore incertain de la bonne fortune qu'il devait, suivant les suppositions de la femme de chambre, à des pertes au jeu que Berthile n'osait point avouer à son mari.

Le soir cependant, il dut croire que la matinale visiteuse ne lui avait point à tort parlé de l'espérance que madame Delanoue fondait sur sa générosité, car à l'Opéra où elle était avec son mari, il vit Berthile cherchant quelqu'un des yeux, et quand elle l'eut aperçu, impossible serait de dire l'expression d'angoisse que prit son visage.

C'était bien le trouble et l'embarras pénible qu'elle devait éprouver après l'aveu qu'il avait reçu le matin.

Honte d'elle-même, douleur immense, crainte et prière, tout cela se peignit tour à tour sur ce front habituellement si pur.

Horace n'eût rien su, qu'il eût beaucoup deviné.

Au foyer, on disait : qu'a donc madame Delanoue ce soir? si l'on ne savait pas qu'elle est tendrement attachée à son mari, on la croirait en deuil d'un amour malheureux.

Coquetterie, pure coquetterie, répondit quelqu'un; elle a voulu nous prouver que le chagrin lui va encore mieux que la joie.

Il est vrai de dire que l'éclat de sa beauté, tempéré par cette nuance de douleur, lui donnait une si touchante expression, que l'attendrissement venait au cœur en la regardant.

Cette rencontre d'Horace et de Mme Delanoue eût suffi pour convaincre le premier de la sincérité des paroles d'Héloïse, mais ce ne fut pas la seule fois que les yeux de Berthile les lui confirmèrent.

La femme de chambre revint à plusieurs reprises chez Vandeuil pour lui indiquer d'autres occasions de revoir sa maîtresse, mais toujours à distance, au milieu de la foule. Partout, aussi bien qu'à l'Opéra, il retrouva Mme Delanoue le cherchant partout où elle savait devoir le rencontrer, et toujours aussi le même embarras et le même espoir se peignaient dans ses regards.

Depuis quinze jours environ que l'intrigue s'était renouée, Vandeuil attendait avec impatience que Berthile lui donnât le rendez-vous promis; il pressait Héloïse d'en hâter le moment, dût-il le payer plus cher encore que le prix qu'il y avait mis lui-même, prix, il faut bien le dire, que la femme du marchand avait accepté.

Enfin, un matin, Héloïse revint encore, et cette fois elle entra triomphante chez Horace.

— Préparez-vous au sacrifice de vos diamans, dit-elle : c'est pour cette nuit à une heure du matin. Je vous ouvrirai la petite porte. Ne manquez pas. M. Delanoue doit s'enfermer chez lui pour travailler jusqu'au jour; ainsi vous n'avez rien à craindre; madame vous attendera, je réponds du succès.

Le malheur que le mari de Berthile avait laissé pressentir dans la lettre qu'il avait écrite à sa mère, était devenu imminent; deux jours encore, et l'embarras affreux qu'il redoutait allait l'envelopper de ces liens inextricables, réseau de fer dont les mailles se resserrent et étouffent d'autant mieux le malheureux pris dans le filet qu'il fait de plus grands efforts pour le briser.

A minuit, Delanoue, qui avait essayé d'oublier, dans les bruits d'un salon de la haute finance, la désespérante idée d'une catastrophe prochaine, rentra chez lui comme il l'avait dit; il s'enferma dans son cabinet, non plus, cette fois, pour écrire à sa mère, qui n'avait pas répondu par un mot de consolation à la lettre tout empreinte de son désespoir que, quinze jours auparavant, il lui avait adressée.

Plongé dans les réflexions les plus accablantes sur la chute certaine d'une maison que moins de cent mille francs eussent suffi pour préserver du désastre, il demandait au ciel une planche de salut, car s'il restait à flot deux jours de plus, il était certain de voguer ensuite à pleines voiles. Mais quelque part qu''il tournât les yeux, il ne voyait que naufrage.

Au milieu des plus sombres pensées, son attention fut distraite par la vue d'une lettre à son nom, et dont la suscription était d'une écriture visiblement déguisée à dessein.

Il fit machinalement sauter le cachet, et déplia le papier sans intention arrêtée d'en lire le contenu ; mais à peine y eut-il jeté les yeux, qu'il éprouva autant de surprise que d'inquiétude. Cette lettre était de Berthile ; elle disait :

« J'ai cru long-temps que lui donnant tout son amour, une femme apportait à son mari la dot la plus précieuse qu'il pût envier : je me suis trompée.

» Orpheline et sans aucun bien, ainsi que je l'étais lorsque vous daignâtes m'offrir votre nom, comprenez-vous, monsieur, tout ce que j'ai souffert et d'humiliation, et de douleur, quand il a fallu me dire que vous ayant consacré tout ce que Dieu a mis en moi de sentimens affectueux, je ne vous avais rien donné encore, et qu'aujourd'hui vous regrettiez le mouvement de générosité qui vous avait inspiré la pensée d'associer votre sort à celui d'une fille sans fortune, alors que vous pouviez faire un si riche mariage.

» Evariste, vous avez écrit cela ; vous l'avez écrit à votre mère.

» Pardonnez-moi d'avoir intercepté votre lettre ; mais je vous voyais malheurenx, et vous refusiez de vous confier à moi ! Je n'ai dû reculer devant aucun moyen pour pénétrer le mystère qui me faisait mourir.

» Vous me voudriez riche, dussé-je vous aimer moins !... Et moi aussi, je me voudrais de la fortune, mais ce serait pour mieux vous prouver ma tendresse.

» Je n'aurais pas survécu, croyez-le bien, à cette horrible révélation qui a brisé toutes les illusions du passé et qui me fait malheureuse pour l'avenir, si vous ne m'aviez indiqué comment une femme sauve son mari d'une situation désespérée.

» Le prisonnier allait mourir, dites-vous dans votre lettre, la femme se prostitua au juge, et il fut absous.

» La ruine qui vous menace serait aussi pour vous un arrêt de mort. Non, Evariste, non, vous ne mourrez pas !

» Ne me nommez plus la fille sans dot ; j'en ai une à vous offrir : je n'avais à moi que ma chasteté d'épouse, je la sacrifie à votre honneur de marchand. La femme du prisonnier s'est donnée, dites-vous; moi j'ai fait plus, je me suis vendue !

» Haïssez-moi, méprisez-moi, mais vivez !

» Parmi tous ceux à qui j'aurais pu demander beaucoup pour prix de mon déshonneur, j'ai choisi non pas le plus riche, mais le plus infâme, afin que l'excès de mon avilissement me fût compté pour un martyre par celui qui pèse tous les mérites, qui juge tous les dévoûmens, et dont le regard de justice efface toutes les souillures qui n'ont pas atteint l'âme.

» Cette lettre, commencée ce matin, ne devait vous être remise que demain ; une lâcheté de cœur me prend et je continue :

» Evariste, mon ami, ta femme est pure encore ; à l'heure où je t'écris, nul n'a encore le droit de dire : « Elle fut à moi ! » Mais c'est ce soir qu'il vient cet Horace Vandeuil à qui j'ai fait proposer le marché qui te sauvera ; c'est à une heure du matin qu'il doit se glisser furtivement dans cette maison.

» Au moment fatal, le courage me manque. Je remets mon sort à Dieu et à toi. Quant à la pauvre Berthile, on la trouvera sans volonté et sans défense.

» Déjà sur mes yeux pèse de tout son poids le puissant somnifère que j'ai pris ce soir; c'est à peine si j'y vois assez pour conduire ma plume.

» M. Vandeuil doit apporter sur lui tous les diamans de sa mère... tous... c'est mon prix !

» Évariste, c'est à toi de décider si tu me veux chaste ou flétrie. Mes paupières se ferment....

» O! mon Dieu! qui trouverai-je au réveil près de moi? Sera-ce l'homme à qui je me suis vendue ou le mari gardien de mon honneur? »

Atterré d'abord, mais se levant bientôt avec énergie, Delanoue s'écria : « Elle est folle! en vérité, la malheureuse est folle... » Et puis il consulta sa pendule : il n'était pas encore une heure du matin.

— Bien, reprit le mari de Berthile, c'est moi qu'il rencontrera, le misérable qui a pu profiter du désespoir d'une femme pour accepter un pareil marché. Il ne sortira pas d'ici vivant.

Il s'avança résolument jusqu'à la porte de sortie; puis une réflexion le fit revenir sur ses pas.

— Le tuer! dit-il, mais, dans la passe difficile où je me trouve, ce ne serait qu'un embarras de plus.

Cette réflexion, que faisait naître le souvenir de sa mauvaise situation, suspendit un moment sa colère; peu à peu son front se dérida, son regard devint moins sombre, un sourire glissa sur ses lèvres, et il arrêta son esprit, avec une sorte d'épanouissement de cœur, sur une idée qui lui semblait devoir satisfaire à la fois et son besoin de punir le corrupteur de Berthile, et la nécessité impérieuse du moment.

— Quand je tuerais Horace, se dit-il, je n'en serais pas moins demain l'homme insolvable auprès de mes créanciers; ne vaudrait-il pas mieux, profitant de cette ignoble intrigue, lui faire racheter sa vie, que j'ai bien le droit de prendre?

— C'est cela, poursuivit Delanoue laissant échapper par lambeaux de phrases ses pensées telles qu'elles lui arrivaient; — des billets anti-datés... payables demain... Il en signera pour cent mille francs... Je serai sauvé...

« Oh! merci, Berthile, merci! ton inconcevable sacrifice n'aura pas été inutile. Je me venge et je paie... je paie, répéta le marchand bondissant de joie. »

Il reprit un moment sa place devant son bureau, il prépara les lettres de change qu'il voulait faire accepter par Vandeuil, et, quand tout fut prêt, il ouvrit une armoire et en tira une boîte qui renfermait des pistolets; il s'assura que ses armes étaient chargées, et pour la seconde fois Delanoue se décida à aller guetter l'arrivée d'Horace Vandeuil.

Un homme venu du dehors parut tout à coup devant le mari de Bertile.

X.

Une Visite.

Celui qui, à cette heure avancée de la nuit, venait de pénétrer si audacieusement dans le cabinet de Delanoue, c'était Emmanuel Savenay.

Depuis le jour où ce dernier avait été chassé de la façon la plus outrageante par l'époux ombrageux, plus de cinq ans s'étaient passés.

Cependant, quoique le marchand fût loin de s'attendre à une telle apparition, et qu'il eût encore l'esprit bouleversé par la lecture du billet de sa femme, à peine Emmanuel eut-il ouvert la porte que son ancien patron le reconnut.

Delanoue avait encore la main sur ses armes.

A l'aspect du jeune Savenay, sa jalousie, d'autre part violemment excitée, se réveilla contre celui-là aussi, et peu s'en fallut qu'il ne se déterminât à exécuter la menace qu'il lui avait faite autrefois quand ils se séparèrent pour ne plus se revoir.

— Dieu soit loué! dit-il avec l'accent d'une rage concentrée, aujourd'hui toutes mes dettes seront payées!

Déjà le pistolet, tremblant dans sa main, se dirigeait vers Emmanuel;

déjà le mari de Berthile se préparait à faire jouer la détente; quand le bruit sourd d'une sorte de râlement lui fit regarder plus fixement son indiscret visiteur.

Celui-ci était horriblement pâle et haletant; ses vêtemens étaient en désordre; une sueur abondante avait plaqué ses cheveux de jais sur son front; sa poitrine se soulevait par bonds précipités, un nuage était sur ses yeux, et le sang, chassé avec rapidité de son cœur, lui bourdonnait aux oreilles.

Il ne vit pas le mouvement de Delanoue, il n'entendit pas ses sinistres paroles.

— Que venez-vous faire ici? de quel droit, dans quel but vous introduisez-vous chez moi à pareille heure? lui demanda le marchand.

Et tandis qu'il parlait, les yeux attachés sur Emmanuel, comme il avait eu le temps de réfléchir au danger d'un emportement qui pouvait nuire à ses desseins contre un autre, Delanoue replaça furtivement le pistolet dans sa boîte, qu'il ferma sans bruit.

Il était facile de s'apercevoir qu'Emmanuel ne demandait pas mieux que de répondre à la question qui lui était adressée; mais ses lèvres etaient si tremblantes, mais ses dents s'entrechoquaient de telle sorte que, sous l'empire de l'indicible agitation qui le dominait, aucune parole distincte ne pouvait sortir de sa gorge, qu'étranglait une pression convulsive.

Il s'efforçait de parler, et tout ce qu'il voulait dire se produisait en sons inarticulés.

Voyant bien qu'il ne pouvait encore parvenir à se faire entendre, Emmanuel se laissa tomber sur un siége, et d'un geste il indiqua la porte à Delanoue.

— Allez monsieur, allez vite, semblait-il dire au mari de Berthile.

Mais l'autre, debout et immobile devant le jeune Savenay, le regard incertain et courroucé, murmurait dans un rugissement de colère :

— Parlez donc! dites-moi, imprudent que vous êtes, comment vous avez pu vous exposer à venir jusqu'ici affronter mon ressentiment?

— Emmanuel parvint cependant à reprendre haleine. Alors, comprimant de ses deux mains jointes les mouvemens impétueux de son cœur, il se leva tout à coup, et s'adressant à son ennemi, il s'écria :

— Des armes! monsieur, prenez des armes et suivez-moi!

— Des armes! répéta Delanoue avec surprise, ne comprenant pas le motif d'un appel qui s'accordait, néanmoins, avec ses secrètes intentions. Tout à l'heure, continua-t-il, je jugerai par moi-même de ce que je dois faire; mais auparavant, puisque la voix vous est enfin revenue, vous allez m'apprendre, ce qui vous a inspiré l'audacieuse pensée de rentrer dans cette maison quand je vous avais si bien ordonné de n'y point remettre les pieds.

— Eh! monsieur, reprit impatiemment Emmanuel, allons au plus pressé d'abord; m'expliquer ce serait perdre un temps précieux! Venez! venez! et après ce que vous aurez vu vous ne me demanderez plus, j'espère, pourquoi je suis venu ici.

A ces mots, il voulut entraîner Delanoue vers la porte, mais le marchand repoussa la main qui essayait de le saisir, et il se disposait à appeler ses gens.

Emmanuel devina cette intention.

— Oh! n'appelez pas, monsieur! Pour elle, pour vous-même, n'appelez personne! Il y va de ce que vous avez de plus sacré.

En ce moment, une heure du matin sonna à la pendule de la cheminée.

Une heure, c'était le moment convenu pour le rendez-vous que Delanoue avait résolu de troubler; le timbre, en résonnant, causa un frémissement visible au mari de Berthile.

— Finissons! monsieur, dit-il à Emmanuel; dans quelques heures, au point du jour, j'irai vous demander compte de votre ridicule visite; mais maintenant je vous invite à sortir au plus vite de chez moi, et si les paroles ne suffisent pas...

Sans achever, il ouvrit précipitamment la fenêtre: puis, revenant à Emmanuel, il l'étreignit de ses deux bras, et le souleva comme s'il se disposait à le lancer dans l'espace béant devant lui.

D'une main, le jeune Savenay chercha un point d'appui sur le balcon; de l'autre main, désignant au furieux une croisée éclairée dans le corps du logis qui lui faisait face, il lui dit, toujours à voix couverte :

— Au nom du ciel, monsieur, regardez là-bas votre femme : elle n'est pas seule; j'ai vu passer deux ombres!

Le tressaillement convulsif qui s'empara subitement de Delanoue lui fit lâcher prise et rendit Emmanuel maître de ses mouvemens.

Le mari eût bien voulu avoir assez d'empire sur lui-même pour cacher ce qu'il éprouvait: mais la commotion qu'il venait de ressentir n'avait point échappé aux regards d'Emmanuel.

— Ah! vous commencez à comprendre l'intérêt qui m'a conduit vers vous : c'est votre honneur que je viens sauver, ou plutôt c'est celui d'une femme que j'aime, oui, que j'aime, répéta-t-il avec fermeté; je puis l'avouer cet amour, car il est si pur que, par respect pour celle qui me l'a inspiré, j'ai reculé devant la pensée d'être seul à la protéger..... et je viens vous trouver, vous son mari, afin de vous dire : Berthile, je n'en doute pas, est victime d'un piége; un homme tout à l'heure s'est introduit chez elle. Si la voix de votre femme est muette en ce moment, c'est que la terreur l'aura glacée... Mais mon cœur l'entend cette voix qui nous appelle à son secours; ah! si le vôtre pouvait l'entendre de même, vous ne seriez plus ici, et nous aurions déjà châtié le scélérat que je viens de dénoncer.

Que faisait Delanoue tandis qu'Emmanuel parlait de la sorte? Il avait refermé la fenêtre et laissé tomber la draperie des rideaux, de peur que la vue de ces deux ombres, qui par instant se découpaient en silhouette sur la croisée de l'autre corps de logis, ne troublât complétement sa raison et ne mît sur ses lèvres l'aveu de son lâche calcul.

Un moment il demeura encore incertain de ce qu'il devait faire, mais le sentiment de sa dignité l'ayant emporté sur toute autre considération, il s'empara de nouveau de ses armes, et se disposa, mais moins fructueusement qu'il ne l'avait espéré d'abord, à faire justice du séducteur de Berthile.

Emmanuel, pressant toujours celui qui n'avait plus besoin qu'on l'excitât à punir, lui dit :

— Bien! bien! monsieur Delanoue! volons au secours de votre femme, et si, comme on le prétend, demain votre crédit de négociant doit subir quelque atteinte, cette nuit, du moins, vous aurez sauvé votre honneur de mari.

Ramené par ces imprudentes paroles en présence d'une situation intolérable pour son orgueil, la perspective effrayante du lendemain changea brusquement la résolution de Delanoue. Au lieu de s'élancer à la suite d'Emmanuel, qui avait déjà dépassé le seuil de la porte, il courut à celui-ci, mais ce fut pour l'obliger à rentrer.

— Un instant, monsieur, lui dit-il en l'attirant d'un bras vigoureux dans l'intérieur du cabinet; vous ne pouvez venir avec moi : il faut que vous demeuriez ici jusqu'à mon retour.

« Puisque vous n'avez voulu instruire que moi seul de ce qui se passe chez moi, il est juste que j'aille seul m'assurer de ce qu'il y a de vrai dans l'avis que vous me donnez. Je ne puis vous accepter pour témoin de l'outrage; il suffit que cet outrage me soit signalé; c'est à moi qu'appartient le droit de le venger. »

Ayant jeté rapidement ces mots, Delanoue sortit, et d'un tour de clé il ferma la porte du cabinet de travail, dans lequel le jeune Savenay se trouva ainsi retenu prisonnier.

Aussitôt qu'il fut seul, Emmanuel courut soulever le rideau de la fenêtre. Aucune lueur ne se montrait plus dans le corps de logis qui lui faisait face ; il écouta pendant quelques minutes : aucun bruit du dehors ne parvint jusqu'à lui.

Un généreux scrupule lui fit alors quitter la place où il avait voulu se fixer dans l'espoir de surprendre quelque chose de la scène qu'il supposait devoir se passer entre le mari indigné et l'homme qu'il avait vu se glisser chez Berthile. Pour vaincre tout sentiment de curiosité, Emmanuel n'avait eu besoin que de se rappeler la promesse qu'il avait faite autrefois à Mme Delanoue.

Ne s'était-il pas engagé solennellement à lui être pour toujours étranger, à ne jamais essayer de lui imposer un sentiment quel qu'il fût, pas même celui de la reconnaissance?

— Que je sois un protecteur ignoré d'elle, c'est bien, c'est mon devoir; c'est aussi mon droit puisque je l'aime. Mais, pour qu'elle me croie soumis à sa volonté, ma présence ici ne doit être surprise par personne; il ne faut pas qu'en voyant M. Delanoue venir à son secours, Berthile puisse soupçonner qu'il y a une main qui le pousse, et que cette main, c'est la mienne.

« Mon rôle est de m'effacer sans cesse; qu'importe! pourvu que je veille sur elle et surtout pourvu que je la sauve. »

Ainsi se parla Emmanuel; puis, craignant que son ombre ne vînt à se dessiner aussi sur les rideaux, et que quelqu'un de la maison, sachant M. Delanoue dans l'aile opposée de la maison, ne se demandât : — Qui donc est chez le maître à cette heure avancée de la nuit, quand le maître n'est pas chez lui? il s'éloigna prudemment de la croisée, et alla s'asseoir devant le bureau du mari de Berthile.

Il était là depuis un quart d'heure, et depuis un quart d'heure ses pensées roulaient dans un effroyable abîme, quand M. Delanoue revint.

A son tour, le mari de Berthilde était pâle et haletant, comme l'avait été Emmanuel lors de sa subite apparition.

Celui-là aussi ne laissait entendre que des mots à peine articulés. La fureur dans les yeux, l'écume à la bouche et affectant un sourire qui faisait jouer les muscles de son visage comme sous l'impression de la torture :

— Merci! dit-il à Emmanuel en se penchant vers lui, merci de vos bons avis, monsieur Savenay!

« N'était-je pas bien fou, ajouta-t-il, d'écouter les rapports d'un homme tel que vous? Venir ici accuser Berthile! En vérité, après cinq ans de réflexion, vous avez trouvé là un merveilleux moyen de vous venger de son mépris. Il faut avouer que votre imagination est prompte à concevoir et fertile en ressources. Oh! ma femme vous doit beaucoup de reconnaissance pour le soin que vous prenez de son honneur! »

— Son honneur, repartit Emmanuel en se levant, je ne l'ai point suspecté; j'ai dit, monsieur, que Mme Delanoue était victime et non pas complice.

« J'ai dit encore, en vous pressant de courir à son aide, que ses vœux vous appelaient, si sa voix était muette; cela est vrai, cela je puis le répéter avec certitude, car je sais à présent que mon pressentiment était juste. »

Delanoue, après avoir été fermer la porte qu'il avait oublié de tirer après lui, revint en bondissant se poser en face d'Emmanuel.

— Je vous répète, moi, lui cria-t-il à deux doigts du visage, que tout ce que vous êtes venu me débiter n'est qu'un tissu de mensonges. Personne ne s'est frauduleusement introduit chez moi cette nuit que vous-même.

« Ainsi, vous êtes un calomniateur, monsieur Savenay ! Et ce serait justice à moi de vous tuer pour vous punir du mal que vous m'avez fait. »

Comme s'il eût résolu de joindre l'effet à la menace, Delanoue plaça sur la poitrine d'Emmanuel le pistolet qu'il tenait encore à la main. Sans se déconcerter, le jeune Savenay détourna l'arme qui le menaçait, et haussant les épaules il répondit avec une écrasante expression de mépris :

— Vous ne me tuerez pas, monsieur, car vous n'êtes pas encore bien certain que j'aie mérité vos injures.

— Voilà, par ma foi, un effronté drôle, murmura Delanoue étonné d'un pareil sang-froid.

— Et comment savez-vous si j'ai ou si je n'ai pas dit la vérité, répondit Emmanuel, puisque vous n'avez pas pris la peine de vous assurer du fait ?

Le coup avait porté si juste que le mari en demeura comme anéanti.

— Non, continua l'autre, depuis que vous êtes sorti d'ici pour aller, disiez-vous, venger votre affront, vous n'avez pas quitté la pièce voisine ; plus d'une fois, il est vrai, vous vous êtes approché de la porte ; mais une force irrésistible, à ce qu'il paraît, retenait toujours votre généreux élan.

« Oh ! ne me dites pas que je me trompe, monsieur ; ne dites pas que vous n'êtes point venu dix fois guetter à travers cette serrure si je cherchais à m'assurer que vous vous étiez réellement éloigné.

» Le silence de la nuit est perfide : il trahit le moindre bruit ; aussi ai-je continuellement entendu celui de vos pas, celui même de votre respiration.

» Je dois l'avouer, il a dû se passer en vous de terribles combats, car vos soupirs que vous cherchiez à étouffer, venaient jusqu'à moi, et ils me disaient vos souffrances.

» Je ne vous renverrai pas les reproches de lâcheté dont vous étiez tout à l'heure si prodigue envers moi ; mais si je vous les épargne à mon tour, ce n'est pas, croyez-le bien, la peur qui me ferme la bouche ; non, c'est la pitié ! »

— Et je laisserais vivre le misérable qui m'insulte après m'avoir ainsi torturé ! dit Delanoue, tourmentant avec fureur la poignée de son pistolet.

« Quoi, parce qu'il me convient, à moi, de ne pas croire à ses calomnies, parce que je veux bien, pour qu'il ne soit pas en droit de les répandre ailleurs, feindre d'aller surprendre ma femme, que je ne pourrais soupçonner sans manquer au respect que je me dois à moi-même, il osera m'accuser de bassesse, de lâcheté !...

» Mais tu ne sais donc pas, continua-t-il avec une affreuse énergie, que je suis dans mon droit en t'arrachant la vie ; car tu es chez moi, chez moi où je t'avais défendu de reparaître ; tu es entré la nuit dans ma maison, par escalade, en forçant les portes, peut-être ? Tu y es entré comme un voleur qui se glisse dans l'ombre. Je puis dire que tu as voulu m'assassiner, on me croira : je suis un honnête homme, moi. »

— A quoi bon tout ceci ? dit Emmanuel, toujours avec fermeté. Malgré vos menaces, vous vous garderez bien de commettre ce crime : le bruit attirerait vos gens.

« Il n'y a pas que moi d'intrus ici, vous le savez bien, et, par pudeur, vous ne voudriez pas qu'on vît sortir de chez votre femme celui que j'y ai vu entrer. »

L'irritation de Delanoue était au comble, et l'on ne pourrait dire à quelle extrémité elle allait le porter si Emmanuel n'eût ajouté, en mettant tout à coup sous les yeux du mari de Berthile la lettre de celle-ci, qui était restée jusque-là sur le bureau.

— Trève de comédie, monsieur ; assez de faux-semblans d'honneur : cette lettre que j'ai lue, elle vous condamne. Vous parlez du respect humain, et vous avez pu rester sourd au cri de désespoir de Mme Delanoue.

« Pauvre femme! Dites : combien l'avez-vous donc vendue ? »

En face de cette preuve irrécusable de son infamie, Delanoue fut près de s'évanouir.

Il n'y avait pas lieu de s'étonner que sa force l'abandonnât, après la lutte violente et prolongée qu'il venait de soutenir contre ses devoirs et son droit de mari mis en balance avec son orgueil de marchand.

Emmanuel avait dit vrai.

Quand ce malheureux, renonçant à un honteux calcul, s'était éloigné, bien décidé à se venger dignement, noblement, comme c'était son devoir enfin, de l'homme qui lui apportait en même temps la souillure cachée et les moyens de réaliser ses ambitieux desseins, Delanoue alors, oubliant ce qu'il allait perdre pour ne songer qu'à ce qu'il devait sauver, s'était dit : « Périsse ma maison et non pas ma dignité d'époux ! »

Mais à peine eut-il fait quelques pas hors du cabinet où il avait emprisonné le jeune Savenay, que la réflexion, prompte comme le passage de l'éclair, lui montra deux honneurs en jeu. Aussitôt il s'arrêta incertain.

D'une part ou de l'autre il fallait qu'il y eût pour lui tache ou blessure ; ou livrer son nom à l'insultante pitié du monde, ou se condamner à son propre mépris, Delanoue n'avait plus qu'à choisir dans cette alternative.

Son esprit, flottant de l'un à l'autre sacrifice, ne pouvait se résoudre à en accepter aucun.

S'il se fût trouvé tout-à-coup transporté dans l'appartement de Berthile, en présence de sa flagrante infamie, le mari eût oublié les scrupules du marchand et protégé sa femme; mais il était loin d'elle, mais il osait réfléchir, et la honte ignorée, si lourde qu'elle fût pour sa conscience, lui semblait encore plus facile à porter que celle qui devait être rendue publique.

Nous ne voulons pas dire ici que las de combattre, le mari de Berthile fit invariablement le choix d'une flétrissure; mais, pour un moment, il se félicita d'un accident imprévu qui devait le mettre dans l'impossibilité de sortir de son irrésolution. Tout parti pris lui offrait même danger.

Volontiers il se serait ravi lui-même les moyens d'avancer ou de reculer dans la voie périlleuse où il se voyait engagé : le hasard lui vint en aide.

Ayant d'abord été droit à la porte de sortie du salon où il se trouvait sans lumière, Delanoue saisit fiévreusement la clé, qu'il fit, par mégarde, tourner au rebours dans la serrure, irrité contre cette porte qu'il venait involontairement de fermer à double tour, il tira à lui la clé, mais par un mouvement si brusque, que celle-ci sortit de la serrure et lui échappa de la main. Alors il repoussa du pied la clé qu'il eût dû ramasser, et se dit, comme si cet obstacle volontaire avait pu le défendre contre les remords de sa lâche action : — Ce n'est pas ma volonté, c'est le mauvais sort qui me retient ici.

Delanoue n'eut pas plutôt mis empêchement à sa sortie, qu'il se révolta contre lui-même. Indigné de tant de bassesse, il se hâta de chercher la clé qu'il venait de repousser au loin ; mais au milieu des ténèbres, la trouver n'était pas chose facile.

Il fut sur le point d'appeler Emmanuel pour que celui-ci lui apportât de la lumière et vînt l'aider dans ses recherches ; cependant, au moment d'avoir recours à cet expédient, il calcula le temps qui s'était écoulé depuis sa sortie du cabinet, et il n'osa pas se montrer à celui qui devait le croire depuis long-temps près de Berthile.

A force de chercher, il parvint enfin à mettre la main sur cette clé ; il s'agissait maintenant de trouver la porte.

Bien que Delanoue connût parfaitement les êtres de la maison, l'égarement de son esprit ne lui permettait plus de diriger sa marche vers l'endroit où il voulait aller. C'est seulement lorsqu'il eut parcouru avec les mains toutes les parois de la chambre, qu'il rencontra la serrure et qu'il put se rendre la liberté dont, par calcul, il s'était tout à l'heure privé.

Cette fois sa résolution était prise ; il savait ce que c'est que le déshonneur qu'on s'impose, et celui-là lui avait fait trop de mal pour qu'il ne lui préférât pas le malheur qu'il devait subir sans l'avoir mérité.

Comme en quittant Emmanuel, il se dit encore : — Périsse ma maison et non pas ma dignité d'époux !

Mais comme il allait s'engager à grands pas dans le corridor tournant qui devait le conduire chez Berthile, il vit, à l'extrémité de ce corridor, briller une lumière, il entendit fermer discrètement une porte, il aperçut une ombre glisser. — Trop tard ! balbutia-t-il, il est trop tard.

Ecrasé pendant quelques secondes sous le poids de son infamie, Delanoue demeura incertain du parti qu'il devait prendre. Puis il pensa que le seul moyen de forcer le protecteur de Berthile au silence, c'était de nier effrontément devant lui la vérité, et de le faire douter de ses propres yeux.

Cette résolution prise, le marchand s'arma d'audace, et, comme nous l'avons vu, c'est alors que, désireux au moins de cacher sa honte, il accourut jeter le démenti à la face d'Emmanuel.

On sait comment ce dernier répondit à d'injurieuses dénégations et quelle arme puissante il opposa au pistolet qu'un furieux dirigeait contre lui.

A l'aspect de la lettre de Berthile qu'il avait oubliée, Delanoue, joignant les mains et se les tordant, dit d'une voix éteinte :

— Malheureux ! malheureux ! quelqu'un le sait !

— Je ne m'étonne plus, répondit le jeune Savenay, si vous m'avez accueilli avec tant de colère ; ma visite était bien inopportune, en effet ! je venais déranger vos combinaisons commerciales ; j'ai failli par ma présence vous faire manquer un excellent marché.

« Ah ! poursuivit-il, quittant le ton railleur, pourquoi ai-je hésité à me précipiter sur les pas de cet Horace Vandeuil qui devait trouver ici porte ouverte et mari de bonne volonté ? Pourquoi n'ai-je pas essayé de la briser cette porte qu'il referma si vite sur lui qui se voyait poursuivi ? Alors le pacte infâme n'eût pas reçu son exécution ; car le bruit que j'aurais fait eût réveillé vos gens et sauvé votre femme.

» Mais, trop confiant en l'honneur d'un homme qui s'était montré avec moi si jaloux de faire respecter son droit de mari, je suis venu mal à propos lui signaler un danger que lui-même il avait pris soin de s'attirer. Mon zèle fut imprudent, je le confesse ; mais j'avais oublié qu'il y a deux hommes en M. Delanoue : l'époux et le marchand ; c'est demain la fin du mois, il faut bien payer à échéance. »

Emmanuel allait continuer ses accablantes récriminations, mais il regarda le mari de Berthile, et l'attitude humiliée de celui-ci l'émut d'un sentiment de commisération.

— Ne craignez rien, monsieur, de mon indiscrétion, lui dit-il ; l'homme que la providence a rendu dépositaire de vos secrets ne les trahira pas, soyez-en certain.

» Il est bien assez à plaindre, cet homme qui voit son idole souillée ; il ne veut pas que d'autres soient en droit de refuser leur respect à celle qui eut son amour.

» Si ma vie, continua-t-il, ma vie pour toujours désenchantée, était nécessaire pour vous tranquilliser sur mon silen ce, je vous dirais : « Prenez-la, je vous la donne, » et ce n'est pas en me laissant assassiner ici que je vous en ferais le sacrifice; non, monsieur, car je ne voudrais pas que ma mort vous fût un seul instant imputée à crime. Nous simulerions un duel, et ce serait chose facile entre nous : vous m'avez fait une telle injure qu'après cinq ans passés on peut encore concevoir le désir de la vengeance. Nous nous battrions, vous dis-je.

— Soit, nous nous battrons; j'accepte, répondit Delanoue, impatient de se venger des autres et de lui-même; oui, nous nous battrons, car maintenant un de nous est de trop sur la terre.

— Je dois vous prévenir, continua Emmanuel avec calme, qu'il ne me sera pas possible de vous laisser l'alternative d'une chance heureuse ou fatale touchant l'issue du combat; un serment me défend de menacer vos jours; mais ceci n'empêchera rien : je saurai bien, tout en sauvant les apparences, m'y prendre de façon à demeurer victime.

« Ne vous trompez pas, monsieur, sur le sentiment qui me porte à vous parler ainsi; je ne fais rien pour vous, car je ne vous dois rien, pas même mon estime; mais je dois tant à Berthile pour le bonheur de l'avoir connue, pour la gloire de l'avoir aimée, qu'il n'est aucun sacrifice auquel je ne sois prêt à me dévouer si l'intérêt de son repos le commande.

» Pour elle j'ai souffert la plus odieuse des humiliations; pour elle je donnerais tout mon sang, comme hier j'ai donné, sans le regretter, le modeste héritage que m'avait laissé mon père. »

Delanoue, qui depuis un moment était retombé dans une sorte d'anéantissement, releva la tête.

— Hier? répéta-t-il, hier vous avez donné votre héritage pour Berthile? Que signifie cela, monsieur? Vous avez donc revu ma femme? elle me trompait donc! Ainsi ce n'est pas, comme j'ai dû le supposer, une vertu sans tache qu'elle a immolée à l'intérêt de mon crédit...

« Ah! je le voudrais, mon Dieu! je le voudrais; au moins ce n'est pas moi qui serais infâme; j'aurais à demander compte à quelqu'un de mon déshonneur. »

— N'en accusez que vous, car si pour elle j'ai donné le peu que je possédais, Berthile ne l'a pas su, elle ne le saura jamais, surtout de moi. C'est encore à vous, monsieur, que doit revenir le bénéfice de l'action faite à son intention seulement. Je n'ai pas voulu qu'elle souffrît du cruel embarras dans lequel vous vous trouviez pour faire face à votre fin de mois.

« Tout ce que j'ai pu racheter de vos effets de commerce, je l'ai fait.

» Tenez, poursuivit-il en tirant un portefeuille de la poche de son habit et le présentant ouvert à Delanoue, tenez, il y a là dedans pour vingt mille francs de billets qui portent votre signature; reprenez-les, ceux-là du moins ne seront pas protestés. »

D'abord le mari de Berthile ne regarda qu'avec des yeux inintelligens es billets qu'Emmanuel étalait devant lui; il ne se rendait plus compte e lui-même.

Etait-il sous la puissance d'un rêve pénible ou d'une réalité plus insupportable encore? Voilà ce que le malheureux se demandait intérieurement.

Et quand il se fut assuré, une main sur le cœur, l'autre sur le front, de cet état de veille duquel il doutait alors, il se trouva placé entre le sentiment de la reconnaissance et celui de l'indignation, sans savoir auquel des deux il devait céder.

— Monsieur, dit-il enfin à Emmanuel, secouant par un effort désespéré sa douloureuse apathie, malgré ce qu'il y a en apparence de générosité dans votre conduite, vous ne prétendez pas que je vous sache bon gré de vos bienfaits, et en cela vous avez raison; car je les regarde comme une sanglante injure. Je ne vous reconnais pas le droit de vous appauvrir en faveur de ma femme et de douter de ma solvabilité.

» Ces billets que vous venez m'offrir, je ne les accepte pas. Présentez-vous demain à ma caisse, ils seront tous payés. »

— Je n'en doute pas, répondit le jeune Savenay, vous savez si bien trouver des ressources inconnues aux autres, pour faire honneur à votre signature !

— Mensonge ! mensonge et calomnie ! s'écria Delanoue en saisissant la lettre de Berthile et en la brûlant à la flamme de la lampe.

« Osez dire maintenant que j'ai vendu ma femme ; où en est la preuve ? »

— Là ! riposta Emmanuel en lui montrant, à la lueur du jour naissant, Horace Vandeuil qui traversait la cour et se dirigeait vers la porte de sortie.

— Ah ! il n'était donc pas parti ! s'écria Delanoue. Puis il se précipita vers le corridor.

— Où allez-vous? lui dit Emmanuel en l'arrêtant, proclamer votre déshonneur volontaire par une esclandre?

— Laissez-moi, il faut que cet homme-là meure !

— Sans doute, il faut qu'il meure, mais ce n'est pas vous qui devez le tuer ; car ce n'est pas vous qu'il a le plus offensé.

— Et qui donc ? demanda le mari de Berthilde.

— Moi ! répondit Emmanuel en s'élançant à la poursuite du protégé d'Héloïse Salmon.

XI.

Rencontre.

La course d'Emmanuel Savenay fut si rapide, qu'il parvint à rejoindre Horace Vandeuil environ à vingt pas de la porte de sortie.

— Monsieur, lui dit-il en l'arrêtant au milieu de la rue déserte, vous voudrez bien m'apprendre, je suppose, comment il se fait que vous vous trouviez de si grand matin dans un quartier de Paris qui n'est point le vôtre.

— Monsieur, répondit Horace, presque aussitôt remis qu'atteint de l'émotion de surprise que devait lui causer cette brusque interpellation, je me suis déjà donné la peine de vous dire que je n'étais pas dans l'habitude de répondre aux questions impertinentes, et comme celle que vous m'adressez est justement de la nature de celles-ci, vous me permettrez d'avoir et pour elle et pour vous le degré d'estime que vous méritez tous les deux.

Après cette insultante réplique, Horace écartant Emmanuel de son chemin allait continuer à marcher, mais le vengeur de Berthile n'était rien moins que disposé à lui livrer passage ; aussi, se plaçant devant son rival, il riposta en fixant sur lui un regard intimidant :

— Vous savez bien, monsieur, que de vous à moi les choses ne peuvent pas se passer en injures réciproques. Ce superbe mépris, dont vous m'honorez, ne vous enlève rien de la honte dont vous êtes couvert.

« Ne vous abusez donc pas sur le sens de mes paroles : quand je demande à un fat impudent d'où il sort à pareille heure, ce n'est pas pour obtenir de lui un aveu qui ne m'apprendrait rien que je ne sache déjà, mais c'est pour lui faire comprendre que je suis résolu à le mettre dans l'impossibilité de se vanter auprès de qui que ce soit, de son odieuse bonne fortune.

— Ah ! dit légèrement Horace, vous soupçonnez donc que j'étais en bonne fortune dans ce quartier ?

— Je sais que vous venez de commettre une action lâche et infâme ; je sais aussi que Dieu vous condamne et qu'il m'a désigné pour être votre bourreau.

— En vérité, il faut que Dieu ait bien mauvaise opinion de vous pour vous charger d'une telle commission, et, à votre place, je n'en parlerais pas avec tant d'orgueil.

— Cessez de railler, monsieur Vandeuil, car c'est sérieusement que je vous le dis en face : nous nous sommes rencontrés pour la dernière fois ; entendez-vous ? pour la dernière fois !

— Quoi ! tout de bon ! vous me promettez que cette rencontre sera la dernière ?

« Ah ! ma foi, voilà une excellente nouvelle que vous me donnez là, et si j'avais pu m'attendre à cette gracieuseté de votre part, je vous aurais reçu d'une autre façon.

» Ce digne garçon, continua Horace, du ton de moquerie le plus impertinent, il a senti enfin combien il m'était insupportable, et, se rendant justice, il prend la peine de se lever avant le jour : il court les rues tout exprès pour venir m'annoncer qu'il est bien décidé à me priver désormais de son insipide présence.

» En vérité, voilà qui est d'une obligeance rare, et je lui en suis bien reconnaissant. »

Emmanuel le laissa dire ; puis, quand le railleur eut achevé sa réplique, alors le saisissant au collet, il riposta :

— Oui, c'est notre dernière rencontre ; mais elle vous sera fatale, car je ne vous quitterai qu'après vous avoir tué.

— Fort bien, c'est du bruit, c'est une esclandre que vous voulez ; soyez satisfait, l'esclandre a déjà eu lieu, et quant au bruit, les témoins de notre tête-à-tête se chargeront de le répandre aussi haut et peut-être plus loin que vous ne l'auriez voulu.

En terminant, Horace Vandeuil, par un brusque mouvement, se dégagea de la violente étreinte d'Emmanuel, et lui montra, à l'angle voisin de la rue, quatre têtes qui s'avançaient curieusement.

Le jeune Savenay, à la vue de ces visages qui ne lui étaient point inconnus, s'écria :

— Le misérable, il a voulu que le déshonneur de Mme Delanoue fût complet !

Ceux qu'il venait d'apercevoir étaient les plus intimes compagnons de plaisir d'Horace Vandeuil.

Ce dernier, engagé contre eux la veille dans un pari dont l'honneur de la femme du marchand était l'objet, leur avait donné rendez-vous au point du jour, dans cette rue, afin qu'ils pussent le voir sortir triomphant de chez Berthile flétrie.

Il allait à la rencontre de ses partners quand il fut subitement accosté par Emmanuel ; d'un signe, Horace retint les curieux à distance, et l'on peut supposer que s'il resta impassible et moqueur devant les menaçantes paroles de son rival, c'est qu'il savait bien qu'au moment du danger il trouverait pour le défendre, des bras et des cœurs de bonne volonté.

Il feignit de n'avoir pas entendu l'exclamation du jeune Savenay, et il continua :

— Votre présence me sera plus profitable que vous ne l'espériez, mon cher monsieur, et puisque vous êtes si bien instruit de l'emploi de mes heures, vous allez m'aider à gagner ma gageure.

— Qu'entendez-vous par ces mots ?

— J'entends que vous voudrez bien témoigner de mon heureuse entreprise de cette nuit. Ces messieurs qui viennent à nous ont parié contre moi que je ne réussirais pas.

— Et vous en appelez à mon témoignage ?

— Non, mais au courroux que vous montrez ; il suffira pour prouver à mes amis que j'ai le droit de retirer mon enjeu et le leur.

L'indignation d'Emmanuel était montée au plus haut point ; cependant il se contint et murmura à l'oreille d'Horace,

— Je ne vous donnerai pas la joie que vous attendez ; laissez venir vos amis, monsieur, et nous verrons qui triomphera.

Les compagnons de Vandeuil n'étaient plus qu'à quelques pas quand il les apostropha ainsi :

— Approchez, messieurs, ne faites pas les discrets ; ce qui se passe ici vous regarde aussi bien que moi, puisqu'il s'agit de notre gageure.

« Vous le voyez, j'ai loyalement agi : je ne suis sorti de la maison qu'au grand jour, comme vous l'aviez exigé.

» Vous avez été aussi exacts que moi au rendez-vous. Eh bien ! nierez-vous maintenant la possibilité du succès ? Le mécontentement que monsieur laisse percer ne vous dit-il pas assez que j'ai gagné le pari ? »

Tous les regards se dirigèrent en même temps vers celui que ces paroles désignaient.

Mais, à la grande surprise d'Horace et de ses amis, le visage d'Emmanuel ne trahissait aucune émotion. Sous ses lèvres d'où s'exhalait, un instant auparavant, la plus juste colère, il n'y avait maintenant qu'un sourire froid, mais incisif comme la pointe aiguë du sarcasme blessant. Au calme de la surface, il eût été impossible de deviner le furieux orage qui bouleversait le fond.

— Allons donc ! dit-il en prenant à son tour le ton de la raillerie ; voilà, en vérité, un inutile débat ; n'avons-nous pas grand sujet, vous, de vous glorifier et moi de m'indigner de la trahison dont je suis victime ? De qui s'agit-il, après tout ? d'une fille perdue.

Il lança ces mots à la face de Vandeuil avec tant d'assurance, que celui-ci en demeura comme étourdi.

Ses amis, étrangement intrigués, demandèrent aussitôt l'explication du mystère.

— N'en disons pas davantage ici, messieurs, répondit Emmanuel, déjà les passans commencent à circuler dans les rues ; mais, puisque nous sommes si près des Champs-Elysées, allons-y de ce pas ; là, du moins, nous pourrons parler librement.

Horace voulut presser l'explication ; mais Emmanuel jura qu'il n'ajouterait rien à ce qu'il venait d'avancer tant qu'on ne se serait pas décidé à chercher, avec lui, un lieu plus convenable pour continuer l'entretien qu'il venait d'engager dans une voie qui déroutait son rival.

Les compagnons de Vandeuil étant tombés d'accord sur ce point avec le jeune Savenay, marchèrent en avant, ne voulant pas, dirent-ils, entendre l'un ou l'autre des deux adversaires avant qu'il fût possible de reprendre le débat contradictoire, et cela, sans courir le risque d'être coudoyés ou interrompus par la curiosité des allans et des venans.

En arrière donc suivaient Emmanuel et Vandeuil. Durant le trajet, qui fut court, ils échangèrent quelques paroles.

— Que diable, monsieur, voulez-vous dire, avec votre fille perdue ? demanda Horace ; c'est de Mme Delanoue, c'est d'elle seule qu'il peut être question.

— Ne disputons pas maintenant sur les termes, répondit Emmanuel, tout à l'heure vous en apprécierez mieux la justesse, puisque tout à l'heure j'aurai tout révélé.

— Il n'y a pas de révélation à faire ; il s'agit uniquement de constater un fait ; et, d'ailleurs, malgré ce calme apparent que vous n'affectez sans doute que pour vous donner le plaisir de m'adresser un démenti, ma parole ne suffit-elle pas auprès de mes amis pour le prouver, ce fait ?

— Il paraît qu'il leur faut plus encore que votre parole, puisque vous avez réclamé mon témoignage.

— J'ai voulu et je veux positivement vous obliger à plus de circonspection envers moi à l'avenir.

— Oh ! vous avez beau chercher à esquiver la difficulté, monsieur Vandeuil, je vous le jure, vous étiez mal inspiré en me choisissant pour arbitre ; la raillerie tournera contre vous, car c'est moi qui vous le dis, vous avez perdu la gageure.

— Mais, au nom de tous les cinq cents diables ! dites-moi comment il peut se faire que ce qui s'est passé ne soit pas arrivé ?

— Je ne nie rien, je ne prétends rien nier, répliqua Emmanuel.

— Eh bien ! alors ? fit Vandeuil en s'arrêtant et en essayant de retenir l'impassible jeune homme qui lui mettait l'esprit à la torture.

Emmanuel, pour l'empêcher de poursuivre, lui montra ses amis, qui, parvenus au terme de leur course, les attendaient sous les arbres de la première contre-allée des Champs-Elysées.

— L'affaire n'est plus seulement entre nous deux, dit-il à Horace ; il vous a plu d'aposter des espions pour qu'ils fussent bien certains que vous êtes un heureux séducteur ; que ceux-là donc qui devaient chanter si haut votre victoire soient témoins de votre honte ; ce n'est pas moi, monsieur, c'est vous qui l'aurez voulu.

A son tour il avança à grands pas vers ceux qui demandaient avec impatience la reprise des explications entre les deux rivaux. Vandeuil l'eut bientôt rejoint.

Ce n'était pas sans un motif puissant qu'Emmanuel avait retardé jusqu'à ce moment de justifier ses paroles.

D'abord, et par mesure de prudence, il avait songé à éloigner Vandeuil et ses amis de la maison de M. Delanoue; il ne voulait pas, à la porte même de Berthile, engager une discussion où était si fort en jeu l'honneur de la femme qu'il devait protéger. Cette seule raison eût suffi pour qu'il demandât à s'expliquer en autre lieu que celui-là.

Mais ce n'était pas tout encore : quand Emmanuel prononça ces mots : — une fille perdue, — c'était au hasard plutôt qu'à une inspiration soudaine qu'il devait de les avoir dits.

Ce qu'il voulait en ce moment, c'était jeter dans l'entretien une épithète si outrageante que Vandeuil, quelque éhonté qu'il fût, dût reculer devant l'idée d'y accoler le nom de Berthile.

Cette manœuvre habile, toute irréfléchie qu'elle était, avait complétement réussi ; il restait maintenant au vengeur de Mme Delanoue à tirer de la victoire même du séducteur autant de faits à la honte de celui-ci, qu'il y voyait lui-même de motifs de se glorifier.

La tâche était difficile ; mais le bon vouloir du cœur aidant, Emmanuel ne désespéra pas long-temps d'obtenir ce généreux résultat.

Quand il se retrouva pour la seconde fois à l'abri des importuns, et en présence de Vandeuil, qu'entouraient les témoins de sa galante aventure, le jeune Savenay n'eut plus à chercher comment il lui serait possible de confondre son rival sans compromettre le nom de Berthile.

Vandeuil et ses amis, avec un égal empressement, mais non pas du même ton, l'engagèrent à s'expliquer enfin.

— Il s'agit d'une gageure, messieurs, dit Emmanuel ; or, je demande qu'on me laisse parler sans m'interrompre, ou si cette justice m'est refusée, je déclare à l'avance monsieur menteur avec ses amis et déloyal au jeu.

Des yeux et de la main il désigna Horace, qui avait pris devant lui une attitude insolente.

Déjà l'adversaire d'Emmanuel se préparait à repousser vigoureusement l'injure qui lui était adressée à brûle-pourpoint ; mais les parieurs de la veille, désireux de savoir au plus tôt à qui devaient revenir les enjeux, déclarèrent qu'ils étaient décidés à maintenir la parole à Emmanuel.

— Tu répondras, dit l'un d'eux à Horace ; mais d'abord il faut entendre monsieur.

— J'ai dit menteur et déloyal, reprit l'accusateur d'Horace.

« Peut-être me trompai-je cependant; car si M. Vandeuil a gagé qu'il s'introduirait la nuit chez M. Delanoue; s'il a gagé encore qu'il y rencontrerait une femme par laquelle il devait être attendu; s'il a gagé enfin qu'il ne sortirait de cette honorable maison qu'après l'avoir profanée par son ignoble amour; oh! alors je rétracte mes paroles, je me repens de les avoir dites. Oui, si les choses ont été établies de la sorte, je dois le reconnaître, monsieur n'a rien avancé qui ne fût l'exacte vérité; monsieur ne s'est pas insolemment flatté d'atteindre à un but qu'il ne l'ait réellement touché; payez, en ce cas, messieurs; il a loyalement gagné la gageure. »

Cette conclusion à laquelle on était loin de s'attendre, déconcerta les amis de Vandeuil.

— Il a fait mention honorable, dit ce dernier en redressant la tête et passant la main dans sa cravate, avec fatuité; je savais bien, moi, que, mis en demeure d'expliquer ses paroles, il ne pourrait dire que ce qui est positivement vrai.

« Merci donc de votre bon témoignage, mon petit monsieur; quoique vous l'ayez entouré d'expressions dont j'aurais le droit de m'offenser, je vous les pardonne; un rival favorisé peut, sans compromettre sa dignité, se montrer généreux envers celui qui a vainement offert l'hommage de son amour. »

— Si c'est là tout ce qu'il avait à nous apprendre, fit observer l'un des partenaires d'Horace, il était inutile de nous faire faire cette promenade; dès hier au soir nous savions comment l'entrevue devait se passer.

— L'entrevue, avec qui? s'écria Emmanuel, l'entrevue avec une servante, car ce n'est que d'une servante qu'il s'agit, n'est-ce pas?

Tous les amis répétèrent en regardant Vandeuil :

— Une servante?

— Je n'y comprends plus rien, répondit le séducteur de Berthile, cet homme est ivre ou il est fou.

— Assez d'hypocrisie des deux parts! poursuivit avec vivacité le jeune Savenay; ôtons tous les deux nos masques; il est temps enfin qu'on ne se trompe plus sur la bassesse de nos penchans.

« Nous étions destinés à nous rencontrer plus d'une fois dans des amours différens : au premier, nous avons dû éprouver, vous et moi, même échec : la vertu nous faisait obstacle; mais vous deviez l'emporter sur moi dans le second : les inclinations perverses de celle qui en était l'objet vous assuraient une victoire facile.

— Messieurs, interrompit Horace, je vous dis que cet homme a le cerveau fêlé et qu'il y aurait charité à le conduire de force dans la première maison de santé.

— Ah! je savais bien, dit Emmanuel, que, par vanité, vous refuseriez de comprendre; mais je parle clairement, il me semble, quand je dévoile à vos amis vos intrigues d'antichambre qui sont aussi les miennes.

— Vous faites erreur, jeune homme, répliqua Vandeuil; si après avoir échoué autrefois auprès de la maîtresse, c'est à la servante que vous en voulez, il n'y a pas de rivalité entre nous, je vous jure; jouissez en paix de votre conquête, ce n'est pas moi qui penserai à vous troubler dans cette glorieuse possession.

— Pas de faux-fuyans, monsieur Vandeuil; nier ce n'est pas se justifier, achez-le.

«D'ailleurs, je ne viens point ici me plaindre de ce que je vous trouve toujours sur mon passage quand il me plaît d'aimer quelque part; ce que je veux, c'est que vous déclariez devant témoins que vous n'honorez pas seulement de vos hommages les femmes de haute vertu ou de grande naissance; ce que je veux, c'est qu'il soit constaté ici par votre propre aveu que, comme les libertins d'un autre temps, après avoir prodigué vos faveurs à celles-là, il vous en reste encore à donner aux filles sans cœur.

» Nierez-vous maintenant que vous ayez passé la nuit chez Héloïse Salmon, la femme de chambre de Mme Delanoue ? »

Il avait hésité quelque temps avant de prononcer un nom qu'il ne pouvait dire sans y attacher en même temps une flétrissure ; mais il s'était trop avancé pour faire retraite même devant le plus juste scrupule, et puis celle qu'il accusait n'avait droit à aucun ménagement de la part d'Emmanuel.

N'était-ce pas cette même Héloïse Salmon qui avait réveillé dans le cœur d'Horace Vandeuil le désir d'inscrire Berthile sur la liste de ses maîtresses ? N'est-ce pas elle qui lui avait ménagé l'entrée de la maison ; n'était-elle pas la complice du corrupteur ? Elle qui vendait les autres pouvait bien se vendre aussi ; c'était donc l'honorer beaucoup encore que de laisser supposer qu'elle s'était donnée.

L'explosion d'un rire fou accueillit les dernières paroles d'Emmanuel ; il y eut avalanche de sarcasmes sur Horace Vandeuil; mais celui-ci ne se déconcerta pas.

— Mes amis, dit-il en affectant un air de commisération, je vous en prie, pour le malheureux insensé qui peut me croire capable d'avoir des passe-temps de si mauvais goût, cessez de rire ainsi ; car votre moquerie ne peut m'atteindre : elle ne tombe que sur ses amours de bas étage.

» Quant à moi, j'agirai envers lui plus charitablement qu'il ne le mérite peut-être.

» J'ignorais qu'il élevât maintenant ses vœux jusqu'à la mansarde après avoir vu se fermer devant lui la porte du boudoir; mais puisque c'est de la fidélité de Mlle Héloïse Salmon qu'il doute, je vais m'empresser de rassurer son pauvre cœur mal à propos blessé. »

— Je sais ce que vous voudriez dire, monsieur Vandeuil; mais je ne suppose pas que dans l'intérêt de votre réputation d'homme à grandes aventures, et que pour l'appât du gain d'un pari, vous oserez devant moi laisser tomber la calomnie qui tremble en ce moment sur vos lèvres ; non, vous ne l'oserez pas!

— A la fin, répartit Vandeuil, se laissant emporter à la colère qu'il avait depuis long-temps refoulée au fond de son cœur, vous voulez donc, mon petit monsieur, que je m'assure d'un revers de main si votre joue est encore chaude du soufflet que vous a donné M. Delanoue, il y a cinq ans ?

Un éclair de joie brilla dans les yeux d'Emmanuel quand il entendit cette menace; il était outragé publiquement, et sans pousser plus loin son mensonge il pouvait demander satisfaction de l'injure.

— Un instant, dit un des amis d'Horace, n'embrouillons pas la discussion : il s'agit de notre pari et non pas de vos querelles particulières.

« La certitude que nous cherchons ne nous est pas encore acquise, et entre celui qui dit Héloïse et celui qui dit Berthile, il faut bien qu'il y ait quelqu'un qui veuille tromper les autres; quelle preuve avons-nous de la vérité? »

— Je vous donnerai, dit Vandeuil, toutes celles qu'il m'est humainement possible de vous fournir ; car vous n'exigerez pas, sans doute, que j'en appelle au témoignage de Mme Delanoue elle-même.

— Oui, continua Emmanuel, si vous l'y contraignez, il obligera Héloïse Salmon à parler, et elle répétera tout ce qu'il lui fera dire.

— Eh ! mais, dirent les assistans, ce serait du moins une puissante présomption en sa faveur, si la femme de chambre venait elle-même nous confirmer ce qu'il avance.

— Ce serait un mensonge bien digne d'elle et de lui ; car elle tient moins, l'honnête créature qu'elle est, à se faire gloire de son amant d'une nuit qu'à mériter le prix de cette nuit même, qu'il lui a sans doute promis de prélever pour elle sur les enjeux du pari. Qu'a-t-elle à craindre à présent en calomniant sa maîtresse, puisqu'elle doit être chassée ce matin par M. Delanoue, à qui sa conduite est connue?

Il y aura tout bénéfice pour elle dans cette nouvelle infamie : elle se vengera du mari en déshonorant la femme, et elle aidera monsieur à vous voler l'argent de la gageure.

La main de Vandeuil s'était levée sur Emmanuel ; mais comme avant de lancer une telle accusation il avait calculé la portée de ces derniers mots, le protecteur de Berthilde se tenait d'avance sur la défensive, de sorte qu'il put arrêter le coup dont il était menacé.

— Pour un aspirant au titre de gentilhomme, dit le jeune Savenay, vous devriez, ce me semble, avoir d'autres moyens de venger votre honneur attaqué.

— Je prendrai tous ceux que vous voudrez, dit impatiemment Vandeuil.

Les amis voulurent s'interposer comme pacificateurs ; mais, entre les deux rivaux, les choses avaient été si loin que les assistans durent accepter le rôle de témoins d'un combat.

On était encore au commencement de la matinée, et pour un duel non prémédité l'endroit n'était pas trop mal choisi.

Il y avait un tir au pistolet à peu de distance ; l'un des amis d'Horace s'y rendit pour louer des armes, tandis qu'un autre alla à la rencontre d'un fiacre qu'il fit arrêter à quelques pas de là.

Pendant les dix minutes qui s'écoulèrent entre le départ et le retour des deux amis de Vandeuil, ce dernier, après avoir prié ceux de ses compagnons qui étaient restés, de se tenir à l'écart, s'approcha d'Emmanuel :

— Vous étiez prophète, monsieur Savenay, lui dit-il; c'est bien pour la dernière fois que nous nous serons rencontrés.

— Je dois l'avouer, en apostant vos amis vous m'avez fait la partie plus belle que je ne l'espérais.

— Savez-vous bien que vous êtes un habile joûteur en fait de mensonges, et je ne soupçonnais pas que le dévoûment pour une femme fût capable d'inspirer à celui qui l'aime la pensée de s'accuser d'un amour dont l'idée seule est une tache éternelle pour un galant homme. Je ne suis pas dupe de votre soi-disant passion pour cette coquine d'Héloïse Salmon.

— Nous nous entendons à merveille, monsieur, répondit Emmanuel mon unique intention est de venger votre victime.

— Eh bien! vous êtes un digne jeune homme, reprit Vandeuil en lui pressant furtivement la main, car je me suis réellement bien mal conduit dans cette affaire. Que voulez-vous, mon cher? j'avais dit : Il me la faut, et je ne sais rien me refuser. C'est égal, vous avez mon estime ; votre conduite est vraiment chevaleresque ; vous vous battez pour un honneur qui a failli. Il est beau de se faire le protecteur des morts.

— Si vous n'avez dessein que de railler, monsieur, cessons cet entretien et pensons au devoir plus sérieux qui va nous réclamer.

— Non, d'honneur, je ne plaisante plus, répliqua Horace ; je voudrais avoir et votre vertu et votre héroïsme ; mais j'ai le cœur gâté et la main malheureuse ; aussi je vous plains ; mes tête-à-tête ne profitent jamais à ceux qui les recherchent : les femmes y perdent leur réputation, et pas un homme n'est encore parvenu à me blesser en duel.

— Oh! ce n'est pas vous blesser que je veux, murmura Emmanuel.

L'arrivée des deux autres amis de Vandeuil rompit l'entretien, et les conditions du combat étant acceptées, la distance fixée, adversaires et témoins se trouvèrent bientôt en présence.

Quelques secondes après, deux coups de feu retentirent et deux balles se croisèrent.

XII.

L'Ecrin.

Il est temps de revenir au mari de Berthile.

Nous l'avons laissé sur le seuil de son cabinet où, arrêté par Emmanuel, il voulait aller venger son droit de mari si lâchement compromis par lui-même.

Il vit le chaleureux jeune homme s'élancer à la poursuite d'Horace Vandeuil, et retenu maintenant par la crainte d'un éclat scandaleux, il n'osa pas le suivre, bien que l'intention le pressât d'en agir ainsi.

Honteux de lui-même, Delanoue, après un court moment de combat intérieur, voulut au moins juger du résultat de son odieux calcul.

Le remords au cœur, la rougeur sur le front, les yeux voilés par des larmes de rage, il se rendit enfin chez Berthile.

Ses jambes le soutenaient si mal lorsqu'il suivit les détours du corridor, qu'à plusieurs fois il fut obligé de s'arrêter en chemin et de s'appuyer tantôt à l'une tantôt à l'autre paroi de l'étroit passage.

Arrivé enfin à la porte de la chambre à coucher, il vit qu'elle n'était qu'à demi close. Il hésita long-temps avant d'entrer; il écouta : aucun bruit ne se faisait entendre, pas même celui de la respiration humaine.

Enfin, s'étant à peu près affermi, sinon contre les reproches, du moins contre le regard accablant qui allait tomber sur lui, Delanoue se décida à pénétrer chez sa femme. Il s'avança vers le lit :

Berthile reposait. Le sommeil qui lui clouait la paupière ressemblait à celui de la mort, tant il était profond.

Il fallut que le marchand tînt long-temps sa main sur le cœur de sa jeune femme pour que l'effroi qu'il avait éprouvé en la voyant ainsi immobile et sans souffle apparent, se dissipât.

Rien dans l'appartement de Berthile ne trahissait le désordre qu'il s'attendait à y trouver.

Un incroyable espoir passa dans son esprit, et comme si la brise fraîchissant eût touché son front, elle en sécha la sueur! De brûlant qu'il était, il devint tiède et calme.

Delanoue pensa alors que cette lumière accusatrice, que ces ombres qu'il avait vu passer derrière les rideaux, que cet homme sorti furtivement au point du jour, n'étaient que des jeux de son imagination horriblement tourmentée, et levant les mains au ciel, il remercia la Providence.

Il s'assit auprès du lit de Berthile, les regards tournés vers le visage de sa femme, afin de surprendre son premier mouvement, afin de lui sourire au réveil, si bien que Berthile, en revenant à elle, fût tout à coup rassurée, et qu'elle pût croire que la protection de son mari, implorée la veille par elle, ne lui avait pas fait faute au moment du péril.

Delanoue, qui prenait à tâche de s'abuser, ne laissait pas cependant de nourrir en lui une vive inquiétude, et de temps en temps, en portant ses regards de droite à gauche, il interrogeait tour à tour et celle qui ne pouvait lui répondre et les meubles de cette chambre dans laquelle il se flattait que personne ne s'était introduit, parce qu'il n'y voyait point les traces de la visite nocturne dont la lettre de Berthile le menaçait.

A force de renouveler cet examen rapide et craintif, ses yeux rencontrèrent sur une console de marbre noir, un coffret noir aussi, semé çà et là de pointes d'acier.

Jusque-là l'obscurité dans laquelle tous les objets placés de ce côté de la chambre avaient été enveloppés ne lui avait pas permis d'apercevoir cette boîte placée sur un meuble de même couleur qu'elle. Mais un rayon du jour naissant ayant dissipé l'épaisseur des ténèbres, Delanoue n'eut pas à caresser plus long-temps l'illusion qu'il invoquait contre l'accès de sa fièvre délirante.

A l'aspect de la boîte qu'il savait n'avoir pas appartenu la veille à sa femme, le marchand sentit un frisson le parcourir des pieds à la tête, et quoiqu'il voulût se lever pour aller à l'instant s'assurer de ce que contenait ce meuble, la force lui manqua, et durant plusieurs minutes il demeura sur son siége sans qu'il lui fût possible de se mouvoir.

Cette situation intolérable de l'agitation de l'esprit, luttant vainement contre la paralysie du corps, eut son terme enfin.

Delanoue s'approcha en tremblant de la console, et il contempla de plus près le coffret avec une terreur toujours croissante.

Avant de l'ouvrir, il lui fallu appeler à lui tout le courage dont on doit nécessairement s'armer quand on veut affronter sa honte en face; et quand il eût ouvert le coffret, la colère flamboya si vive dans ses yeux qu'il semblait vouloir fondre à la flamme de ses regards les preuves étincelantes de la victorieuse entreprise d'Horace Vandeuil.

C'était bien là le riche écrin dont Berthile avait parlé dans son billet. Oh! le visiteur de nuit avait généreusement acquitté son droit de conquête.

Si le crime était grand, les fruits en étaient magnifiques; ne se donner que pour une si haute valeur, c'était presque avoir résisté à toutes les seductions.

Delanoue pouvait donc faire honneur à sa signature; le marchand pouvait donc lever haut la tête; oui, cela se pouvait maintenant; mais il y avait un homme que le mari ne pouvait plus regarder en face.

Le bruit des pas d'Héloïse Salmon qui venait, ainsi qu'elle en avait l'habitude chaque jour, pour ouvrir chez sa maîtresse du côté du jardin, rappela le mari de Berthile à lui-même, et de peur que le coffret ne fût remarqué par la femme de chambre, il s'empressa d'aller retenir le pène de la porte, avant qu'elle eût fait tourner la clé dans la serrure.

— C'est bien, Héloïse, lui dit-il à voix basse et à travers la porte fermée, remontez chez vous, j'ouvrirai moi-même; madame n'a pas besoin de vos services.

Il attendit quelques secondes, et quand il se fut bien assuré que la complice d'Horace Vandeuil s'était éloignée, il s'empara précipitamment du coffret et s'empressa de l'emporter chez lui.

Chemin faisant, le malheureux coupable fut atteint d'une sorte de folie, et il s'égara. Au lieu de suivre le corridor dont l'extrémité opposée aboutissait à son cabinet de travail, il descendit machinalement l'escalier qui se trouvait sur la route, et il arriva dans son magasin, pressant à deux mains contre sa poitrine la boîte aux diamans dont le contact le brûlait.

Personne que lui, heureusement, n'était encore descendu au magasin. Il s'en fallait de près d'une heure que les commis ne pensassent à reprendre leurs travaux journaliers.

Quand Delanoue se reconnut dans cette salle maintenant déserte, mais qui, une heure plus tard, eût été peuplée de vingt jeunes gens curieux et indiscrets, il désespéra de pouvoir garder sa raison jusqu'au jour prochain des échéances.

Effrayé de son involontaire apparition dans le magasin, Delanoue, doutant de sa force, délibéra un instant avec lui-même s'il devait ou non survivre plus long-temps à cette nuit si pleine d'angoisses pour lui.

Voyant qu'il avait perdu et la faculté de diriger ses pas où il voulait, et la présence d'esprit nécessaire pour régler sa conduite comme l'exigeait la situation qu'il s'était faite, il se dit, un moment, que la mort valait mieux que l'existence telle qu'il pouvait l'espérer maintenant.

Déjà une sinistre résolution était prise par Delanoue; mais il ne s'y arrêta qu'un instant; puis il chassa cette imprudente pensée.

C'était trop que de perdre et la vie, et deux fois l'honneur; sa mort ne pouvait rien sauver; loin de là : elle ne pouvait qu'ajouter la honte du suicide à la réputation qu'il laisserait après lui de marchand insolvable et de mari infâme.

Le mari de Berthile se rappela qu'il était juge consulaire; qu'il portait le ruban et le titre de chevalier, que dans deux jours il allait se voir élu chef d'une vaste entreprise; il se rappela surtout qu'Emmanuel s'était engagé à tuer Horace Vandeuil, et, le cœur ranimé par cette dernière espérance, il regagna sans bruit son cabinet de travail.

Peu de temps après, Delanoue avait repris sa place auprès du lit de sa femme. Quand il rentra pour la seconde fois dans la chambre à coucher, Berthile dormait encore.

A onze heures du matin, le sommeil léthargique de la jeune femme n'avait point cessé.

En proie à une violente inquiétude, n'osant appeler un médecin, de peur que celui-ci ne vînt à pénétrer la cause de l'état inquiétant de Berthile, craignant bien plus encore que, rappelée à la vie, la malade ne laissât échapper quelques mots qui pussent mettre un étranger sur la trace de la vérité, l'anxiété de Delanoue était affreuse; il redoutait le réveil de Berthile, et son sommeil lui faisait peur.

Le sentiment de l'humanité parlant plus haut cependant que les scrupules de l'égoïsme, il allait se décider enfin à réclamer les secours du docteur de la maison, quand un mouvement de Berthile annonça que, le philtre cessant d'agir, ses yeux allaient se rouvrir bientôt.

Alors Delanoue se leva pour guetter le premier regard de sa femme; puis, pensant qu'il devait à la victime d'éloigner de son esprit la honte du crime avant même que la mémoire lui en fût revenue, il s'approcha plus encore de Berthile, et d'une voix bien douce, bien persuasive, il lui glissa ces mots :

— Réveille-toi, réveille-toi sans crainte. Berthile, tu n'as point à rougir; je ne t'ai pas quittée d'un instant; j'ai veillé toute la nuit à ton chevet, et, depuis hier au soir, personne, entends-tu bien, personne autre que moi n'a mis le pied dans cette chambre.

Cette voix qui venait bruire à son oreille, sans que positivement elle entendît les paroles, ranimèrent cependant le cœur de la jeune femme. Sous l'influence de ces sons qui ne représentaient encore aucune idée à son esprit, sa pâleur peu à peu s'effaça, et la vie, qui l'avait pour ainsi dire abandonnée, manifesta son retour par une coloration légère du visage.

Delanoue, voyant l'heureux effet de ses soins, répéta par trois fois les mêmes mots qui avaient commencé à ranimer Berthile. Celle-ci, pour les mieux entendre, se disputait elle-même à son sommeil de plomb.

Enfin elle le vainquit, ce sommeil accablant; enfin, étant parvenue par un dernier effort de sa volonté à s'arracher pour ainsi au néant, elle ouvrit à demi les yeux.

Se souvenant alors de la veille, la jeune femme se cacha le visage dans ses mains.

— Mais rassure-toi donc, regarde-moi, Berthile, je te le répète, je suis resté là, toujours, et personne n'est venu.

— Je te crois, dit-elle, et il faut que je te croie pour oser vivre encore. Vois-tu, mon ami, un pareil dévoûment, c'est sans doute un devoir; mais on n'a pas le droit d'y survivre.

Puis aussitôt, se rappelant la lettre qui lui avait inspiré cet immense sacrifice, Berthile demanda avec effroi à son mari :

— Je parle de moi; mais toi-même, Evariste, que deviendras-tu si tu ne peux payer?

— Sur ce point-là aussi que ton cœur se rassure; je suis en mesure maintenant; je puis faire face à tout.

Elle regarda Delanoue avec inquiétude, car la voix de ce dernier trembla d'autant plus en disant ceci, qu'il s'efforçait de lui donner plus d'assurance.

Il vit le mouvement de terreur de Berthile, et ajouta :

— Dès hier j'avais réalisé au delà de la somme qui m'est nécessaire pour demain ; ainsi, tu le vois, je n'avais pas besoin qu'on prît la peine de me chercher des ressources.

— O mon Dieu! s'écria Berthile, qui croyait deviner un reproche dans la réponse de son mari ; jamais il ne me pardonnera d'avoir voulu le sauver à ce prix.

Delanoue, la voyant ainsi sous le coup du désespoir, continua le mensonge, afin de relever, à ses propres yeux, la pauvre jeune femme qui se faisait une honte de son dévoûment.

Il mit tant d'amour dans ses consolantes paroles, que Berthile cessa de pleurer et de souffrir.

Quand elle eut, grâce aux soins de son mari, recouvré un peu de calme et qu'elle se fut réconciliée avec elle-même, le marchand, qui pensait avec raison qu'Héloïse avait bien pu être pour quelque chose dans cette intrigue, le marchand fit entendre à Berthile qu'il était indispensable de congédier la femme de chambre.

La pensée de se séparer de celle qui avait été sa campagne d'enfance fut douloureuse au cœur de Mme Delanoue; elle insista long-temps pour que son mari renonçât à l'idée de la renvoyer, mais sur ce point il fut inflexible.

— Héloïse, se dit le mari de Berthile, a sans doute favorisé, cette nuit, l'entrée de ma maison à Horace Vandeuil; c'est chez elle aussi, peut-être, qu'il s'est réfugié depuis le moment où je l'ai vu sortir de l'appartement de ma femme jusqu'au point du jour. Je dois donc m'opposer à ce que Berthile revoie désormais Héloïse ; car un mot, un regard de cette dernière, détruiraient l'erreur que je veux entretenir. Pour que je ne sois pas complétement dégradé dans ma conscience, il faut que Berthile conserve l'estime d'elle-même.

Ces réflexions l'armèrent d'une volonté inexorable contre les prières de la jeune femme, et elle dut consentir à laisser partir, sans recevoir ses adieux, celle qui l'avait connue dans la prospérité.

— Ce que tu veux doit être ce qui est bien, dit Berthile résignée. Soit! congédie Héloïse, mais avec les ménagemens que mérite notre liaison d'enfance.

Evariste Delanoue, fort de cette autorisation, et, de plus, bien décidé intérieurement à éviter tout rapprochement entre la femme de chambre et Berthile, fit appeler Héloïse dans son cabinet.

Il s'attendait, en lui annonçant la résolution qu'on avait prise de se passer de ses services, qu'elle allait récriminer, pleurer, s'indigner de cet ordre de départ comme d'une injustice. Héloïse Salmon ne témoigna pas la plus légère surprise; au lieu de la vive émotion que le marchand croyait avoir à calmer, il ne vit qu'une expression de joie sur le visage de la complice d'Horace Vandeuil.

Ceci peut s'expliquer fort naturellement.

Héloïse, en servant l'intrigue, n'en connaissait ni le motif, ni le but. Lorsque Delanoue, tout à l'heure, l'avait fait appeler, il y avait eu effroi dans le cœur de la femme de chambre; elle s'était subitement imaginée que ses rapports avec le donneur de diamans étant venus à la connaissance du mari, il voulait lui demander raison de sa conduite. Elle ne pouvait sans frémir entrevoir, à l'avance, le résultat de l'entretien qu'elle allait avoir avec Delanoue; mais quand elle entendit le mari de Berthile lui parler sans colère, alors l'indigne se trouva tellement soulagée qu'elle ne put se défendre de laisser s'épanouir à l'extérieur le sentiment de bien-être qui dilatait son âme.

— Vous partirez ce matin même, lui dit Delanoue, vous partirez sans voir ma femme ; elle repose, et d'ailleurs vous n'avez point d'adieux à lui faire ; elle n'en a point à vous adresser.

Puis, affectant une quiétude de l'esprit qu'il était loin d'éprouver, il tira de son portefeuille deux billets de banque de mille francs chacun, et les plaça sur son bureau devant Héloïse.

Ceci, lui dit-il, vous donnera le temps de chercher une autre condition. Faites-moi demander tous les certificats qui vous seront nécessaires, je ne vous les refuserai pas; mais, quelque part que vous alliez, n'oubliez jamais, Héloïse, la reconnaissance et le respect que vous devez à madame Delanoue.

La femme de chambre s'inclina, et, sans répondre autrement, elle prit les deux billets, puis monta chez elle afin de s'occuper immédiatement de ses préparatifs de départ.

Une heure après cet entretien avec le marchand, Héloïse Salmon quitta la maison de celui-ci pour n'y rentrer jamais.

La réaction de l'engourdissement prolongé auquel Mme Delanoue s'était condamnée se déclara par l'invasion d'une fièvre ardente, accompagnée de transport au cerveau.

Le marchand, que les intérêts du jour suivant appelaient au dehors, n'osa pas quitter sa femme d'un seul instant, et ne permit à personne d'approcher d'elle.

A diverses reprises, son caissier, dont l'embarras était grand, vint pour lui demander comment il espérait acquitter les billets qui devaient échoir le lendemain, alors que la somme de fonds disponibles était si peu en harmonie avec celle qu'il avait à payer. Delanoue refusa de recevoir le caissier.

La perplexité de celui-ci augmentait à chaque instant, car il ne soupçonnait pas la ressource que son maître tenait en réserve, ressource qui pouvait seule parer à l'événement désastreux que prévoyait le fidèle gardien de la caisse.

Vers le soir seulement, Berthile reprit un peu de calme, et, de nouveau, le sommeil vint réparer les forces que l'agitation de ce jour avait épuisées. Son mari put enfin s'éloigner d'elle et profiter de son repos pour aviser aux paiemens du lendemain. Il alla chez lui et reprit le coffret aux diamans.

Delanoue se disposait à sortir, quand il rencontra, dans la pièce voisine de son cabinet de travail, quelqu'un qui l'attendait. C'était le caissier tant de fois renvoyé sans réponse, malgré l'insistance qu'il avait mise à vouloir parler à son patron.

— C'est vous, Beaulieu, lui dit le mari de Berthile ; je vous croyais parti depuis deux heures au moins.

— Il y a, en effet, plus de deux heures, monsieur, que les magasins sont fermés ; mais je n'ai pas cru devoir retourner chez moi ce soir, sans avoir eu un entretien avec vous au sujet de l'état de ma caisse.

— Je le connais aussi bien que vous, répondit Delanoue, et je ne vois pas pourquoi vous vous alarmeriez sur ce point, lorsque vous me voyez sans crainte.

— C'est que demain sera bientôt arrivé, fit observer en hésitant le caissier.

— Eh bien ! laisse-le venir, et pourvu qu'à l'heure voulue, je vous fournisse plus qu'il ne vous sera nécessaire pour répondre à chacun, qu'avez-vous besoin de vous tourmenter ainsi et de m'excéder moi-même?

— Pardon, répliqua Beaulieu, je n'ai été importun que par excès de zèle.

— C'est bien, c'est bien, répartit Delanoue ; à l'avenir, ne soyez plus zélé jusqu'à l'indiscrétion ; si les gens de ma maison doutent de moi, comment les autres oseront-il m'accorder leur confiance? Allez, et soyez matinal, j'aurais des valeurs à vous faire encaisser.

Beaulieu s'éloignait, un peu confus de l'entretien, mais non moins tourmenté pour le jour suivant, quand un souvenir le ramena auprès de Delanoue.

— Encore? dit celui-ci en voyant le caissier revenir sur ses pas.

— Il ne s'agit plus d'affaires qui concernent votre maison, répartit Beaulieu, mais d'un événement bien étrange qui s'est passé ce matin entre deux personnes que vous connaissez.

— De qui voulez-vous parler? demanda le marchand avec une visible inquiétude.

— Il paraît que votre ancien premier commis est de retour à Paris depuis quelque temps.

— Que m'importe? est-ce que je m'occupe de ses actions? est-ce que son séjour en province ou à Paris m'intéresse?

— Non, sans doute, monsieur; il n'est pas moins vrai que nous l'aimions tous beaucoup, et comme nous n'avons pas eu à lui en vouloir, nous autres, ce qui le touche nous est sensible.

— Eh bien! après, qu'y a-t-il enfin?

— Il y a que ce matin, dit-on, il a eu un duel, ici près, à l'entrée des Champs-Elysées, avec M. de Vandeuil.

— Et l'affaire a eu des suites fâcheuses? interrompit M. Delanoue, ne dissimulant qu'avec peine la joie qu'une injure sitôt vengée mettait dans son cœur.

— Des suites déplorables! monsieur, répartit le caissier.

—Pardieu! je comprends, Horace Vandeuil a succombé.

— Non répliqua Beaulieu, c'est ce pauvre Emmanuel qui est mort!

Ce fut sur l'impression terrible, qu'il ne savait pas produire par cette déplorable nouvelle, que Beaulieu laissa le mari de Berthile. En partant, le caissier murmura :

— Monsieur a beau ne pas s'y intéresser, c'est un brave jeune homme de moins.

Comment dire l'irrésolution dans laquelle Delanoue se trouva rejeté quand il eut appris le fatal événement. Il ne donna pas un regret à celui qui avait trompé son espoir de vengeance ; la mort d'Emmanuel ne lui parut qu'un embarras de plus; car il supposa que le motif de cette querelle ne serait pas long-temps ignoré, et que ce silence de la tombe sur lequel il avait compté pour entretenir l'erreur de Berthile, il devait y renoncer, puisque Horace Vandeuil était le survivant.

Maintenant pouvait-il bien user du prix de la souillure de son honneur conjugal? devait-il laisser à quelqu'un le droit de dire ce que coûtaient les faveurs de Mme Delanoue? Mais pouvait-il aussi demeurer insolvable quand, le lendemain heureusement passé, il allait s'élancer dans une voie de prospérité dont le terme était à l'infini?

Le marchand, maudissant et Emmanuel qui était mort pour lui, et le caissier qui avait eu la mauvaise inspiration de lui révéler l'issue du combat, se détermina cependant à faire usage de la riche parure dont il avait été mis en possession par le lâche abandon de ses devoirs et de son droit.

Nulle considération ne devait plus l'emporter en lui sur la crainte du lendemain ; il s'empara encore une fois de ce coffret de cuir noir, dérobé avec soin aux regards du caissier lorsqu'il le rencontra dans la chambre voisine ; puis, ayant donné des ordres pour qu'on n'entrât pas chez Berthile, il sortit de la maison.

A quelques pas de chez lui, il prit un fiacre et se fit conduire chez Bapst, le célèbre joaillier de la couronne, de qui il était bien connu.

Ayant préparé une fable pour lui offrir les diamans d'Horace Vandeuil, il lui parla à peu près ainsi :

—Il s'agit d'une personne qui m'intéresse et qui se trouve en ce moment dans un grand embarras; si ce n'était demain jour d'échéance, je viendrais à son secours; mais ce n'est pas emprunter, c'est trouver à vendre que cette personne voudrait. Voici une parure dont il lui est urgent de se défaire; combien l'estimez-vous?

Le joaillier examina avec soin le collier et les pendans d'oreilles qu'on lui présentait, et après une expertise consciencieuse, il dit :

— Mais celui qui donnerait quatre-vingt mille francs d'une parure comme celle-ci, n'aurait pas, je crois, à se repentir du marché.

— Et seriez-vous en disposition de faire cette affaire sur-le-champ, ce soir ?

— Ce soir ? répartit le joaillier, impossible; mais demain matin, aussitôt que vous le voudrez, apportez-moi la parure, et je me fais fort de vous avoir trouvé un acquéreur pour ce prix, si toutefois les véritables diamans sont en tout point semblables à leurs modèles.

La façon dont le mari de Berthilde regarda le joaillier prouva qu'il n'avait pas compris ce qu'on venait de lui dire.

— Mais ne sommes-nous pas d'accord? demanda l'expert en joaillerie, ne venez-vous pas me parler d'une parure à vendre?

— Oui, répartit Delanoue, de celle-là.

— C'est-à-dire, interrompit l'autre, de diamans qui seraient de la grosseur et de la pureté de ceux-ci?

— Mais non, il ne s'agit pas d'autre chose que de ce que je vous présente.

— Sérieusement ? demanda le joaillier. Alors j'en suis fâché pour la personne qui vous intéresse; si elle n'a que cette ressource pour se tirer d'un mauvais pas, elle est perdue.

— Perdue ? répéta le mari de Berthile.

— Sans doute, qui diable lui achèterait des morceaux de verre taillés? C'est du faux, mon cher, de l'archi-faux, cela ne vaut pas dix francs!

XIII.

Les Commis.

Il faut renoncer à peindre l'expression que prit le visage du mari de Berthile quand il fut révélé à celui-ci que l'écrin payé si cher était réellement sans valeur.

Il y eut sur ses lèvres un sourire inintelligent et dans ses yeux l'humidité d'une larme.

Cependant il s'efforça de cacher son horrible confusion, et, comme il se sentait près de défaillir, d'un pas mal assuré il se dirigea vers la porte de sortie.

La voix étranglée par le saisissement, Delanoue put à peine articuler quelques mots d'excuse en prenant congé du joaillier.

Arrivé dans la rue, il paya son cocher et le renvoya, puis il se mit à marcher rapidement, mais non pas du côté de sa demeure.

Après avoir erré quelque temps sans direction positive, sans idée arrêtée, un mouvement de colère lui fit précipiter le pas; il marcha ferme et vite; sa course avait un but. C'est chez Horace Vandeuil qu'il se rendait.

Qu'allait-il faire chez l'auteur de cette odieuse tromperie? Pouvait-il, lui, le mari, venir réclamer, comme un marchand victime d'un abus de confiance, le prix convenu du déshonneur de Berthile ?

Delanoue ne chercha point à s'expliquer à lui-même le résultat possible de sa démarche; il obéissait à l'impulsion de sa rage, sans se demander ce qu'il avait à faire, ce qu'il avait à dire au misérable qui lui ravissait du même coup deux honneurs.

Vandeuil était chez lui quand le mari de Berthile se fit annoncer. Il ordonna avec empressement qu'on introduisît le visiteur. Delanoue entra, et durant un espace de temps assez considérable, il resta face à face avec son ennemi sans pouvoir lui parler. La voix lui revint cependant.

— Monsieur, s'écria-t-il, je viens vous demander compte... Il s'arrêta.

Affectant le plus grand calme, Horace lui demanda d'un ton qui n'avait rien de celui d'un homme intimidé par l'apparition soudaine d'un mari justement irrité :

— Compte de quoi, monsieur Delanoue ? Je ne sache pas qu'il y ait entre nous aucun compte à régler.

Avec l'accent d'une poignante douleur et de la colère mal contenue, Delanoue répliqua :

— Il en est un cependant, monsieur, quand ce ne serait que celui du sang que vous avez versé ce matin.

Au lieu de prendre cet air de persifflage qui lui était habituel en circonstance analogue à celle-ci, Horace, sérieusement, tristement même, répondit :

— J'ignorais que vous prissiez si vivement intérêt à l'amant d'une femme de chambre.

Delanoue se sentit frappé de stupéfaction.

— Puisqu'on vous a si bien instruit de notre rencontre, ajouta le rival d'Emmanuel, on a dû vous dire aussi que lorsque je vis tomber ce malheureux jeune homme, je me précipitai vers lui pour lui porter secours, et que, me tournant alors vers nos témoins, à qui je n'avais pas dit le véritable motif de notre querelle, je m'écriai : — Monsieur Savenay a raison, c'est bien avec Héloïse Salmon que j'ai passé la nuit.

« Eh bien ! monsieur, poursuivit Horace en s'adressant au mari de Berthile, en quoi cette affaire vous regarde-t-elle ? c'est bien assez d'une victime pour une pareille aventure, et il ne convient pas à votre dignité, je suppose, de vous faire le champion de cette fille.

Horace Vandeuil ne faisait là que raconter franchement ce qui s'était passé quand Emmanuel, frappé d'une balle, était tombé devant son adversaire.

En voyant ainsi le sort des armes faire mentir la justice du ciel, Vandeuil le fat, Vandeuil l'homme sans cœur, qui achetait l'honneur d'une femme et la payait en fausse monnaie, s'était senti ému de pitié.

Vaincu lui-même, il eût jusqu'à son dernier souffle soutenu le pari qu'il avait engagé avec ses amis ; vainqueur et comprenant dans le regard déjà presque éteint d'Emmanuel, la prière que lui faisait celui-ci de respecter une réputation pour laquelle le digne jeune homme avait versé son sang, Horace, en effet, s'était écrié :

— J'ai perdu la gageure, messieurs, je sors de chez Héloïse, la maîtresse de M. Savenay ; c'est elle qui m'a reçu cette nuit.

Ce mouvement de générosité, ou, pour parler plus vrai, cette sorte d'expiation de son crime, Horace Vandeuil y eût-il persisté si réellement Emmanuel avait succombé à l'instant ? Il est supposable qu'il eût rectifié ses paroles dictées par égard pour le blessé.

Les deux pieds sur la tombe d'Emmanuel, il aurait fait l'aveu de sa faiblesse d'un moment, et il se serait de nouveau paré de son crime ; mais la victime respirait encore ; mais on avait pu transporter vivant le jeune Savenay loin du lieu de la rencontre ; mais la balle avait été extraite avec bonheur de la blessure ; mais au moment, enfin, où Delanoue venait, disait-il, venger la mort de son ancien commis, le vainqueur du combat pouvait lui répondre :

— Son sang a coulé, il est vrai, et cependant vous n'avez pas à me punir comme son meurtrier, car le médecin répond de le sauver.

L'existence préservée d'Emmanuel faisait un devoir à Horace Vandeuil de ne plus revenir sur la déclaration solennelle qu'un bon sentiment lui avait arrachée le matin.

— Monsieur, continua-t-il en s'adressant à Delanoue, que ce soit votre droit de m'interdire toute intrigue avec quelqu'un de votre maison, je ne le conteste pas; mais je ne vous dois point compte de mes affections, de mes caprices si vous voulez, quand ils portent sur une personne qui a cessé de vous appartenir. Héloïse Salmon n'est plus au service de Mme Delanoue, aucune discussion à son sujet ne peut donc avoir lieu entre nous.

A cela Delanoue n'avait rien à répondre, et il allait se retirer avec une honte de plus, lui qui était venu pour se faire payer de toutes celles dont il avait souffert depuis la veille, quand il se souvint du coffret qu'il portait encore caché sous son habit; il le prit, en disant à Horace Vandeuil :

— Encore faut-il que je vous restitue ce que votre maîtresse a oublié chez moi. Il lança la boîte avec tant de force contre le parquet, qu'elle s'ouvrit, et les diamans faux s'épandirent çà et là.

— J'ignore ce que cela signifie, répartit Horace, se défendant de pâlir; mais je vous invite, dans l'intérêt de mon malade, à plus de ménagemens; il s'en faut de beaucoup que M. Savenay soit hors de tout danger.

Au nom du protecteur de Berthile, à la pensée qu'il trouvait réunis dans cette maison et l'homme qui s'était si noblement vengé d'une offense imméritée, et l'homme qu'il n'était plus même en droit de punir, cela à cause du mensonge que lui-même avait fait à sa femme, et à cause du motif que donnait Horace de sa visite nocturne, le marchand alors éprouva toutes les tortures qu'il est possible au cœur d'endurer avant de se briser. Il se laissa aller sur un fauteuil et murmura :

— Oh! demain! que je paie et puis que je meure; j'ai acheté assez cher le droit de ne pas laisser un nom déshonoré.

—Eh mon Dieu! qu'entends-je? répartit Vandeuil, affectant la surprise et un faux semblant de vif intérêt; monsieur Delanoue serait-il dans l'embarras? S'il est vrai qu'il éprouve une gêne momentanée, mes amis, mon crédit pourraient lui être d'un utile secours.

— Moi! moi! vous devoir quelque chose! répliqua le mari de Berthile avec indignation.

— Pourquoi non? Est-ce que la conquête de Mlle Héloïse a pu me faire auprès de vous un titre de réprobation?

Rejeté toujours dans cette fable, qui lui interdisait le droit de se plaindre, Delanoue ne savait plus s'il ne devait pas tendre la main vers celle qui se présentait pour le sauver.

Horace, qui suivait d'un œil attentif, et comme s'il eût pénétré au fond de sa pensée, le combat intérieur auquel Delanoue était en proie, Horace, avançant dans une voie perfide, parla non pas de se faire prêteur, mais associé du marchand, et le marchand l'écouta, et il parut ébranlé, tant la crainte du lendemain lui était rude à porter. Enfin ces mots furent dits :

— Ce n'est pas un service que je me propose de vous rendre; c'est une spéculation dont votre intelligence et votre probité me feront tirer bénéfice.

Entraîné par la nécessité, qui parlait impérieusement, Delanoue balançait encore, incertain s'il accepterait ou non la proposition d'Horace Vandeuil, quand une porte s'ouvrit. Emmanuel, pâle, faible, et portant sur son visage les traces des vives souffrances qu'il avait endurées, s'avança dans le salon, soutenu par Beaulieu, le caissier du mari de Berthile.

— Monsieur, dit-il à ce dernier, j'ai reconnu votre voix, et je viens vous prier de passer dans la chambre voisine; Beaulieu et moi nous avons à vous parler.

Delanoue, étonné de la présence de son caissier dans cette maison, se leva, et, sans prendre congé de Vandeuil, il suivit Emmanuel et son guide.

Dans la pièce où il entra, le marchand se vit entouré de visages de connaissance : tous ses commis étaient chez le blessé.

—Que faites-vous ici, messieurs? leur demanda-t-il.

Beaulieu se chargea de l'explication.

Voici en résumé ce qui s'était passé :

Après avoir quitté son maître, le caissier avait voulu s'assurer de la vérité à propos du duel de Vandeuil avec Emmanuel; les renseignemens qu'il prit le conduisirent dans l'hôtel où la victime du combat avait été transportée. Ayant trouvé Emmanuel en état de parler, il s'était entretenu avec lui des embarras de la maison; ils s'étaient dit tous deux : « Il faut le sauver, » et, pour y parvenir, Beaulieu avait été tour à tour s'adresser à ceux-là même qui avaient le plus grand intérêt à ce que le crédit de M. Delanoue ne fût pas compromis.

Les commis de l'établissement étaient au nombre de vingt; celui-là avait quelques économies, un autre des parens en position de faire un sacrifice d'argent; enfin, tous se cotisant, réalisant leurs espérances et intéressant leurs familles à une bonne œuvre, pouvaient garantir au marchand ses échéances du lendemain.

Delanoue, qui s'était vu au penchant de sa ruine, ému aux larmes de ce secours qu'il devait à ces honnêtes jeunes gens, ne savait en quels termes leur témoigner sa reconnaissance; il était combattu et par la honte d'accepter et par la crainte de proférer un refus qui entraînait sa ruine.

— Ce n'est pas vous que nous sauvons, lui dit Beaulieu: c'est nous-mêmes; qui le saura d'ailleurs, quand nous nous sommes engagés par serment à ne jamais dévoiler ce qui s'est passé entre nous. Pouvez-vous vous refuser à recevoir le dépôt que nous voulons vous confier? Nous placerions nos fonds chez un autre, si nous connaissions une maison plus sûre que celle de M. Delanoue.

L'assurance du secret bien gardé, les instances de ses commis, la forme délicate du prêt qui lui était offert, déterminèrent le mari de Berthile à se rendre aux vœux de ses commis.

— Le reste nous regarde, dit Beaulieu triomphant; qu'on se présente demain pour toucher : la caisse sera pleine.

Delanoue revint chez lui le cœur soulagé, tandis qu'Emmanuel, maintenant transportable, quittait l'hôtel d'Horace Vandeuil.

Le lendemain, le caissier de Delanoue, solidement établi à son poste, payait à vue.

Conclusion.

Ainsi le dévoûment de tous avait sauvé l'honneur de la maison. Ce jour fatal passé, le crédit de Delanoue devait même braver la calomnie; il était affermi pour long-temps.

Le juge était en droit de siéger parmi ses pairs, et le spéculateur audacieux n'avait plus à craindre qu'on lui refusât ce titre de chef qu'il ambitionnait dans une colossale entreprise.

Il est vrai que, descendant en lui-même, le mari avait à s'avouer qu'il n'était pas sorti aussi pur que le marchand de la cruelle épreuve; mais à part ce reproche intime, rien ne pouvait troubler son bien-être intérieur.

De trois personnes à qui la vérité était connue, pas une n'était intéressée à la publier. Quant à Berthile, confiante dans le sentiment de sa chasteté respectée, elle devait être mieux qu'innocente aux yeux de Delanoue.

Cependant, et malgré toutes ces chances de prospérité, de repos, toutes ces conditions de bonheur, une profonde tristesse s'empara de l'esprit du mari de Berthile; il sentit la répugnance, le dégoût même s'établit dans son cœur, aussitôt que, délivré des inquiétudes de l'avenir, il ne se trouva plus qu'en présence du passé.

Sa femme se rappelant ce qu'il avait souffert, attribua seulement aux craintes que lui avait causées l'imminence de sa ruine, la sombre humeur qui perçait dans ses paroles et dans ses mouvemens ; elle s'efforçait par ses caresses de dissiper les nuages, elle ne faisait que les amonceler et hâter l'instant où l'orage devait éclater.

Un soir qu'elle le suppliait de lui sourire comme autrefois, il s'écria, surpris par le besoin du plus cruel aveu :

— Ne me demande plus un doux regard, Berthile ; ne cherche plus dans le son de ma voix une expression d'amour : c'est de ma part injustice et cruauté, je le sais, car tu as été généreuse, toi, autant que j'ai été lâche ; mais que veux-tu, le cœur est ainsi fait ; je ne puis plus aimer la femme qui n'a pas appartenu qu'à moi seul.

Delanoue pouvait tuer Berthile avec cette brutale révélation, et, en effet, il crut qu'elle allait mourir.

La nuit suivante fut affreuse pour la pauvre jeune femme, qui s'était vue frustrée de l'estime qu'elle avait d'elle-même ; et qui l'en déshéritait? celui-là seul pour qui c'était un devoir de lui laisser son ignorance.

Indigné contre lui-même, Delanoue, dès le lendemain, annonça qu'une affaire importante l'appelait à Lyon, et il partit.

Berthile n'apprit le départ de son mari que par un billet qu'il lui fit tenir au moment où il montait en voiture.

Dans ce billet, Delanoue implorait le pardon de sa faute ; il lui assurait que la distraction du voyage calmerait l'agitation de son esprit, et le ferait triompher du sentiment de répugnance qui s'était emparé de lui, bien qu'il eût essayé de le combattre.

« Deux mois d'absence, disait-il en terminant, suffiront à la guérison » du pauvre fou ; c'est quand il aura subi les chagrins de l'isolement » qu'il comprendra bien mieux combien tu lui es nécessaire. »

Il avait prévu cependant que son voyage durerait plus de deux mois, car à une autre personne Delanoue écrivit :

« Si dans un an je ne suis pas revenu, c'est à vous, Emmanuel, à » vous, l'homme que j'estime le plus, que je laisse le soin de diriger ma » maison. »

Et à cette lettre il avait joint une procuration régulière pour que le fondé de pouvoirs qu'il se donnait agît en son nom dans toute la plénitude de ses propres droits.

Ce ne fut pas une année seulement, mais sept autres encore qui se passèrent sans qu'on entendît parler d'Evariste Delanoue, dont il ne fut possible de retrouver les traces qu'au port de Trieste.

On le supposa mort durant une traversée ; car il y eut vers ce temps-là un navire qui partit de Trieste pour Alexandrie et qui ne revint pas.

Un jour de cette huitième année que l'on comptait depuis le départ de Delanoue, le donneur d'eau bénite de l'église de l'Assomption fut interrogé par un étranger sur différentes personnes du quartier.

Quand le mendiant vint à parler de la maison Delanoue, dont l'enseigne n'avait pas changé depuis la disparition du maître, voici à peu près ce qu'il dit à l'étranger :

— C'est une fière boutique que celle-là, monsieur, et solide, et en réputation partout, ni plus ni moins que si le bourgeois y était encore.

« Voilà je ne sais combien d'années qu'il a disparu, ce M. Delanoue ; mais madame a fait face à tout, quoiqu'elle ait été bien long-temps entre la vie et la mort.

» Il est vrai que, pour la seconder, il est venu là un ancien commis de la maison qui s'est mis à la tête des affaires.

» Les mauvaises langues vous diront peut-être que ce brave M. Emmanuel Savenay a des idées sur la bourgeoise ; des idées, c'est possible; mais c'est en tout bien tout honneur ; autrement, est-ce que la mère de l'absent voudrait rester avec eux si elle voyait sa bru tourner du mauvais côté ? »

— La mère ? répéta l'étranger, de quelle mère voulez-vous parler ?

— Eh bien ! de celle de M. Delanoue : une sainte femme de la campagne, qu'on n'a pas décidée sans peine à venir à Paris ; enfin, elle y est arrivée le jour même où M. Savenay s'est établi dans la maison.

Le questionneur récompensa généreusement celui qui le renseignait si bien ; il sortit de l'église et s'arrêta long-temps à contempler l'enseigne sur laquelle était écrit le nom de Delanoue, toujours au milieu des quatre écussons armoriés ; puis il s'éloigna.

Le jour suivant, le fondé de pouvoirs du marchand reçut ce billet :

« Merci, Emmanuel ; que ma mère me pardonne, que Berthile soit » heureuse avec toi. Tu as trop dignement soutenu l'honneur de ma » maison pour que je ne sois pas fier de te nommer mon successeur. »

Dans la soirée de ce même jour, comme Emmanuel cherchait partout à découvrir la retraite de celui qui lui avait écrit ce billet, il apprit qu'un duel avait eu lieu quelques heures auparavant entre un homme dont on ignorait le nom et M. Horace, baron Vandeuil.

Ce dernier avait succombé.

Quant au vainqueur, pris sur le lieu du combat, à la suite de ce duel sans témoins, il n'avait pas résisté à ceux qui étaient venus pour l'arrêter ; mais au moment où il entrait chez le commissaire de police, il s'était brûlé la cervelle.

Emmanuel se hâta d'aller à la Morgue, où le malheureux avait été déposé.

Il reconnut Delanoue et eut grand'peine à retenir le cri de surprise et de douleur que, devant cet homme, il était prêt à laisser échapper.

Il le reconnut, mais il ne le nomma pas, afin que l'honneur du mari ne fût pas plus compromis que l'honneur du marchand.

Gardant de même le silence auprès de la mère et auprès de Berthile sur le billet qu'il avait reçu, le généreux Savenay s'interdit l'espoir d'un bonheur bien mérité ; mais du moins il ne rouvrit pas une blessure que le temps commençait à cicatriser.

MICHEL MASSON.

FIN.

TABLE.

www.ingramcontent.com/pod-product-compliance
Ingram Content Group UK Ltd.
Pitfield, Milton Keynes, MK11 3LW, UK
UKHW021058270726
13994UKWH00009B/685

9 782329 326795